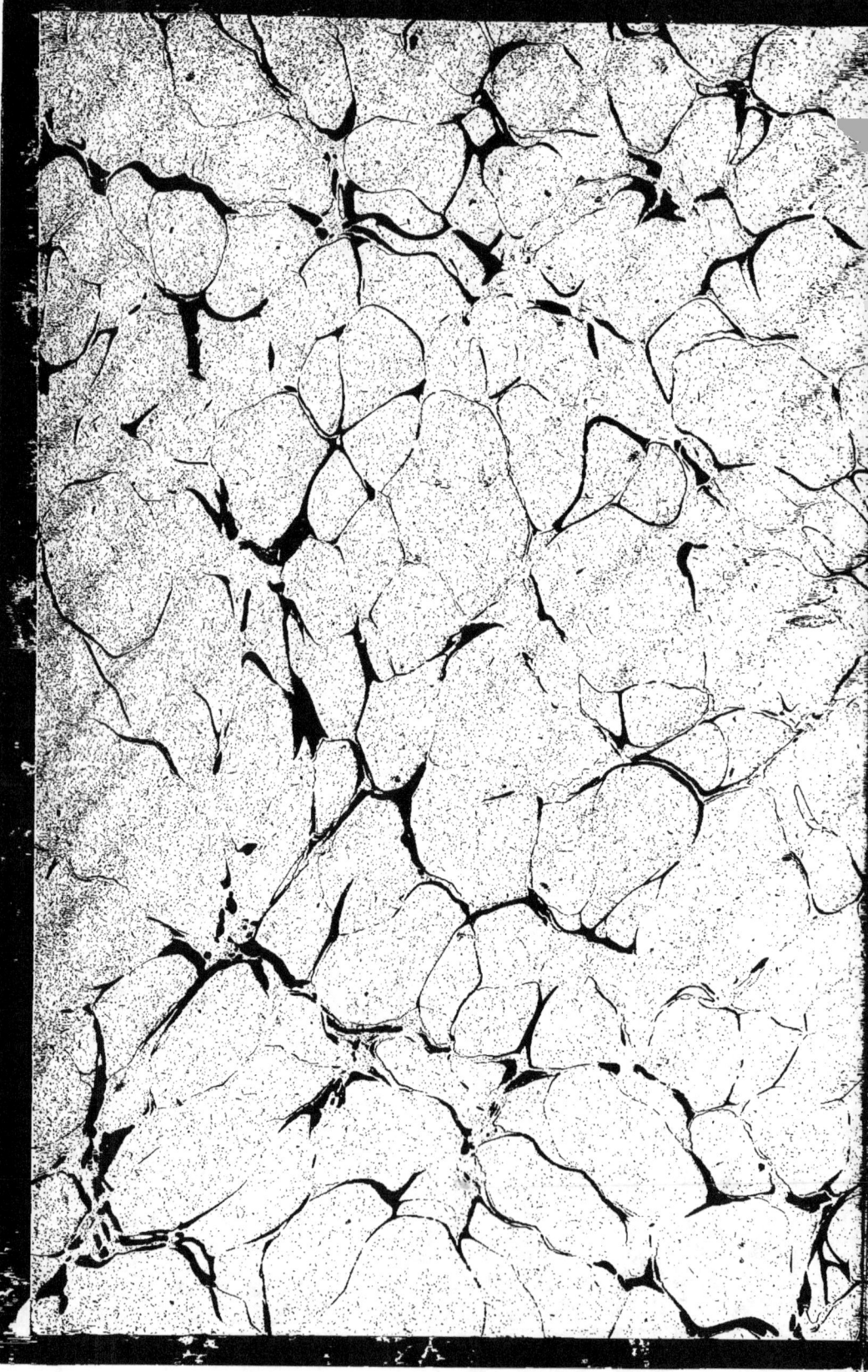

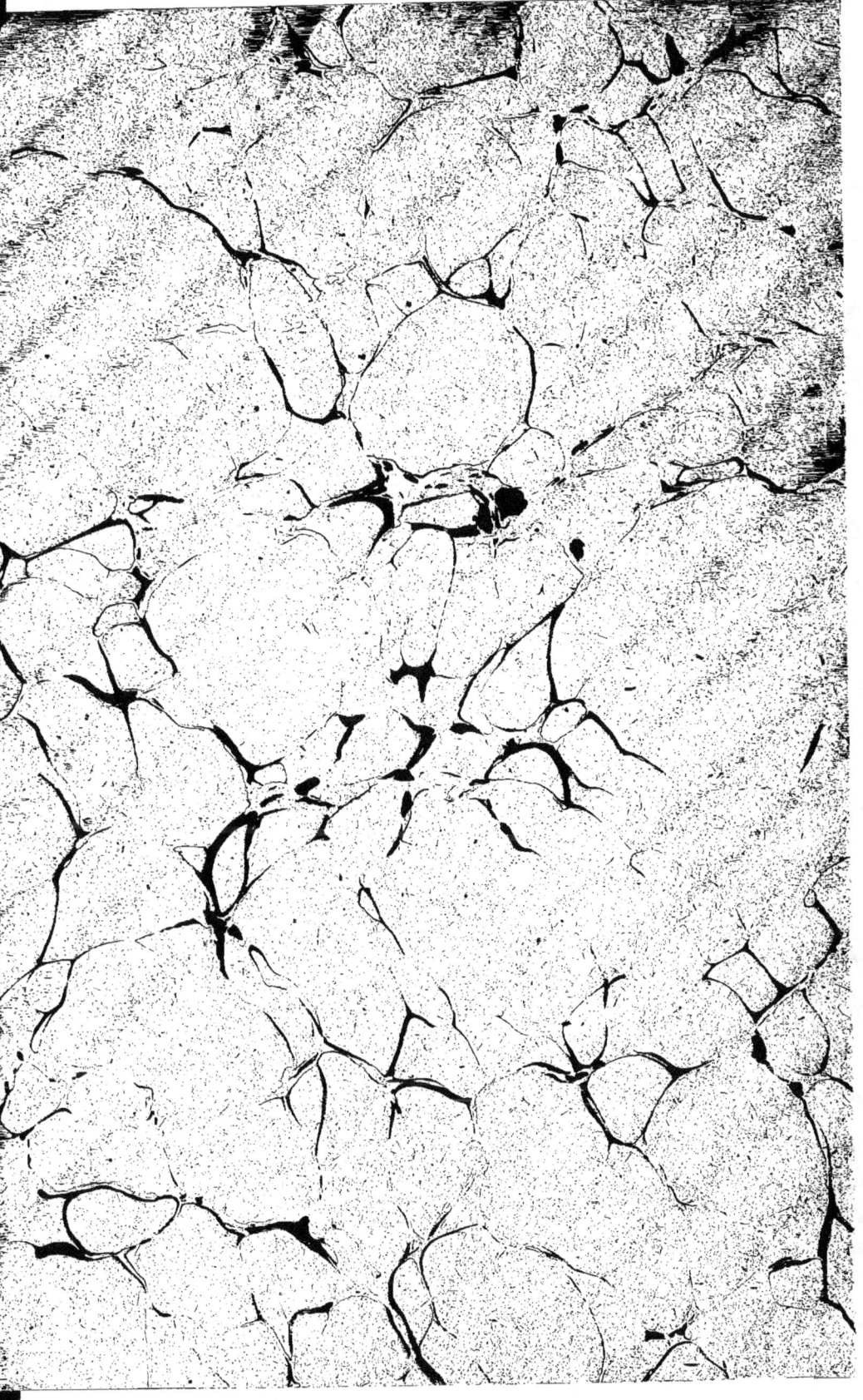

LES
CATARACTES DE L'OBI

VOYAGE
DANS LES STEPPES SIBÉRIENNES

TEXTE ET DESSINS

PAR

GEORGES FATH

PARIS

E. PLON et Cie, IMPRIMEURS-ÉDITEURS

RUE GARANCIÈRE, 10

—

1882

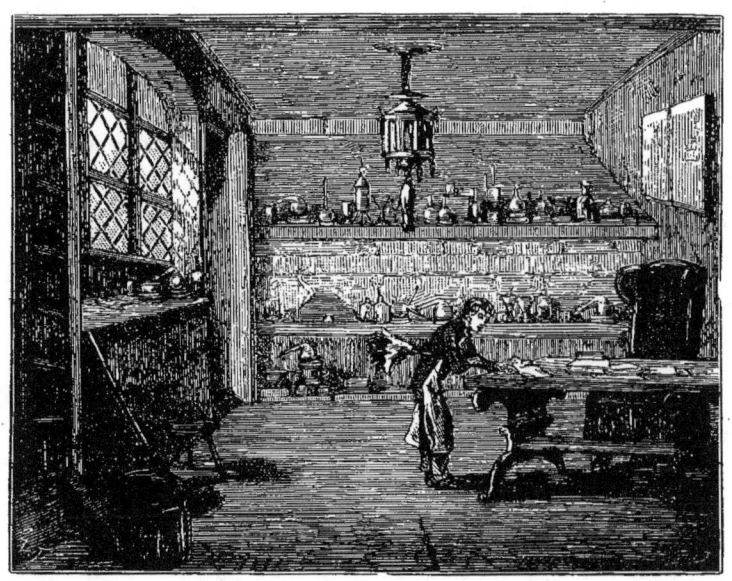

LES

CATARACTES DE L'OBI

VOYAGE DANS LES STEPPES SIBÉRIENNES

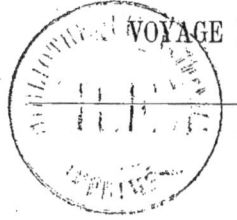

I

LA MAISON DE L'ONCLE JEAN.

Dans une des plus anciennes maisons de la rue de Sèvres, située à égale distance du boulevard de ce nom et de la rue du Bac, et complétement inhabitée depuis deux ans, se trouvait, au troisième étage, un vaste local fort bizarre.

Il absorbait la partie supérieure du bâtiment. Divisé en

trois compartiments inégaux, celui du milieu occupait une surface de soixante mètres environ, pendant que les deux autres n'avaient guère plus de quatre ou cinq mètres carrés.

Nous avons dit compartiments, à cause de la singulière disposition des ouvertures destinées à l'éclairage et à la communication des pièces entre elles.

Aucune de ces pièces, coupées par des angles irréguliers, et qui prenaient leur vrai jour par le toit, n'eût pu figurer dans un appartement ordinaire.

Celle du milieu, à cause de sa vastitude, de son orientation, de sa grande clarté, eût été propre à un laboratoire de chimie, aussi bien qu'à un atelier de peintre.

Elle avait dû avoir la première de ces destinations, car un immense fourneau chargé de creusets, de matras, de cornues, de récipients, enfin de tous les ustensiles qui servent à la fusion, à l'ébullition et à la combustion des types physiques et chimiques, occupait le fond de cette pièce. Il y avait encore un nombre infini de fioles pleines de substances multicolores alignées sur des planches placées au-dessus et disposées exprès. Mais cet ordre même prouvait à son tour que tous ces instruments, toutes ces choses étaient délaissés depuis longtemps.

Le reste de cette grande salle était envahi par des meubles de salon et trois corps de bibliothèque dont les rayons étaient remplis de livres de toutes les époques. Les uns avaient été richement reliés, tandis que les autres étaient restés à l'état de brochures. Une vitrine soigneusement fermée à clef ne contenait que des liasses de manuscrits recouverts de chemises numérotées.

Malgré cet ensemble de choses disparates, cette salle offrait l'aspect d'un garde-meuble soigné, entretenu avec toute la sollicitude, la propreté méticuleuse d'un appartement de femme bien élevée.

La première des deux pièces situées à chaque extrémité de cette salle, et dont le mobilier ne manquait pas d'élégance, était incontestablement une chambre de maître ; la seconde, où se trouvait un lit de fer, une table et une armoire de sapin, deux chaises paillées, un portemanteau où pendait un semblant de livrée, ne pouvait appartenir qu'à un très-jeune domestique.

Une cuisine, assez grande pour servir au besoin de salle à manger, communiquait avec cette dernière pièce, sans préjudice d'une autre issue donnant sur le palier.

Le rez-de-chaussée, le premier et le second étaient hermétiquement fermés.

Quant à la cour de ce singulier immeuble dont la mousse verdissait le pavé, elle était spacieuse et rigoureusement encadrée par les hautes murailles d'un ancien couvent destiné à l'éducation des jeunes filles.

La façade était seule visible de la rue. Le propriétaire de cette maison, laquelle depuis un siècle appartenait à sa famille, était un de ces savants intrépides qui passent une grande partie de leur existence à voyager, dans la généreuse intention d'apporter à la science le contingent de leurs recherches, et qui trop souvent périssent au fond de quelque affreux désert où personne après eux ne doit jamais poser le pied. Absent depuis deux ans, cet homme, nommé Jean Guérin, poursuivait par de nouveaux procédés l'œuvre que les alchimistes appelaient le *grand œuvre*, la pierre philosophale, et qu'on a nommée aussi la transmutation des métaux.

« Les métaux ne se rencontrent jamais seuls, disait-il ; ils forment, dans les profondeurs de la terre, comme des familles dont les membres ont d'autant plus de ressemblances et de propriétés physiques et chimiques communes, qu'ils sont d'une parenté plus étroite. Cela ne saurait être autrement si, comme je le crois fermement, ils passent d'un état inférieur à un état supérieur et inaltérable.

« Mes expériences m'ont de plus en plus convaincu de la justesse de mes observations sur les changements moléculaires que subissent les métaux dans leurs diverses métamorphoses. »

Nous n'entreprenons pas de discuter la valeur de ces théories ; nous donnons simplement ces curieux détails afin de faire connaître avec plus de précision le caractère et les rêves de celui qu'on appelait l'oncle Jean.

Cela fait, nous poursuivons notre récit avec la résolution de ne plus l'interrompre par rien qui lui soit étranger.

Jean Guérin était allé une première fois sur les immenses placers de la province de Sonora et des Californies pour étudier clandestinement, sous prétexte de se livrer à des expériences photographiques, le gisement des métaux, leurs gangues et leurs différents états.

Revenu à Paris dans l'intention de mettre ses observations à profit, il était reparti une deuxième fois, non plus pour les bords du Pacifique, mais pour la chaîne des monts Ouraliens, afin de surprendre de nouveau la nature dans son œuvre mystérieuse de la formation des métaux.

Au rêve scientifique qui ne cessait de hanter son cerveau, s'ajoutait un autre rêve : celui d'amasser assez d'or pour doter richement les enfants de sa sœur : André Demérian, jeune homme qui entrait dans sa vingt-cinquième année, et Marie-Rose, sa sœur, âgée de quinze ans à peine. Il les idolâtrait tous deux.

La lettre unique qu'on avait reçue de lui, depuis son départ, datait de deux années déjà, et contenait seulement ce qui suit :

« Mes chers amis,

« Ma santé est excellente, et je poursuis avec acharnement mon œuvre, qui ne tardera pas à réussir, *j'en ai la certitude.*

« Au revoir, croyez en moi, et tout à vous. »

Suivaient ses deux initiales transposées pour toute signature.

L'oncle Jean, ainsi qu'on le nommait dans sa famille, avait, on le voit, pris ses précautions pour le cas où la police russe aurait la fantaisie d'ouvrir sa correspondance.

Mais un bien triste événement avait, depuis cette époque, plongé sa famille dans le deuil. M. Demérian, son beau-frère, veuf depuis longtemps, était mort sans que rien eût fait prévoir que ce cruel dénoûment dût être si prochain.

Ancien chef de division au ministère de l'intérieur, il n'avait vécu dans ses dernières années que d'une pension de retraite liquidée à six mille francs.

Cette seule ressource, bien ménagée, lui avait permis d'achever l'instruction de son fils, sinon de sa fille, dont la pension était à peu près payée sur la rente d'un capital de vingt mille francs que l'oncle Jean avait placé pour elle.

Les pauvres souffrent deux fois quand ils ont à pleurer leurs morts : à l'horrible déchirement de leur cœur viennent se joindre les graves embarras d'une famille privée tout à coup de ses ressources.

Son chef avait les moyens de vivre et de faire vivre décemment les siens, mais non de mourir.

Deux jours plus tard, le père d'André Demérian et de Marie-Rose reposait à côté de sa femme.

André dut alors songer à se créer des moyens d'existence, rude chose pour ceux qui ne possèdent pas un état manuel.

Le jeune homme avait, comme avocat, passé sa thèse de licence depuis un mois; mais combien s'écoulerait-il de temps sans que cette profession pût le nourrir?

Il n'y voulut même pas songer. Si encore l'oncle Jean eût été là, il l'aurait aidé, conseillé; mais sa jeune sœur était seule auprès de lui. Demérian se trouvait en proie à ces réflexions poignantes, quand des sanglots éclatèrent dans un angle de la pièce où il se tenait.

Il se retourna vivement, et aperçut tout près de lui un enfant, ou plutôt un jeune garçon de treize à quatorze ans, nommé Tobie, et qui, depuis longtemps déjà, était au service de son père.

— C'est toi, mon cher Tob, lui dit-il; tu pleures en songeant à ce que tu vas devenir, maintenant que ton maître n'est plus.

Les larmes de l'enfant redoublèrent.

— Sois tranquille, je te laisserai le temps de trouver une autre condition; je ne veux pas abandonner celui qui a été recueilli par mon père.

— Je ne voudrais pas non plus quitter monsieur, dit le pauvre Tob d'un ton suppliant.

— Oui, tu es un brave garçon que je garderais volontiers auprès de nous en toute autre circonstance; mais j'ignore ce

Demérian était en proie à ces réflexions, quand des sanglots éclatèrent...

Page 6.

que je vais devenir moi-même, et de quelle manière il me
sera permis de suffire à nos propres dépenses.

— Oh! je ne coûterai pas cher à monsieur, j'ai des habits
et des souliers tout neufs, et aussi six bonnes chemises; je les
ménagerai bien pour qu'ils durent très-longtemps... et puis,
monsieur, je ne suis pas gourmand du tout; un peu de soupe
et du pain sec... v'là pour ma journée.

— C'est bien, mon enfant, dit Demérian que l'émotion
gagnait, tu resteras près de nous tant que cela ne sera pas
impossible.

— Oh! merci, monsieur!... merci cent fois! s'écria l'enfant.

— Va... laisse-moi...

Tobie s'éloigna un peu consolé.

Demérian, après avoir mûrement réfléchi, donna congé de
l'appartement où il était né ainsi que sa sœur, où son père
et sa mère étaient morts, où enfin toute sa vie s'était écoulée
avec ses lueurs rayonnantes, ses jours douloureux ou troublés,
pour aller demeurer dans la maison abandonnée par l'oncle
Jean.

Avant de quitter Paris, celui-ci en avait remis les clefs à
son beau-frère, pour qu'il pût la visiter de temps en temps
et y faire exécuter les réparations qui pouvaient tout à coup
devenir urgentes. De plus, il devait en acquitter les impôts
pendant que durerait son absence.

Donc, un mois après, les portes de la maison si longtemps
close s'ouvraient à deux battants, au grand ébahissement des
voisins, pour livrer passage au mobilier d'André Demérian.

Il avait pris auparavant le soin de se débarrasser des choses
inutiles qui abondent dans les vieux ménages, réservant seulement, indépendamment du nécessaire, les bijoux, les den-

2

telles de sa mère, et enfin tout ce qui revenait de droit à sa sœur.

Quant à la somme d'argent qu'il avait pu réunir, elle n'allait pas au delà de deux mille francs. C'était avec ce faible capital pour auxiliaire qu'il fallait lutter contre la mauvaise fortune et se créer une position.

Tobie l'avait suivi, et avec son aide il s'était installé rue de Sèvres, où il attendait les événements, faute de pouvoir les diriger.

Trouver un emploi lucratif n'avait pas été si facile à Demérian que de se procurer un abri, et ce ne fut qu'au bout de trois mois, après des déceptions et des rebuffades sans nombre, qu'il rencontra Armand Labarre, un ami de collége devenu courtier d'agent de change, qui, éclairé sur sa position, lui avait spontanément offert trois mille francs par an pour l'aider dans ses opérations de bourse.

C'était peu, mais la misère se trouvait conjurée, et Demérian avait répondu à l'offre de son ami par une chaleureuse poignée de main.

— Tu sais, mon cher Labarre, lui avait-il dit en le regardant franchement dans les yeux, que je n'oublierai jamais ce que tu fais aujourd'hui pour ton vieux camarade.

— Bon... il n'est pas utile de te surcharger la mémoire pour si peu de chose, lui avait répondu en riant le patron qu'il venait de se donner.

L'offre de Labarre était arrivée assez à temps pour permettre à Demérian de ne pas entamer son dernier billet de mille francs, et il l'avait mis en réserve pour les cas imprévus et même prévus, car le temps n'était pas loin où sa sœur devrait remplacer son trousseau de pensionnaire par des habits de jeune fille.

Ses deux cent cinquante francs par mois, bien administrés, suffisaient d'ailleurs à ses besoins personnels et à ceux de Tob, qui, ainsi que le jeune garçon l'avait dit lui-même, n'était pas d'une grosse dépense.

Pendant que son maître s'occupait de ses affaires, qui le retenaient jusqu'à la fermeture de la Bourse, Tob, d'une intelligence et d'un bon vouloir exceptionnels, soignait le ménage, brossait les habits, cirait les chaussures, faisait les emplettes journalières, et finalement préparait les repas, toujours ponctuellement servis.

L'enfant, qui connaissait la position de ses jeunes maîtres, la défendait pied à pied, comme un autre Caleb.

Le marchand le plus retors, le plus fripon, eût perdu son temps à vouloir le tromper sur le prix, le poids et la qualité de la marchandise.

Comme domestique, on pouvait le classer dans les phénomènes.

André Demérian riait quelquefois à se tordre, des remarques du pauvre Tob sur la duplicité des fournisseurs, et des ruses qu'il mettait en œuvre pour ne pas en être dupe.

Tob disait souvent :

— Que monsieur soit tranquille, je connais très-bien les mesures et les poids, et je ne permettrai jamais à un marchand de faire tort d'un centime à monsieur.

— Bah!... pour un centime...

— Non, monsieur... et je serais un mauvais cœur de les laisser faire.

Les jours de congé, Marie-Rose venait passer la journée avec son frère. Ces jours-là, Tob se prodiguait pour recevoir convenablement la fille de son premier maître, de son bienfaiteur, et lui faire hommage d'un plat sucré ou d'une galette.

Le frère et la sœur eussent été satisfaits, pour le présent, de cette existence modeste et tranquille, sans le silence que l'oncle Jean gardait avec eux.

Il y avait bien longtemps qu'on ne savait rien de lui.

— Pauvre cher oncle, disait Marie-Rose, je crains bien qu'il ne soit en peine, car il y a plus d'un mois que je ne cesse d'en rêver toutes les nuits. Je le vois chaque fois très-loin, très-loin, nous faisant signe de venir à son secours. Je t'entraîne alors par la main, et tout à coup, après une vingtaine de pas, la terre s'ouvre sous nos pieds, nous roulons tous deux au fond d'un précipice, et je me réveille en jetant de grands cris.

— C'est singulier, deux fois déjà j'ai fait absolument le même rêve.

— Toi aussi!

— Oui, ce qui pour certaines personnes signifierait clairement que nous en aurons prochainement des nouvelles; par malheur, je n'ai pas la moindre foi dans les rêves.

— Moi, je veux croire que l'oncle Jean nous écrira bientôt, et tu serais un frère bien gentil de ne pas me contrarier à ce sujet.

— Je m'en garderai bien. Quand on est favorisé d'une petite sœur qui te ressemble, on ne la chagrine jamais... on la rassasie de friandises : c'est un devoir.

— Cher André!... dit Marie-Rose avec le radieux sourire de ses quinze ans.

Le jour où nous nous trouvons était le premier dimanche du mois de mai, jour de congé pour le frère aussi bien que pour la sœur. Le printemps était plein d'effluves caressants, et la brise embaumait. André emmena sa sœur au Jardin d'acclimatation, afin de lui faire faire ce qu'il appelait une promenade hygiénique.

— Les pauvres pensionnaires, disait-il, ont besoin de circuler pour se remettre de la claustration de la semaine, en respirant à pleins poumons un air saturé de principes vivifiants.

Marie-Rose était bien sincèrement de cet avis; elle allait même jusqu'à reprocher au dimanche de limiter son apparition à un jour sur sept.

— Tu préférerais qu'il la fît trois fois par semaine, ce qui, joint au jeudi, te constituerait un petit train-train de vacances tout à fait agréable, lui répondait Demérian.

— Si agréable, que personne, bien certainement, ne s'en plaindrait.

— A ta pension, je le crois.

— Ni ailleurs.

— Il y a cependant les grands frères qui ne pourraient pas toujours accompagner leurs sœurs à la promenade.

— Les grands frères! on les mettrait à la raison.

— Et de quelle manière, s'il te plaît?

— En les privant de leurs vilains cigares qui vous fument dans les yeux.

— Veux-tu que je jette le mien?

— Oh! non!... non!... je mettrais plutôt de grandes lunettes vertes.

Et Marie-Rose riait en entraînant son frère.

. . . .

Trois heures et demie sonnaient quand nos deux promeneurs reparurent à leur logis de la rue de Sèvres.

Tobie vint leur ouvrir la porte, les mains et les bras

blancs de farine; il était occupé à confectionner une belle
galette à l'intention de sa jeune maîtresse, qui dînait ce jour-là
chez son frère, ce qu'elle faisait tous les jours de sortie, ainsi
que nous l'avons déjà fait observer.

— Monsieur trouvera une lettre sur son bureau, dit Tob.

— Une lettre! c'est de mon oncle, j'en suis certaine! s'écria
Marie-Rose en devançant son frère dans la grande salle du
milieu.

Demérian se hâta d'ouvrir la lettre qui l'attendait et dont
il avait aussitôt reconnu l'écriture.

Ce n'était pas celle de l'oncle Jean. Le jeune homme
venait à peine d'en lire les premières lignes, qu'une horrible
pâleur envahit son visage.

II

UN NAUFRAGE PARISIEN.

— Lui!... ce pauvre ami, dit André en restant un moment le front baissé, les yeux fixes.

La lettre qui venait de lui causer une si forte émotion contenait ce qui suit :

« MON CHER DEMÉRIAN,

« Je t'écris aujourd'hui ce que je n'ai pas osé te dire hier.

« La foudre est tombée sur moi. — Je suis entièrement ruiné par la dernière liquidation. — La médiocrité de ma fortune (quatre cent mille francs) m'agaçait depuis longtemps, et j'ai voulu jouer quitte ou double. Tout bien compté, il me reste à peu près cinq mille écus... Que faire avec cela, sinon se faire enterrer décemment après s'être brûlé la cervelle? Je veux cependant y réfléchir jusqu'à demain.

« Mon plus grand regret est de renoncer au projet que nous avions formé ensemble, et aussi de te priver du petit coin que j'avais été heureux de te donner chez moi. Pardonne sa folie à un vieux camarade qui te dit au revoir... et... peut-être... adieu!

« Armand LABARRE.

« P. S. — Ci-joint les cinq cents francs que je te dois. »

— Mais qu'as-tu donc, André? lui demanda sa sœur qui le regardait avec une surprise inquiète... Est-ce que mon oncle?...

— Non... cette lettre est d'un de mes amis qui se trouve dans un grand embarras. Je vais courir chez lui pour essayer de l'en tirer. — Je serai de retour assez à temps pour avoir le plaisir de dîner avec toi.

Et Demérian s'élança dehors en murmurant :

— Pauvre Armand... et moi qui comptais sur la nouvelle position qu'il m'avait promise pour augmenter la dot de ma sœur!... Il n'importe! je ne puis le laisser dans cette horrible disposition d'esprit. Dieu veuille que j'arrive à temps!

Il sauta dans la première voiture venue, criant au cocher ·

— 7, rue Lepelletier. Il est trois heures et demie, allez le plus vite possible!

Un quart d'heure après, André demandait au concierge de la maison habitée par Armand Labarre si ce dernier était chez lui.

— Il doit y être, monsieur; car je ne l'ai pas encore vu sortir.

— Dans tous les cas, je trouverai toujours quelqu'un chez ui, reprit André avec intention.

— Il y a vingt-quatre heures que M. Labarre a congédié ses deux domestiques... dit le concierge.

Demérian eut un serrement de cœur à cette réponse; il s'élança dans l'escalier, monta deux étages sans reprendre haleine, s'arrêta devant une porte qui se trouvait à sa gauche, tira une clef de sa poche, la double clef de la pièce où il travaillait habituellement, et qui était destinée à recevoir les clients de son patron, y pénétra sans bruit, et de là passa dans l'appartement de Labarre, séparé de ce bureau par un long corridor.

Il arriva ainsi, sans rencontrer personne, jusqu'à la dernière pièce, qui servait de chambre à coucher.

Les rideaux en étaient complétement fermés, et l'on y distinguait à peine les objets à travers une demi-obscurité.

André, qui arrivait du grand jour, se dirigea à tâtons vers la fenêtre, qu'il ouvrit pour faire pénétrer la lumière dans l'appartement.

— Tiens! c'est toi... dit un jeune homme plutôt étendu qu'assis dans un fauteuil large et profond.

— Je suis venu pour causer un moment avec toi.

— Tu as reçu ma lettre?

— Ta lettre et ce qu'elle contenait, répondit André en prenant un siége.

— Cela fait, je crois, ton compte?

— Plus que mon compte, et...

— Laissons cela, et puisque te voici, tu vas sans doute pouvoir me dire ce que coûterait une messe en musique, avec un beau *Dies iræ,* chanté par plusieurs voix très-belles. Tu comprends que ces choses-là ne doivent pas être faites à moitié.

— Ta plaisanterie est un peu funèbre.

— Une plaisanterie! les détails de mon enterrement? tu n'es pas un homme sérieux, permets-moi cette observation, qu'au reste je te fais sans acrimonie, en vrai chrétien qui va paraître devant son juge.

— Mon cher ami, je crois qu'il serait plus sage de songer à autre chose.

— Plus sage! ah çà, franchement, tu n'as donc pas lu ma lettre?

— Je l'ai lue jusqu'au bout.

— Tu dois savoir alors que ma caisse va pouvoir se passer de serrure.

— Parfaitement.

— Que je suis sans le sou, et qu'un homme sans le sou est plus à plaindre qu'un chien de bonne maison, toujours assuré de sa pitance.

— Tu possèdes encore quinze mille francs, dis-tu?

— Un joli denier par le temps qui court!

— De plus, un mobilier qui vaut pareille somme.

— Je te l'ai légué par un testament olographe, que tu peux voir tout ouvert sur cette table, et j'entends que tu respectes mes dernières volontés.

Demérian alla prendre le testament, qu'il jeta dans la cheminée, après l'avoir déchiré en vingt morceaux.

— Tu refuses d'accepter un souvenir de ton ami! s'écria Labarre très-offusqué.

— Je refuse absolument d'être intéressé dans une résolution que je trouve absurde. Se tuer pour avoir perdu quelques centaines de louis à la Bourse!

— Quatre cent mille francs! Tu appelles cela quelques

— Tiens! c'est toi... dit un jeune homme.

Page 17.

centaines de louis? Serais-tu par hasard devenu plusieurs fois millionnaire depuis vingt-quatre heures?

— Écoute-moi, reprit très-sérieusement André.

— Parle! répondit Labarre en s'enfonçant le plus possible dans son fauteuil.

André poursuivit aussitôt :

— Ceux qui naissent avec une fortune toute faite, de grandes relations, une famille empressée à les pourvoir d'une bonne éducation, d'une instruction solide, abordent la vie par ses côtés faciles, agréables. La société ne leur doit rien, et ils en reçoivent bénévolement tout ce qu'elle peut donner.

Nourris d'une substance qui ne participe nullement de la moelle des lions, le premier échec les trouve faibles, pusilla-nimes et en quelque sorte indignés de se sentir aux prises avec quelque chose qui leur résiste. Font-ils quelque grosse sottise qui mériterait les étrivières, ils s'étonnent de n'en point tirer de notables avantages, ou tout au moins qu'elle ne leur soit pas comptée comme une action d'éclat.

Armand Labarre s'était redressé :

— Et tout cela, dit-il, pour me faire comprendre que je suis un franc imbécile.

— Pas pour autre chose, répondit tranquillement son ami; je devrais même ajouter...

— Va! ne te gêne pas.

— Et un homme sans courage.

— Oh! oh! Eh bien, soit! Seulement tu vas m'en fournir immédiatement la preuve.

— Non, pas immédiatement...

— D'ici une heure, alors?

— Si tu l'exiges.

— Je l'exige! s'écria Labarre en se levant d'un bond.

— Très-bien! en attendant, fais-moi le plaisir de prendre ta canne, ton chapeau, et de me suivre.

— Impossible! car je me suis juré de ne plus sortir d'ici que les jambes roides et les yeux fermés, dit résolûment Labarre.

— Eh bien, je te relève de ton serment pour vingt-quatre heures.

— Non, peste! manquer à ma parole! Faire une pareille tache à ma mémoire! Jamais! jamais!...

— Alors roidis-toi, ferme les yeux, et je vais t'emporter en bloc sur le palier. De cette façon, tu redeviens libre sans forfaire à l'honneur, dit André.

— Au fait! mais non! ce serait une gasconnade.

— Ce serait recourir à un moyen terme, rien de plus; les diplomates et les casuistes n'agissent pas autrement.

— Tu es certain de cela? demanda Labarre fortement ébranlé.

— Tout à fait certain. Allons! transforme-toi en barre de fer, et regarde dans ton for intérieur, que je t'emporte à l'instant même.

— Et d'ici une heure tu m'auras expliqué comment il se fait qu'à mon insu je sois devenu un imbécile, et ce qui n'est pas moins infect, un être sans courage.

— Certainement, avec preuves à l'appui.

— Il suffit... emporte-moi.

Labarre avait enfoncé son chapeau sur sa tête et pris l'attitude convenue.

— Un instant, dit-il, au moment où son ami faisait un mouvement pour le saisir, il faut d'abord ouvrir la porte de l'appartement à deux battants, afin que je puisse en franchir le seuil tout d'une pièce, sans broncher, loyalement.

— Très-bien, dit Demérian, qui courut ouvrir toute grande la porte de sortie et revint prendre son ami, qu'il emporta comme une statue de bois.

— C'est fait, dit-il en le déposant sur le palier; je vais refermer l'appartement.

— Pas encore, j'ai oublié ma montre, mon porte-monnaie et un petit portefeuille; tout cela est sur ma table; sois assez bon pour me l'apporter.

André revint bientôt avec les objets demandés, et l'on se mit en route après avoir soigneusement fermé toutes les portes.

La voiture qui avait amené Demérian stationnait patiemment dans la rue. Celui-ci l'ouvrit, y poussa Labarre, et monta derrière lui, tout en donnant au cocher l'ordre de les conduire rapidement rue de Sèvres, d'où il venait.

— C'est dans cette boîte, au bruit des roues, que tu vas sans doute me fournir les preuves de mon imbécillité et de ma couardise.

— Non, mon ami, c'est ailleurs.

— Ah! dit Labarre, tu as, il est vrai, encore cinquante minutes pour tenir la promesse que tu m'as faite assez légè- rement; ma vanité me pousse à le croire.

Puis, regardant par la vitre de la portière, il reprit :

— Dire que je m'étais promis de ne pas revoir un seul des insensés qui se meuvent en tous sens, et comme s'ils étaient pris de vertige, dans cette immense fourmilière que l'on nomme Paris.

— Pauvres insensés, répéta André, qui pour la plupart courent après le pain de leur famille. Pauvres insensés de génie qui sollicitent inutilement la juste rémunération d'un travail opiniâtre qui doit un jour profiter à tous, mais dont nul ne se soucie pour le présent.

Moins heureux que le manœuvre et l'ouvrier dont le salaire est toujours prêt, il faut à ceux-là des commanditaires, à ceux-ci l'agrément d'un directeur de théâtre, d'un éditeur, et au plus grand nombre, des clients qui se font attendre. Il en est parmi eux qui ont quitté une femme malade, des enfants souffrants, pour arrêter les poursuites d'un créancier sans entrailles qui répond brutalement à leurs supplications :

— Ce n'est pas mon affaire ; vous me devez, payez-moi.

Quelques-uns de ceux qui passent ne sont, il est vrai, préoccupés que de leurs plaisirs; mais ceux-là ne sont pas même des insensés . . . .

— Pas même des points sur des *i*, tu leur fais là une jolie réputation ! répliqua Labarre en éclatant de rire.

Il ajouta :

— Et si je te disais, moi, que le plaisir seul est quelque chose en ce monde, que le reste ne mérite pas qu'on s'y arrête une seconde.

— Je te répondrais qu'il n'y a de plaisir vrai que celui qui est la récompense d'un travail persévérant, d'une lutte où l'on s'est prodigué jusqu'à l'épuisement de ses forces.

— Grand merci! s'écria Labarre.

La voiture s'arrêtait en ce moment. Demérian en descendit le premier, paya le cocher et se retourna vers son ami, qui regardait autour de lui d'un air passablement désorienté.

— Nous voici arrivés, dit-il.

— Arrivés? Où cela? demanda Armand qui n'était jamais venu dans ce quartier aussi vieux qu'excentrique.

— Tu le sauras avant peu... Passe devant.

— Drôle de maison, murmura-t-il en montant l'escalier.

— Va toujours, disait André.

— Je vais, je vais ; seulement je ne serais pas fâché, en attendant, de savoir où tu me conduis. Chez quelque somnambule, avoue-le? Je t'avertis à tout événement que ces pythonisses en chaussons de lisières ne m'inspirent nulle confiance, et que je ne leur donnerai pas un centime, dussent-elles me prédire que je vivrai plus d'un siècle avec toutes les grâces, tout l'esprit et tous les succès imaginables.

— Elles ne te demanderont pas une obole.

— Ce sera juste ce que valent leurs divagations.

— Les sciences occultes, je le vois, ne t'inspirent aucun intérêt.

— Pas le moindre.

— Tu préfères les choses tangibles à l'art éthéré de la divination?

— Je crois à ce que je touche.

— Et à ce que tu manges?

— Ainsi qu'à ce que je bois.

— O jeunesse! qu'avez-vous fait de nos beaux rêves?

Les deux amis, tout en causant, étaient parvenus au troisième étage.

André s'arrêta devant une porte munie, sinon décorée, du paillasson le plus simple qu'on pût voir.

— Ah! c'est là, dit Labarre, que logent tes sorcières?

Il était près de six heures quand André introduisit son ami dans la vaste salle que nous avons décrite précédemment.

Labarre regardait autour de lui d'un air désappointé.

Il s'attendait à autre chose.

4

— Ta sorcière, mon cher Demérian, dit-il, a l'air d'avoir grand soin de ses petites affaires ; tout cela est fort propre, seulement il manque à ce bric-à-brac le balai de bouleau, le chat noir et le hibou traditionnels.

— Patience, mon ami, tu vas les voir. En attendant, je t'invite à dîner dans cet antre.

— Dîner! moi! après la résolution que j'ai prise de ne rien faire qui puisse prolonger ma sotte existence ; je n'y consentirai jamais, dussé-je.....

Labarre s'arrêta comme si une atteinte de paralysie lui eût subitement coupé la parole.

— Qu'as-tu donc? lui demanda André, surpris de l'attitude singulière de son ami, qui était resté l'œil fixe et la bouche entr'ouverte.

— Quelle est cette enfant, cette jeune fille, que je viens d'apercevoir là, derrière toi? dit-il brusquement.

— Une jeune fille, derrière moi? répéta Demérian après s'être vivement retourné. Tu rêves sans doute, ou bien c'est une hallucination.

— Une hallucination !

— Rien n'est plus commun, quand on a depuis longtemps l'estomac vide, reprit André, qui devina que sa sœur, le croyant seul, avait paru dans l'entre-bâillement de la porte.

— Que diable, je n'en suis pas encore là !

— On ne s'aperçoit pas de ces choses soi-même, d'autant plus que ce dérèglement de l'organe visuel est particulier à tous les cas de folie.

— Tu n'as pas, je pense, l'intention de m'injurier? répliqua Labarre, qui s'animait.

— Non certainement, tu es un ami auquel je dois trop pour

cela. Seulement, à cause même de cette reconnaissance qui ne saurait faiblir, je dois te faire observer que les idées de suicide sont presque toujours un commencement d'aliénation mentale.

— Morbleu! s'écria Labarre.

— Et qu'elles peuvent conduire, comme tout dérangement d'esprit, à la folie furieuse.

Et Demérian éclata de rire.

— Un seul mot : Où suis-je? s'écria tout à coup Labarre, qui eut un frisson dans le dos.

— Quant à ça, mon ami, j'attendrai, pour croire à ton bon sens, que tu le découvres toi-même.

— Eh bien, je suis dans une maison de santé où tu m'as fait, pour ne pas éveiller ma défiance, pénétrer par une entrée secrète.

En disant ces mots, Labarre s'était précipité vers la porte de sortie, qu'André avait par prudence fermée à double tour depuis un moment. Arrêté dans son élan, il revenait auprès de son ami les yeux enflammés de colère, pendant que celui-ci criait par une autre porte :

— Tob! un couvert de plus!

— Oui, monsieur, répondit le petit domestique sans se montrer.

— Je ne dînerai pas! s'écria Labarre avec violence, et si tu ne m'ouvres immédiatement cette porte, je te préviens que je vais l'enfoncer après avoir tout cassé ici.

— Folie furieuse très-caractérisée, murmura André, qui reprit à haute voix :

— Holà! trois hommes vigoureux pour s'assurer de M. Labarre, qui refuse de prendre aucune nourriture, et menace de tout briser dans la maison.

Marie-Rose, attirée par les éclats de voix des deux amis, reparut en ce moment.

La pauvre enfant était tout émotionnée.

Armand Labarre resta stupéfait en apercevant de nouveau la charmante apparition qui l'avait frappé une première fois.

III

UNE LETTRE VENUE DE LOIN.

Marie-Rose arrivait doucement à la limite indécise qui sépare la fillette de la jeune fille.

Labarre semblait frappé de mutisme.

Son ami en eut pitié, et le prenant par la main, il se tourna vers sa sœur en disant :

— Mon excellent ami M. Labarre.

Puis, s'adressant à Labarre :

— Mademoiselle Marie-Rose Demérian, ma très-jeune sœur, reprit-il pour compléter la présentation.

— J'ignorais que tu eusses une sœur... et je suis heureux d'avoir l'occasion de t'en féliciter doublement, dit Armand Labarre tout ému encore par la plaisanterie de Demérian.

— Oh! c'est une fillette de bonne mine et de grande espérance!... Elle sait déjà par cœur sa grammaire, sa géographie
et ses quatre règles, sans parler de l'histoire, qui bouillonne,
j'allais dire qui brouillonne dans sa tête.

— Vilain frère! dit Marie-Rose.

— Mais c'est fort joli, et je vous en fais mes compliments,
mademoiselle, mes compliments bien sincères.

— Eh bien, monsieur, je ne les mérite pas pour la géographie... mais pas du tout. Il y a tant de pays, de mers, de
fleuves, de continents, de latitudes, de longitudes et d'alti-
tudes, etc., etc., que ma pauvre cervelle éclate dès que je
m'obstine à les y loger.

— Bah! cela viendra tout à coup, répondit Labarre.

— Oh! monsieur, je serai bien contente ce jour-là, dit
naïvement Marie-Rose.

Pendant ce temps, Tob, sur un signe de son maître, avait
mis le couvert dans un angle de la grande salle, et cela avec
la discrétion d'un domestique bien stylé qui évite avec soin
de faire du bruit autour de ses maîtres.

— Monsieur est servi... dit-il subitement.

— A table! à table alors! s'écria Marie-Rose qui avait
grand'faim.

La petite fille prit les devants.

Labarre, poussé par André, la suivit sans faire cette fois la
moindre résistance.

Riche, sans famille, il avait vécu fort jeune au milieu de ce
monde affolé de plaisir, inconscient de ses actes et repoussant
toute sujétion. L'habitude d'entendre railler les sentiments
et les devoirs qui seuls peuvent donner un sens à la vie
humaine, en avait fait, non pas un véritable incrédule :

son intelligence s'y refusait, mais un fanfaron de scepticisme.

La présence inattendue de cette enfant le transportait tout à coup dans un autre monde.

Ce frère rempli d'affection pour sa sœur, et qui silencieusement s'occupait de son instruction, de son avenir, et lui consacrait exclusivement ses jours de congé, l'étonnait et l'intéressait au plus haut degré. Il examinait son ami avec le ravissement d'un naturaliste qui vient de découvrir une espèce nouvelle dont rien ne lui avait fait encore pressentir l'existence. Sa sensibilité native, dont il avait si souvent rougi comme d'une infirmité, reparaissait furtivement. Il la laissait agir, entrevoyant tout un ordre d'idées, de sensations qu'il avait méconnues jusque-là.

La conversation des deux amis, forcément restreinte par la présence de la petite fille, était à chaque instant interrompue par les frais éclats de rire de sa voix argentine et ses amusantes répliques aux taquineries de son frère.

Le dîner terminé, André tira sa montre.

— Neuf heures ! vite ton chapeau, petite sœur, il ne faut pas que tu rentres en retard.

— Oh! mais non! mais non! c'est que madame ne serait pas contente, et elle me mettrait en retenue demain, pendant la récréation.

— Ce serait très-injuste, dit Labarre.

— Très-injuste, oui, monsieur, et très-désagréable aussi, répondit Marie-Rose tout en se hâtant de faire ses apprêts.

— Tu permets, mon cher Labarre, que je reconduise ma sœur à sa pension; ce n'est qu'à deux pas d'ici, je serai de retour dans quelques minutes. Tu pourras fumer un cigare en m'attendant.

— Oui, je te le permets, à la condition que je vous accompagnerai tous les deux.

— Voilà qui est très-aimable, dit André ; comme cela, nous aurons moins peur, n'est-ce pas, Marie-Rose ?

— Bien certainement, je marcherai entre toi et monsieur.

Vingt minutes plus tard, les deux amis revenaient bras dessus bras dessous.

— Avoue, mon cher Labarre, que je t'ai fait passer là une bien singulière soirée ! Trois heures en tête-à-tête avec une petite fille !

— Je n'avouerai qu'une chose : c'est qu'il m'est tout à fait démontré maintenant que j'ai vécu jusqu'ici comme un insensé, pas autrement.

— Le mot est dur.

— Tu me l'as dit toi-même.

— J'exagérais pour faire violence à ton attention, et par suite changer le cours de tes idées que je trouvais pitoyables.

— Elles l'étaient en effet.

— Eh bien, là, vraiment, je suis heureux de te l'entendre dire.

— Inutile aux autres et funeste à moi-même ! voilà ce que j'ai été, rien de plus.

Mon dossier n'est pas brillant.

— Tu oublies trop, mon cher ami, ce que tu as fait pour moi.

— Pour toi, mon cher Demérian ? Hélas ! ton souvenir aurait dû m'arrêter quand l'idée m'est venue de jouer sottement ma fortune à pile ou face. J'aurais dû me dire que je risquais de t'enlever la mince position que tu avais chez moi, et encore de mettre à néant pour toujours, faute du capital

— Madame ne serait pas contente, et elle me mettrait en retenue...

Page 31.

nécessaire, le projet que nous avions conçu ensemble de fonder un journal financier dont la réussite était certaine avec les éléments dont je disposais.

— Eh bien, nous fonderons quelque chose qui nécessitera moins d'argent, dit André.

— Sans doute, il faut réagir contre la mauvaise fortune. Il faut lutter ensemble, et lui mettre à nous deux un bon mors entre les dents, afin que nous y ayons même droit et même part.

— Cela ne serait pas juste, car si tes ressources en argent ne sont pas grandes, tu ne peux ignorer que les miennes sont absolument nulles, dit André.

— Mon cher Demérian, qu'il soit une bonne fois convenu entre nous deux que le tien et le mien doivent se confondre aujourd'hui aussi bien que nos efforts. En conséquence, il faut que nous puissions, à toute heure, à tout événement, en tout lieu, compter l'un sur l'autre comme la main gauche peut compter sur la main droite.

— Eh bien, soit! dit André.

Mais cette association loyalement acceptée des deux parts, sur quel point allait-on diriger ses efforts?

La nuit portant conseil, on remit au lendemain à traiter cette question importante, que chacun d'ici là pourrait creuser de son côté.

Le jour suivant, Labarre, dont les réflexions n'avaient encore rien produit d'utile, se rendait chez son ami avec l'espoir que celui-ci aurait eu plus de bonheur ou d'imagination que lui.

Il avait bien songé à toutes les spéculations et à toutes les entreprises connues; mais pour les unes il manquait des ressources indispensables, et quand il songeait aux autres, c'était pour regretter plus amèrement l'inconcevable folie qu'il avait faite.

— Ce brave Demérian! murmurait-il en marchant; et il songeait à son ami resté sans ressource avec une sœur dont l'instruction n'était pas terminée. Pauvre enfant qui était si gaie, si intelligente!

Il arriva ainsi jusqu'à la maison de la rue de Sèvres, où il pénétra silencieusement. Il resta un moment immobile, impressionné à son insu par la froide austérité qui se dégageait du vieil immeuble si longtemps délaissé après avoir servi d'abri à de nombreuses générations.

Puis il monta l'escalier à rampe de fer, aux marches à demi usées, et qui pour la plupart avaient perdu leur niveau primitif sous l'action invisible, mais incessante, des années.

Enfin, il arriva jusqu'à Demérian, qu'il trouva assis devant son bureau, le front appuyé sur ses deux mains.

Il réfléchissait profondément. Une lettre ouverte se trouvait devant lui.

IV

LE DÉPART.

Demérian n'avait pas fait un mouvement à l'entrée de Labarre dans la vaste pièce, et il était à croire que dominé par une préoccupation tenace, il ne l'avait pas entendu venir.

Cette concentration d'esprit parut de bon augure à son associé.

— Il a trouvé quelque chose de très-sérieux, pensa-t-il.

Et il lui frappa légèrement sur l'épaule.

Demérian fit un brusque mouvement.

— Ah! c'est toi, mon ami, dit-il d'un air sérieux.

— Il paraît que ce n'est pas à demi que tu réfléchis à nos affaires; je t'en fais mon compliment. Voyons, qu'as-tu trouvé depuis hier?

— Rien encore, mon ami; seulement je viens de recevoir, au sujet de mon pauvre oncle, une lettre qui m'afflige profondément.

— Ce n'est pas lui qui t'écrit?

— C'est son médecin.

— Il est donc bien malade?

— Pis que cela.

— Quoi donc, alors?

— Il est menacé de perdre la vue.

— Ah! mon Dieu!

— Oui, la réverbération de la neige, il paraît.

— Et que va-t-il devenir là-bas?

— Il me demande d'aller le prendre à Perm, pour le ramener en France, où son état ne lui permet pas de revenir seul.

— A Perm! au pied des monts Ourals?

— Il y est allé sous le prétexte de photographier des vues sibériennes, mais en réalité pour étudier les gisements d'or qui se trouvent dans les environs.

— Diable! voilà une étude intéressante, dit Labarre.

— Pour mon oncle surtout, qui cherche depuis longtemps à dérober à la nature le secret de la transmutation des métaux, dont il s'occupe exclusivement.

— Et il est très-avancé dans ce genre d'étude?

— Il a déjà obtenu de l'or artificiel, et il prétend n'être allé là-bas que pour perfectionner ses procédés.

— Mais c'est une mine qu'un oncle pareil.

— C'est un excellent homme que nous devons aimer d'autant plus, ma sœur et moi, qu'il ne veut fabriquer des millions que pour les partager avec nous.

— Dit-il que la cécité qui le menace soit sans remède?

— Il le dit à peu près. Voici d'ailleurs la lettre qu'il adresse à mon père, dont il n'a pu apprendre la mort.

Labarre prit la lettre suivante, qu'il lut tout haut :

« MON CHER DEMÉRIAN,

« Mes deux années de silence ont dû vous faire croire à tous que je m'étais laissé choir dans un de ces lacs glacés et profonds si communs en Sibérie, et que les molécules qui constituent mon identité s'étaient fondues dans la masse universelle; rien de cela n'est arrivé jusqu'ici.

« Ma situation n'en est pas meilleure, car je suis très-certainement menacé de devenir aveugle par suite de la réverbération continuelle de la neige.

« Quand tu recevras cette lettre qu'un médecin français, qui me soigne, veut bien écrire sous ma dictée, mes yeux seront peut-être fermés pour jamais à la lumière.

« Que deviendrais-je alors, si pas un des miens ne se trouvait là, autant pour recueillir le fruit de mes travaux photographiques que pour me ramener en France? Ton fils seul peut me rendre ce double service, et je crois pouvoir compter sur votre dévouement à tous deux dans cette triste circonstance : sur celui d'André, pour venir immédiatement à mon secours; sur le tien, pour ne mettre aucun empêchement à son départ, en songeant que la saison où nous entrons lui permettra d'accomplir ce voyage sans le moindre danger.

« Sois bien certain que je te rendrai mon neveu le plus vite possible.

« Ma chère petite Marie-Rose, devenue plus charmante

encore en grandissant, j'en ai la conviction, te tiendra compagnie en attendant notre retour.

« Au bonheur de vous serrer bientôt la main, je n'ose pas dire de *vous revoir*.

« Je vous embrasse tous très-affectueusement en terminant cette lettre, que je vais signer avec l'aide du docteur.

« Jean GUÉRIN.

« *P. S.* — Ci-joint un chèque de mille écus sur le Comptoir d'escompte pour subvenir aux frais de route.

« Voici l'itinéraire à suivre pour arriver directement à Perm :

« Francfort, Berlin, Kœnisberg, Tilsitt, Touroggen (frontière russe), Mittau, Riga, Dorpat, Narva, Saint-Pétersbourg.

« De cette dernière ville prendre en droite ligne par Vologda, Viatka, Perm.

« Arrivé là, André demandera au premier guide qu'il rencontrera de le conduire à l'hôtel de madame Maria Kazanoff, où je l'attends avec la plus grande impatience. »

— Tu vois que cela est parfaitement clair, dit Demérian quand son ami eut achevé la lecture de cette lettre.

— Trop clair, car il est évident qu'il ne lui reste qu'un bien faible espoir de conserver la vue, répliqua Labarre.

— Pauvre cher oncle... devenir aveugle ! lui dont le bonheur gisait dans ses rêveries scientifiques... De quoi va-t-il s'occuper maintenant ? Et ne serons-nous pas trop pauvres pour le soigner, pour lui consacrer tout le temps qu'il faudrait afin de le distraire dans une pareille situation ?

— Il n'importe ! tu dois répondre à son cri de détresse et te hâter de l'aller prendre là-bas... Une fois qu'il sera réinstallé chez lui... nous...

Le visage de Demérian s'était assombri tout à coup.

— Mais qu'as-tu donc? lui demanda Labarre.

— C'est que je viens de songer à ma sœur que je suis contraint d'instruire simultanément et du malheur qui frappe son oncle et de l'obligation où je me trouve de m'éloigner d'elle pour un temps assez long.

— Ah! diable! je ne pensais pas à la pauvre enfant. Mais heureusement qu'à son âge les impressions les plus fortes sont aussi les plus fugitives.

— Marie-Rose ne ressemble en rien aux autres enfants, mon cher ami; elle est, malgré ses airs souriants, d'une impressionnabilité, d'une sensibilité excessives. Je l'ai étudiée de près à la mort de notre malheureux père. Je lui reste seul aujourd'hui, et la pensée d'être éloignée de moi, ne fût-ce que pour un mois ou deux, est capable de bouleverser tout son être.

— Eh bien, tu promettras de lui écrire le plus fréquemment possible, en ajoutant que je t'accompagnerai, autant pour veiller sur toi que pour t'aider dans la pénible mission de lui ramener son oncle.

— Tu ferais cela, mon cher Labarre! s'écria Demérian très-ému.

— Pourquoi non? L'idée m'est venue en lisant la lettre de ton oncle que nous pourrions bien trouver là-bas ce que nous chercherions peut-être vainement ici : *un moyen sûr de faire fortune.*

— Tu le crois sérieusement?

— Très-sérieusement. La Russie est riche, très-riche en

6

produits naturels de tout genre. Quoique très-vieille, elle est fort jeune encore au point de vue de la spéculation. Son immense territoire n'a été fouillé que sur quelques points principaux, et peut-être y a-t-il là des filons inexplorés qui nous attendent.

— Qui sait?... Seulement il me paraît difficile de rencontrer immédiatement ce que nous cherchons.

— Il est même probable qu'un séjour de quelques mois nous sera indispensable pour cela, répondit Labarre.

— Ce n'est pas possible dans la position qui nous est faite.

— Nous nous séparerons pour un temps; rien de plus simple : tu te dirigeras vers la France, pendant que je m'enfoncerai dans la Russie septentrionale, où plus qu'ailleurs le sol regorge, disent les voyageurs, de richesses métallifères... Ton oncle pourra toujours, malgré sa cécité, nous donner des renseignements très-utiles sur le pays.

— Ce n'est pas douteux.

— Eh bien, une décision prise, il faut l'exécuter... Prenons vingt-quatre heures pour régler nos affaires et boucler nos malles!... Est-ce convenu? dit Labarre.

— C'est convenu.

— Dans tous les cas, je viendrai coucher ici pour te tenir en haleine.

. . . .

Le jour même Demérian prenait congé de sa sœur. La chère enfant avait répandu ses plus grosses larmes en apprenant le malheur qui frappait si cruellement son oncle et nécessitait le prompt éloignement de son frère.

Après avoir beaucoup pleuré, elle lui avait dit d'une voix touchante :

— Pars, puisqu'il le faut, mon cher André, et dis bien à M. Labarre que je le prie de veiller sur toi. Surtout, oh! oui, surtout, n'oublie pas de m'écrire au moins tous les huit jours, ainsi que tu me l'as promis... autrement je croirais que je suis seule au monde.

Puis, embrassant une dernière fois son frère, elle s'était enfuie en se couvrant le visage de ses deux mains.

Demérian raconta tous les détails de cette scène à son ami.

— La charmante petite a été plus raisonnable que tu ne le supposais. Enfin te voilà tranquille de ce côté, et je t'avouerai que j'en suis fort heureux.

— Tu es un véritable ami, toi, mon cher Labarre.

— Parbleu!... maintenant je t'annonce que mon appartement est fermé, que mes malles sont à la consigne du chemin de fer, que j'ai été, chose urgente, prendre nos passe-ports à l'ambassade russe, et qu'enfin il ne me reste plus qu'à acheter deux carabines et deux revolvers pour être complétement à tes ordres.

— Tu es un homme précieux.

— Précieux! ne le répète pas, ou je me fais faire un étui de maroquin rouge pour empêcher qu'on m'égratigne au passage.

— Insensé! dit André en riant.

— Qui ne l'est pas? A propos, devine ce qui m'est arrivé ce matin?

— Dis-le-moi tout de suite, ce sera plus court.

— Tu as connu Bernard, qui était en même temps que nous à Louis-le-Grand?

— Sans doute, et je m'en souviens comme d'un brave garçon.

— Eh bien, imagine-toi qu'il est venu m'emprunter un

jour vingt mille francs pour le tirer d'une mauvaise affaire.

Il y a deux ans de cela, et le même espace de temps que mon bonhomme a complétement disparu.

— Le pauvre garçon a probablement coulé comme tant d'autres après avoir beaucoup lutté.

— Loin de là ; il a repris pied sur le terrain des affaires, si bien qu'il m'a renvoyé ce matin, avec un adorable à-propos et ses très-affectueux remercîments, mes vingt billets de mille, plus leurs intérêts composés, sous forme d'un chèque sur la maison Rothschild. Cela m'est venu d'Irkoutsk, sur les frontières de la Sibérie et de la Chine, où il fait, paraît-il, un grand commerce de fourrures et de peaux brutes.

Bref, j'ai touché la somme, qui, ajoutée à notre premier capital, nous fait une mise de fonds de trente-sept mille cinquante francs.

— De quoi conquérir le monde, dit Demérian.

— En admettant que la bise souffle du bon côté, et elle y soufflera, cet heureux début m'en donne l'assurance.

Tob, qui était entré pour apporter une partie du couvert, venait de quitter la pièce.

— Ah ! mon Dieu ! s'écria tout à coup Demérian en se frappant le front, que vais-je faire de celui-là ? je l'avais complétement oublié.

— Quoi ! ton petit domestique ?

— Oui, ce pauvre enfant recueilli par mon père.

Tob, bien qu'il n'eût pas la honteuse habitude d'écouter aux portes, avait entendu bien des choses depuis la veille, et il rentrait en ce moment pour achever de mettre le couvert. Son visage était fort pâle.

— Tob ! lui dit brusquement Demérian, je pars demain

— Pars, puisqu'il le faut, mon cher André...

Page 43.

pour un fort long voyage, et je voudrais savoir ce que tu prétends faire pendant ce temps.

— Monsieur ne voudrait pas m'emmener? balbutia l'enfant, qui n'osait pas regarder son maître.

— T'emmener!

— J'irais à pied si monsieur le désirait.

Les deux amis poussèrent un grand éclat de rire.

— Douze cents lieues à pied! Quatre mois de marche à dix lieues par jour! Quel trotteur! s'écria Labarre.

— Tu vois que cela n'est pas possible, dit André.

— Alors, monsieur, le bon Dieu fera de moi ce qu'il voudra, répondit Tob d'un ton navrant.

— En attendant, sers-nous à dîner, reprit son maître.

— Ce pauvre garçon paraît t'être tout à fait dévoué, dit Labarre dès qu'il fut seul avec son ami.

— Plus que je ne le voudrais en ce moment, car je sens qu'il me sera très-pénible de me séparer de lui.

— Pourquoi ne pas l'emmener avec nous?

— En Russie!...

— C'est surtout à l'étranger qu'il est bon de pouvoir compter sur le dévouement de ceux qui nous entourent. Il serait cruel d'ailleurs de laisser un si jeune garçon se débattre au milieu des misères parisiennes, fit observer Labarre.

— Je serais de ton avis si nous devions demeurer là-bas; mais faire deux fois pour lui, sans utilité, les frais onéreux d'un si long voyage!...

— Bah! sait-on bien d'avance, en pareil cas, ce qui doit nous être utile? Qui pourrait me dire si je ne serai pas pour mon compte fort heureux de l'avoir avec moi dans les explorations que je projette; s'il ne me sauvera pas la vie?

— Soit alors! emmenons-le!

— A la bonne heure! et puisqu'il en est ainsi, laisse-moi faire d'abord un peu connaissance avec lui... Le voici!

Demérian fit un geste affirmatif.

— Tob! reprit aussitôt Labarre, pose ton dessert sur la table, et dis-moi si véritablement tu te sentirais de force à faire douze cents, quinze cents lieues à pied, et à revenir ensuite sur tes pas de la même manière.

— Oui, monsieur! répondit Tob un peu surpris de la question.

— Et cela en mangeant exclusivement du pain sec, de la neige, de la glace et du grésil à volonté tout le long de la route?

— Oui, monsieur!

— Et tu coucherais volontiers à la belle étoile pour économiser à ton maître les frais d'un lit d'auberge?

— Oui, monsieur!

— Et si, chemin faisant, tu étais attaqué par un ours, car il y a beaucoup d'ours dans le pays où nous allons, de quelle manière t'y prendrais-tu pour le tuer?

— Monsieur, je m'y prendrais de toutes les manières.

— Afin de rencontrer la bonne, n'est-ce pas?

— Oui, monsieur.

— Et l'ours une fois tué, qu'en ferais-tu?

— Je lui prendrais sa peau, monsieur.

— Que tu vendrais pour te procurer des douceurs?

— Non, monsieur, je la mettrais de côté pour en faire un tapis à mon maître.

A ce dernier trait, les deux amis éclatèrent de rire.

— Admirable! il est admirable! je l'avais bien jugé! s'écria Labarre.

Tob était un peu décontenancé.

— Admirable! je le répète, et puisque tu as de si belles dispositions pour les voyages...

Labarre s'interrompit.

— Oui, monsieur, crut devoir répéter Tob, qui depuis un moment attendait que Labarre eût terminé sa phrase.

— Tu viendras avec nous, reprit celui-ci.

Tob ne pouvait croire à tant de bonheur; il regardait alternativement les deux amis pour s'assurer qu'ils ne se moquaient pas de lui.

— C'est pour tout de bon, messieurs? demanda-t-il enfin avec un certain tremblement dans la voix.

— Assurément. A la condition cependant que tu ne te feras pas attendre, dit Demérian.

— Non, monsieur. Monsieur n'aura qu'à me dire son heure, et je serai tout prêt.

. . . .

Le lendemain matin, dès six heures, de violents coups de marteau retentissaient à la porte de la rue. Tob, levé depuis longtemps, dans la crainte d'être en retard, descendit rapidement afin d'ouvrir à ce visiteur extra-matinal, qui n'était autre que le domestique de la pension où Marie-Rose faisait ses études. Il accourait, envoyé par sa maîtresse, pour demander que M. Demérian voulût bien venir au plus vite.

Sa sœur, devenue fort triste après avoir la veille reçu ses adieux, avait eu dans la nuit une crise de nerfs si forte qu'elle avait fait craindre pour sa vie. Elle ne cessait de répéter qu'elle ne reverrait jamais son frère, qu'elle était seule au monde.

Demérian, épouvanté par ce récit émouvant, s'était hâté de suivre le domestique.

7

Une heure plus tard, il ramenait sa sœur en voiture, ainsi que tout son bagage de pensionnaire.

La chère fillette, le visage encore tout défait, se tenait serrée au bras de son frère, comme si elle eût craint de le voir s'éloigner une seconde fois. De temps en temps, elle le regardait comme pour le supplier de lui pardonner la trop grande affection qu'elle lui portait.

De son côté, Demérian se demandait ce qu'il allait en faire. Embarrassée d'abord, sa situation était devenue perplexe.

Pendant ce temps, Labarre, qui avait passé la nuit dans la grande pièce que nous avons décrite au commencement de ce récit, s'était éveillé. Il venait d'entrer chez son ami, très-surpris de le trouver en compagnie de sa sœur.

André le mit vite au courant de la situation.

— Tant mieux! tant mieux! s'écria Labarre, nous partirons tous ensemble.

Demérian hocha mélancoliquement la tête.

Marie-Rose le regardait d'un air suppliant.

— Certainement, reprit Labarre, ne laissant personne en arrière, nous n'en serons que plus habiles à tirer parti des événements et à leur commander à l'occasion.

La Russie en plein été n'est pas d'ailleurs un pays plus fâcheux que les autres.

— N'est-ce pas, monsieur, que ce serait bien plus gentil d'être là tous réunis? Et puis, il faudra toujours quelqu'un pour rester auprès de mon oncle, le soigner, lui faire la lecture pendant que vous irez visiter le pays.

— Tiens! tu es un trésor de petite sœur, s'écria brusquement Demérian en prenant Marie-Rose dans ses bras. Eh bien, oui! nous partirons tous ensemble pour revenir de même. Il nous en coûtera quelques louis de plus; mais, en définitive, l'argent n'est pas ce qu'il y a de plus précieux en ce monde.

Marie-Rose battit des mains.

Ce jour-là, vers deux heures, la maison de la rue de Sèvres était de nouveau fermée du haut en bas.

Demérian, Labarre, Marie-Rose et Tob, tous montés avec leur bagage de main dans une voiture dite de famille que l'administration des chemins de fer met au service des voyageurs, traversoient Paris pour se rendre à la gare du Nord où ils arrivèrent rapidement.

Leurs malles descendues de l'impériale, leurs billets pris, leurs bagages enregistrés, Tob barra tout à coup le chemin à son maître :

— Monsieur, lui dit-il, maintenant de quel côté faut-il que je prenne pour m'en aller à pied, et où faudra-t-il que je retrouve monsieur?

— C'est vrai, mon ami. Voyons, es-tu au moins chaussé convenablement?

— Monsieur peut voir.

Et Tob montra à son maître des souliers neufs, à semelles si épaisses, si fortement cloutées, qu'ils eussent pu, aux pieds d'un rude marcheur, faire le tour du monde sans faillir à leur devoir.

— Très-bien! dit Demérian. Et que portes-tu enveloppé dans ce papier anglais?

— Monsieur, c'est mon grand couteau de cuisine; je l'emporte pour tuer les ours dont monsieur m'a parlé; je l'ai mis dans sa gaine, en attendant, pour éviter un malheur

— C'était prudent. Et combien as-tu d'argent pour tes frais de voyage?

— Monsieur, j'ai vingt francs.

— Une fortune, ni plus ni moins, reprit gravement André. Suis-nous donc... et plus un mot.

Tous quatre eurent bientôt pris place en wagon.

Tob y avait été poussé par son maître.

— Mais monsieur oublie que c'est à pied que je dois aller en Russie, disait Tob, trop délicat pour abuser de la distraction de son maître.

— Tais-toi, vantard! ou je te brûle la cervelle, s'écria Labarre avec le plus grand sérieux.

V

AU PIED DES MONTS OURALS.

Dans l'Asie septentrionale, sur la pente des monts ouraliens qui couvrent en largeur un espace variant de vingt à quarante lieues, et dont la longueur (cinq cents lieues environ) s'étend de l'océan Glacial à la mer Caspienne, on rencontre particulièrement deux tribus d'origines essentiellement différentes : les *Ostiaks* et les *Vogouls*. Ces derniers appartiennent à une population de douze mille âmes qui s'est répandue en Europe et en Asie. Ils habitent en Sibérie les hautes vallées, et de là s'étendent jusque sur la rive gauche de l'Obi, entre Tobol et Bérézof. Les Russes leur ont donné le nom de *Vogoulitchi* ou *Ougritchi*, comme descendants des *Yougri, Ouïgours* ou Hongrois ; mais eux se nomment *Mansi* ou *Manch-Koum*. Leur langue se compose de trois dialectes. Contraints par les

Russes d'embrasser le christianisme, ils n'en sont pas moins adonnés à leurs anciennes superstitions et à la vie nomade.

Ils séjournent alternativement dans les forêts et sur les bords des fleuves poissonneux. Leur cabane est ordinairement isolée. Parfois ils en réunissent plusieurs, mais jamais plus de quatre; encore ces groupes d'habitations sont-ils toujours de trois à douze lieues de distance les uns des autres. Leur motif, en agissant ainsi, est de se procurer une chasse plus abondante. Aussi ont-ils toujours vu avec un sourd mécontentement l'exploitation des mines, qui a fini par jeter plus de cent trente mille ouvriers sur ces versants autrefois déserts et remplis de gibier.

Leur *yourte,* habitation d'hiver, reçoit la lumière du jour par un seul trou percé au milieu du toit, et que l'on couvre d'un glaçon quand le froid devient trop rigoureux.

Leurs cabanes d'été, nommées *balaganes,* sont en écorce de bouleau. Ils entretiennent devant la porte de ces légères habitations un feu brillant pour en éloigner les moustiques, les mouches et autres insectes, qui abondent à ce point en Sibérie pendant ses trente jours de forte chaleur, qu'on leur préfère les plus grands froids.

Vivant sur le pied d'une égalité parfaite, il n'y a chez eux ni nobles, ni chefs. Ils désignent tous les ans un *sotnik* ou centenier dont l'autorité se borne à recueillir le tribut qu'ils doivent à l'empereur et à le porter à Tcherdine. La communauté de biens la plus absolue, la plus fraternelle, est établie parmi eux. Le Vogoul qui manque de vivres se rend chez son voisin plus heureux que lui et l'aide à consommer une partie de sa chasse. Dans les cas trop fréquents où la disette est générale, tous supportent la faim avec un égal courage.

Leur manière de manger est fort originale :

Quand leur gibier, qui a bouilli dans l'eau, à pleine mar-
mite, est cuit à point, ils le saisissent de la main gauche pour
le porter à leur bouche grande ouverte, où ils le font entrer le
plus avant possible. Ainsi placé, ils le déchirent avec leurs
dents aiguës et l'engloutissent sans qu'il en reste un atome, à
moins que leur estomac se refuse à continuer d'absorber.

Hommes, femmes et enfants boivent de l'eau-de-vie avec
passion; on en obtient ce qu'on veut en échange de ce breuvage.

Très-superstitieux, leur imagination, vive d'ailleurs, a peu-
plé les forêts, les marais et les rivières de malins esprits qu'ils
redoutent par-dessus tout. Leurs chiens passent-ils une rivière
à la nage, ils les noient. Rien n'égale leur adresse et leur agilité. Leur coup d'œil est si juste et leurs pieds si rapides,
qu'un animal dont ils ont relevé les traces ne leur échappe
que fort rarement. La physionomie des Vogouls diffère absolument de celle des Russes et rappelle le type des peuples sauvages de l'Asie. De taille médiocre et souvent petite, ils ont
les cheveux d'un brun roux, et sont presque imberbes. Leurs
femmes, malgré la petitesse de leurs yeux, ne laissent pas
que d'être jolies.

Les *Ostiaks de l'Obi,* leurs voisins, petits et faibles, ne
se distinguent par aucune physionomie particulière. Ils ont
en général des cheveux d'un blond doré. Ils sont vêtus de
peaux et de fourrures. Chaque homme se fait une marque sur
la peau, et c'est par elle qu'on le désigne sur le registre des
tributaires. Les femmes se cousent des images sur le dessus
des mains, sur l'avant-bras et le devant de la jambe. Leurs
robes sont en fourrures, ouvertes par devant ; les côtés en sont
rabattus l'un sur l'autre et fixés par de petites courroie

Réunis par une bandelette, leurs cheveux tombent en longues nattes au milieu des épaules. Les filles portent une couronne garnie de petites plaques de métal d'où pendent plus bas que la taille de larges bandes de drap retenues ensemble par un ruban de couleur.

Les cabanes où ils s'abritent l'été sont en forme de pyramides; celles d'hiver sont carrées et construites en charpente.

Bien que la pêche soit leur principale occupation, les Ostiaks organisent en hiver de grandes expéditions de chasse. Seuls parmi eux, les riches ont des troupeaux de rennes.

Païens obstinés, il a fallu inventer une cérémonie à leur usage pour le cas où ils doivent prêter serment de fidélité à un nouvel empereur.

Le fonctionnaire chargé de recevoir ce serment fait mettre l'Ostiak à genoux devant une peau d'ours ou devant une hache qui a servi à tuer un de ces animaux. On lui présente ensuite une bouchée de pain à la pointe d'un couteau, et c'est alors qu'il prête le serment suivant :

« Si dans le cours de ma vie je deviens infidèle à mon tzar, si je ne paye pas mon tribut, si je déserte mon canton, puisse un ours me dévorer, puisse ce morceau de pain m'étouffer, cette hache me couper la tête, et ce couteau me percer le cœur. »

Chaque Ostiak est de plus obligé de mordre dans la peau d'ours après ce serment.

Un très-petit nombre d'entre eux a feint d'embrasser le christianisme, mais aucun ne s'est converti. Tous ont des idoles de bois qu'ils frappent ou qu'ils brisent quand il leur arrive malheur. Celles qu'ils ont le plus en vénération se trouvent au milieu de vallons boisés dont les avenues sont très-soigneusement cachées aux Russes. L'une de ces divinités est revêtue d'un habit d'homme, l'autre d'un habit de femme. Ajoutons que la danse des Ostiaks est remarquable par la pantomime qui l'accompagne. Le danseur imite admirablement les allures de l'animal blessé à la chasse, du poisson que l'on vient de pêcher, la tournure des hommes ridicules de leur tribu, le soldat russe sous les armes et enfin les femmes russes lavant leur linge à la rivière.

Nous avons décrit un peu longuement peut-être les individus qui composent ces deux peuplades, par ce seul motif qu'ils se trouveront plus particulièrement mêlés à notre récit.

A une très-grande distance des derniers établissements des monts Ourals et à plusieurs verstes des rives de l'Obi, vaste fleuve qui, formé par la réunion de la Katounia et de la Biia, va se jeter dans le golfe de l'Obi pour se perdre dans l'océan Glacial, s'élevait, abritée par un bois de sapins et de bouleaux, une grande et solide izba, construite en troncs d'arbres reliés ensemble par de forts crampons de fer. Un hangar aussi soigneusement clos que l'habitation se trouvait derrière.

L'izba et le hangar n'avaient pas plus de deux mètres et demi de hauteur, et étaient savamment combinés pour résister à la violence des ouragans sibériens.

Une forte palissade en planches entourait l'habitation située sur la lisière d'un bois, et complétement isolée.

L'unique route qui conduisait là serpentait péniblement entre de maigres bouquets de bouleaux, des marécages gelés et couverts de neige, malgré les approches de la belle saison, qui commence le 15 juin pour finir le 15 juillet de chaque année, car le soleil n'y fait sa brusque et chaude apparition qu'un mois sur douze. Un homme suivait cette route d'un pas ferme et rapide.

8

Il avait les cheveux, la barbe et les yeux noirs, un profil régulier, un menton fermement accusé.

Ses épaules larges, d'une belle allure, sa taille bien prise, ses membres robustes et un certain air de contentement et de franchise, indiquaient à première vue un homme en pleine possession de lui-même, c'est-à-dire gai, intelligent, actif et résolu.

Il portait une perruque de peau de mouton (laine en dehors), et par-dessus, un bonnet de drap garni de fourrures. Un gilet et un pantalon de gros drap recouverts d'un *armiak*, sorte de tunique en peau de mouton à collet montant, des bottes goudronnées enveloppant les genoux, un large carnier en sautoir, une belle carabine à l'épaule, complétaient ce costume sibérien.

Cet homme, qui paraissait chez lui dans cet affreux désert, n'était autre que Jean Guérin, le savant chimiste, l'oncle de Demérian et de Marie-Rose, regagnant son logis après une tournée de quelques heures dans les environs, faite avec le seul espoir de trouver un gibier à sa convenance.

Il n'était plus guère qu'à une centaine de mètres de l'habitation que nous avons décrite plus haut, quand il se baissa brusquement dans la neige pour examiner des traces de pieds d'hommes, autres que les siens.

Robinson ne fut pas plus bouleversé en apercevant pour la première fois l'empreinte des pas de Vendredi sur le sable de son île.

Jean Guérin n'avait pas un seul voisin, et les voyageurs étaient aussi rares que les chasseurs au milieu de ces marais, où de sérieuses raisons, nous les connaîtrons bientôt, l'avaient décidé à s'établir.

Son émotion ne dura guère, et sa carabine à la main, il avança plus rapidement encore du côté de sa demeure. A mesure qu'il s'en rapprochait, il lui semblait distinguer couchée devant sa porte une masse noire dont il ne pouvait préciser la forme.

Une minute encore, et il se trouvait devant un homme de vingt-cinq ans, étendu sur la neige, le visage pâle, amaigri.

Le chimiste, qui au premier coup d'œil l'avait cru mort, acquit la certitude qu'il n'était qu'évanoui.

Se hâtant d'ouvrir sa porte, il le porta sur son lit et lui prodigua les soins les plus attentifs.

Le *tchual* (poéle) répandait une chaleur pénétrante dans l'izba, ce qui aida puissamment le jeune homme à reprendre connaissance.

Jean Guérin, qui pendant ce temps l'examinait avec l'œil expert du savant et de l'homme du monde, pensa qu'il pouvait, malgré l'étrangeté de son costume, appartenir aussi bien à la noblesse russe qu'exercer une profession libérale, scientifique ou artistique.

Ces remarques faites, le chimiste s'était retiré dans la partie la plus obscure de la pièce pour ne pas tomber sous le regard de l'inconnu au moment juste où il rouvrirait les yeux. Il voulait l'observer un peu avant de se présenter à lui. Son attente ne fut pas longue. Le jeune homme ne s'était pas plus tôt senti couché sur des fourrures, au milieu d'une chaude atmosphère, qu'il avait fait un pénible effort pour se remettre sur son séant. Regardant alors autour de lui avec une stupéfaction indicible, il se demandait, en s'étreignant le front des deux mains, par quel secours inattendu, ou plutôt par quel miracle il se trouvait là.

Descendu de son lit, il avait essayé de se tenir debout pour voir s'il ne trouverait pas quelqu'un ou quelque indice qui pût répondre aux questions qu'il venait de s'adresser à lui-même; mais épuisé, étourdi par cette tentative, il retomba assis en s'écriant :

— Mon Dieu ! venez à mon secours une seconde fois.

Jean Guérin choisit ce moment pour sortir de la pénombre.

Et s'étant approché du jeune homme qui le regardait avec un effarement inquiet, il lui dit après un silence de quelques secondes :

— Cela va mieux... n'est-ce pas ?

— Oh ! monsieur, balbutia le jeune homme.

— Mais aussi quelle idée de vous étendre sur la neige et, ce qui est pis encore, de vous y endormir !

— Monsieur... j'étais harassé de fatigue, répondit le jeune homme d'une voix faible.

— Et vous aviez faim, très-faim ?

— Il y a plus de trente heures que j'ai mangé ma dernière bouchée de pain.

— Diable ! s'écria Jean Guérin, voilà qui n'est pas absolument hygiénique dans un climat comme celui-ci. Il n'importe, cela tombe à merveille, car je rentrais précisément pour déjeuner. Accordez-moi quelques minutes, et je vais vous mettre à même de réparer le tort que vous avez fait à votre estomac.

— Vous êtes bon, monsieur, murmura le jeune homme.

Jean Guérin, sans l'écouter une seconde de plus, se hâta de mettre deux couverts sur une table qu'il avait portée près du tchual, d'en rapprocher deux escabeaux qui se trouvaient

Il se trouvait devant un homme de vingt-cinq ans étendu sur la neige...

Page 59.

à distance, et enfin de tirer d'un coffre placé dans un angle plusieurs biscuits, un morceau de bœuf fumé, du poisson séché, une bouteille de *vodki,* c'est-à-dire d'excellente eau-de-vie.

Cela fait, il alluma le fourneau à esprit-de-vin de sa cuisine, pour y faire fondre des morceaux de glace destinés à une infusion de thé, ce complément de tous les repas en Russie.   .

Le jeune homme eût vu le ciel s'entr'ouvrir tout à coup, que ses yeux n'eussent pas lancé de plus brillants éclairs.

Jean Guérin avait fait deux parts de tout ce qui se trouvait sur la table.

— Allons, monsieur, dit-il gaiement, à table! autrement je serais capable d'engloutir le tout à moi seul.

Le jeune homme ne se fit pas répéter l'invitation; il se jeta même avec une si belle ardeur sur les aliments disposés devant lui, que son hôte ne put s'empêcher de le regarder du coin de l'œil avec la curiosité qui s'attache à un spectacle extraordinaire, ne quittant son attitude que pour lui verser à boire, dans la frayeur qu'il suffoquât.

A mesure qu'il satisfaisait sa faim, ses yeux bleus, d'abord un peu hagards, prenaient une expression plus humaine, plus sympathique. Les lignes de son visage, où la race latine dominait, devenaient plus harmonieuses, plus tranquilles; enfin sa taille souple et déliée se redressait.

Quand sa faim fut entièrement apaisée, il se leva d'un seul élan :

— Que je vous dois de reconnaissance, monsieur! Sans votre généreux secours, on m'eût trouvé mort sur le seuil de votre habitation; car sans armes et sans pain, il m'eût été impossible de faire un pas de plus pour me soustraire à la vue de ceux qui me poursuivent.

— Monsieur, lui dit doucement le savant, le service que j'ai été assez heureux pour vous rendre ne vous oblige pas à me livrer votre secret. Je puis, sans le connaître, mettre à votre disposition tout ce dont vous pouvez avoir besoin pour vous rendre à la destination que vous avez choisie.

—Je vous remercie du plus profond de mon cœur, monsieur, mais, hélas! je ne puis avoir qu'un seul désir : quitter la Russie où je suis né, afin d'échapper à la condamnation qui m'a frappé pour m'être battu en duel avec le fils du comte Miranieff.

— Et quelle peine vous a-t-on infligée?

— Dix ans de travail forcé dans les mines de Sibérie, si bien, monsieur, que l'homme qui vous doit d'être encore de ce monde n'est plus Pierre Kazanoff, élève de l'école des mines de Saint-Pétersbourg, mais le forçat n° 35, c'est-à-dire un homme soumis aux plus durs traitements, aux menaces les plus humiliantes.

— Oui, cela est odieux. Et vous avez pu vous enfuir?

— Ma qualité d'ingénieur m'avait désigné pour les travaux des routes et la construction des ponts; j'en ai profité pour étudier particulièrement les chemins qui communiquent avec la plaine et vont plus loin se perdre à travers les lacs et les marécages. De plus, j'avais eu l'occasion de causer quelquefois avec les marchands nomades dont les caravanes pénètrent dans les villages les plus isolés, et aussi avec les bateliers employés à l'exportation du sel.

J'avais réservé tout l'argent que m'avait remis ma mère lors de notre séparation, songeant à profiter de la première occasion qui s'offrirait pour m'enfuir.

Elle se présenta après quatre mois d'esclavage et de tortures. Un travail supplémentaire (des plans accompagnés de
leurs devis) m'avait contraint de passer huit jours dans les
bureaux du *polécénié* (lieu de détention), ce qui m'avait permis
de me fabriquer un *plakatny* (passe-port). Rien n'y manquait :
il était sur papier timbré, et portait le cachet de l'empereur.

Quelques jours plus tard, pendant que les hommes placés
sous ma direction étaient occupés à creuser, à six mètres de
profondeur, une mine destinée à faire sauter une roche qui
barrait le chemin que j'avais ordre de tracer, je m'élançai vers
la forêt située à une centaine de pas au nord, et je la tra-
versai dans sa plus grande profondeur qui était d'une vingtaine
de verstes (environ sept lieues). Ce ne fut pas sans une vive
inquiétude que je me retrouvai en plaine. Au moindre bruit,
il me semblait entendre des gens lancés à ma poursuite, et
auxquels il me serait impossible de résister, faute d'armes. La
surveillance dont j'étais l'objet m'avait toujours empêché de
m'en procurer. J'espérais rencontrer des marchands nomades
qui m'auraient vendu quelque pelisse chaude, une bonne carabine et des munitions, toutes choses dont j'avais un pressant
besoin; mais je fis encore une dizaine de verstes sans rencontrer un être humain, pas même un oiseau.

Le désert semblait avoir pris à tâche de mériter son nom.

Le ciel, assez brillant depuis le matin, s'était rapidement
obscurci; un grésil très-froid commençait à tomber, et je
compris que je n'avais plus d'autre ressource que de me creuser
un trou dans la neige et de m'y blottir jusqu'au lendemain.
Je me livrai rapidement à ce travail, regrettant fort de n'être
pas pourvu des puissantes griffes de l'ours pour m'y aider.

Le lendemain après un lourd sommeil, je repris ma course

9

vers les bords de l'Irtyche, espérant trouver là quelque bate-
lier qui me conduirait dans la direction du golfe de l'Obi où
je pourrais trouver un bateau de sel ou un navire marchand
qui me permettrait de gagner la Suède ou la Norvége.

Hélas! je marchai encore trois jours sans être plus heureux qu'au début de mon voyage, et j'avais complétement
épuisé depuis longtemps le peu de provisions restées dans
mes poches... Enfin j'aperçus votre habitation. Je réunis
toutes mes forces, non pour aller, mais pour me traîner
jusque-là...

La porte en était close, et j'y frappai plusieurs fois sans
obtenir de réponse. Convaincu alors que l'izba était inhabitée,
que je ne pouvais plus espérer aucun secours de personne, je
songeai une dernière fois à ma pauvre mère, puis je m'étendis
sur la neige pour me réfugier dans la mort.

— Et maintenant que tout cela n'est plus qu'un mauvais
rêve, que pensez-vous faire?

— Aller en France qui est le pays de ma mère, et où nous
pourrons nous réunir un jour.

— Vraiment! Et dans quelle partie de la France est née
votre mère?

— A Paris, monsieur.

— Nous serions à moitié compatriotes?

— Vous êtes Parisien, monsieur?

— Des pieds à la tête, et il y a bientôt cinquante ans que
cela dure, répondit gaiement Jean Guérin.

— Et vous avez pu, sans y être condamné, vous résigner
à vivre au milieu de ces effroyables solitudes, de ces déserts
meurtriers?

— Comment donc!... J'y suis même devenu propriétaire,

non-seulement de cette habitation, mais de la forêt qui a poussé toute seule au milieu de ces rochers aussi vieux que le monde; nous causerons de cela un peu plus tard. Je dois auparavant vous faire observer qu'il vous serait très-difficile de passer en ce moment la frontière, où votre signalement a dû arriver par voie télégraphique, le lendemain de votre évasion.

— Je ne songeais point à cela, répondit Pierre Kazanoff avec accablement.

— Quand deux ou trois mois auront passé sur cet événement, on vous croira mort dans les steppes, ce qui a failli vous arriver et qui est arrivé à tant d'autres; personne alors ne s'occupera plus de vous.

— Mais que deviendrai-je pendant ce long espace de temps?

— C'est très-simple, vous resterez auprès de moi. La maison est approvisionnée pour plus de six mois. Le menu gibier, tel que perdrix, gelinottes, coqs de bruyère, bécasses, bécassines, oies, canards, outardes, etc., ne manque pas dans les environs, sans parler des ours qui viennent de temps en temps faire une pointe de ce côté; j'en ai tué trois fort gros depuis que je suis venu m'établir ici.

— Sans doute, monsieur; mais si le peu d'argent dont je puis disposer ne suffit pas à vous indemniser des dépenses que je vous occasionnerai pendant un si long séjour?

— Ne vous inquiétez pas de cela.. à une seule condition cependant.

— Je l'accepte, monsieur.

— Pas sans la connaître, je n'y consentirais pas.

— Eh bien, dites-la-moi; je vous en prie, monsieur.

— Voici cette condition : Vous me serez pendant ces trois
mois assez dévoué pour n'avoir d'autre volonté que la mienne,
pour servir mes projets avec toute l'intelligence que Dieu
vous a départie, avec tout le savoir que vous avez acquis, avec
toute l'énergie qui vous est propre, et cela sans jamais pouvoir exiger de moi autre chose que de vous tirer de ce pays
pour vous rendre à votre mère.

— Je l'accepte avec reconnaissance, monsieur, et que je
sois renié par tous les miens, regardé comme le dernier des
lâches, si je manque à ma promesse.

— Très-bien! s'écria Jean Guérin en saisissant avec force
les deux mains du jeune homme.

Puis il ajouta d'une voix vibrante :

— Et à mon tour, que je sois le plus insensé des hommes
si, ces promesses tenues, je ne vous ai pas en outre rendu
maître d'un secret qui vaudra pour vous le trésor du plus
riche empire.

VI

CEUX QU'ON N'ATTENDAIT PAS.

L'izba de l'oncle Jean n'était pas comme les izbas ordinaires, composées uniquement de deux pièces : une pour les
maîtres, une pour les serviteurs. Il y avait ajouté deux vastes
chambres, mais plus basses que les premières, ce qui, en les
abritant davantage, les rendait en outre invisibles du dehors.
Elles communiquaient avec le hangar où le chimiste-photographe (c'était la qualité qu'il avait prise depuis qu'il séjour-
nait en Russie) remisait tous ses véhicules : une berline
achetée à Vologda et qui lui permettait de voyager avec ses
appareils de photographie, une kibitka, sorte de cabriolet
qu'on place sur des patins pendant l'hiver, et en été sur des
roues, enfin plusieurs traîneaux ordinaires, ainsi que deux
chevaux mongols : des bêtes infatigables.

Un Ostiak lui servait de domestique. Absent depuis plusieurs jours, ce serviteur dévoué avait emmené la kibitka attelée de ses deux chevaux, pour aller jusqu'à Iékatérinenbourg, d'où il devait rapporter différents objets et une certaine quantité des meilleures conserves.

Jean Guérin attendait son retour avec une grande impatience, songeant à Demérian qu'il était convenu de rencontrer à Perm.

L'Ostiak revint enfin, après avoir scrupuleusement rempli sa mission.

C'était un homme de trente ans environ. Maigre, de petite taille, ses cheveux d'un blond froid encadraient son visage, masque insignifiant qu'éclairaient des yeux bleu pâle et sans expression, mais dont l'angle facial, plus développé que celui des gens de sa race, expliquait seul qu'il leur fût supérieur en intelligence. Joint à cela, une chance exceptionnelle particulière à certaines gens et le plus souvent inexplicable le faisait réussir au delà de ses prévisions dans toutes ses entreprises. A la pêche, à la chasse, il n'y avait de poisson et de gibier que pour lui. Si bien que les hommes de sa tribu avaient fini par l'accuser de commander aux mauvais esprits et de jeter un sort à tous ceux qui se trouvaient en concurrence avec lui, ce qui à la longue l'avait rendu pour les siens un objet de haine et de défiance. Jean Guérin, mis au courant de cette situation devenue très-difficile par suite pour le pauvre diable, l'avait pris à son service, et il en était si content qu'il eût triplé ses gages plutôt que de s'en séparer. Il l'appelait Mikhaël tout simplement pour lui donner un nom quelconque, ce dont les Ostiaks sont tous déshérités.

— Mikhaël, lui avait-il dit en lui présentant Pierre Kazanoff, voici un de mes parents, venu de Pétersbourg pour passer quelque temps avec nous; tu lui obéiras comme à moi-même, tu auras soin qu'il ne manque de rien en mon absence et surtout que personne ne l'aperçoive.

— Oui, maître, avait répondu l'Ostiak en saluant à la manière des courtisans russes.

Le chimiste avait retardé son départ pour Perm de deux jours, d'abord pour laisser reposer ses chevaux, ensuite pour permettre à Pierre Kazanoff de s'habituer à sa nouvelle position, un peu bien singulière.

Ce délai passé, Jean Guérin, après avoir fait à son hôte ses dernières recommandations, monta dans sa kibitka placée sur des patins, le traînage devant encore être possible pour une quinzaine de jours, et il siffla ses chevaux, qui partirent comme le vent.

La température, qui dans quelques jours allait s'élever à plus de trente degrés au-dessus de zéro, était encore très-froide. Jean Guérin, vêtu de ses plus chaudes fourrures, n'avait jamais eu l'air plus radieux. En même temps qu'il songeait à embrasser son neveu, il riait dans sa barbe du subterfuge qu'il avait employé pour l'obliger à venir le trouver de si loin.

Lui écrire qu'il était aveugle! Mais aussi, quelle raison plus péremptoire eût pu décider son père à le laisser partir?

Après tout, la distance n'était rien dès qu'on pouvait la franchir commodément. Un express pouvait l'amener en cinq jours de Paris à Moscou, et ensuite, en fort peu de temps, de cette dernière ville à Nijni-Novogorod. Les diligences publiques et les télégas suppléeraient ensuite le chemin de fer pour l'amener à Perm; tout le voyage durerait à peine huit à dix jours; c'était une plaisanterie. De Perm, il se chargeait de l'amener à travers les monts ouraliens sur les rives de l'Obi. Ses admirables trotteurs n'en feraient qu'une enjambée.

La chance se déclarait de plus en plus pour lui. Il ne comptait que sur le concours de son neveu, et le hasard lui avait envoyé pieds et poings liés un ingénieur de talent pour l'aider dans l'œuvre qu'il avait entreprise et qui devait, pensait-il, en enrichissant la science, les enrichir eux-mêmes à millions.

Il y avait plus de six heures qu'il rêvait ainsi, emporté par ses chevaux au milieu de routes durcies par la gelée et entourées de lacs et de marécages, quand il s'arrêta enfin devant un groupe de maisons de bois basses et sales.

Rien de plus triste, de plus désolé, que le village dont elles dépendaient; rien de plus navrant, de plus lamentable, que ces rues pleines de neiges vieilles de dix mois, et salies par des traînées de fumiers et d'immondices dont on encombre la voie publique pour en débarrasser les habitations.

Ce lieu, où Dante eût pu placer son enfer, était pourtant habité par de riches marchands de fourrures et de pelleteries, installés là pour se trouver plus à portée des tribus nomades, éparpillées sur des espaces incommensurables, et qui alimentaient leur commerce.

Le plus riche de ces négociants était un Norvégien dont Jean Guérin s'était fait un ami depuis qu'il l'avait photographié avec toute sa famille en échange de la belle pelisse qu'il portait en ce moment.

Il s'arrêta chez lui pendant une heure pour lui serrer la main et prendre, par occasion, sa part d'une bouillie de sarrasin, d'une oie sauvage sortant de la broche, et quelques verres de kwas (espèce de cidre), et par-dessus le tout, plusieurs tasses de thé bouillant, enfin un verre de bonne eau-de-vie.

Il s'arrêta chez lui pendant une heure.

Page 72.

Les chevaux, pendant ce temps, s'étaient reposés en mangeant une forte ration d'avoine. Jean Guérin remonta dans sa kibitka pour reprendre la route de Perm.

Il y arrivait le léndemain soir, après avoir passé la nuit dans une auberge située un peu au-dessous de la crête des monts Ourals, et généralement fréquentée par la population employée aux mines, et par les voyageurs qui s'y rendent pour affaires.

Il s'était dirigé immédiatement vers l'hôtel où il avait donné rendez-vous à André Demérian, et qui appartenait, ainsi qu'il l'avait appris avec surprise de son jeune hôte, à madame Kazanoff, sa mère.

Mais là, tout se trouvait dans un affreux désordre.

La police, informée de l'évasion de Pierre Kazanoff, avait fait irruption dans l'hôtel.

Le maître de police, avec la brusquerie, calculée d'ailleurs, des gens de sa profession, en avait fait garder la porte par ses agents, avec l'ordre de n'en refuser l'entrée à personne, mais de n'en laisser sortir qui que ce fût, et il s'était écrié en apercevant l'hôtesse qui accourait toute effarée :

— Maria Kazanoff, votre fils est ici, veuillez lui dire de se présenter immédiatement devant moi.

— Mon fils! hélas! vous ne pouvez ignorer, monsieur, qu'il a été condamné à dix ans de travaux dans les mines pour s'être battu en duel avec le fils du comte Miranieff.

— Je le sais aussi bien que tout autre, mais je n'ignore pas non plus qu'il s'est échappé des mines pour se réfugier ici, où vous le tenez, ne niez pas, soigneusement caché.

— Il se serait enfui de ces terribles mines? monsieur!... dites-moi que cela est vrai, je vous en supplie.

— Maria Kazanoff, je ne suis pas venu ici avec tout ce

monde (et le maître de police désignait ses agents) pour répondre à de pareilles impertinences!

Puis, se tournant vers ses hommes avec un geste de colère :

— Qu'attendez-vous, dit-il, pour pénétrer dans cette maison, en visiter toutes les pièces, fouiller toutes les armoires et déranger tous les meubles?

Vous, Maria Kazanoff, passez devant moi... et malheur à vous si vous avez essayé de soustraire votre fils à la justice du tzar, notre père à tous.

Le maître de police instrumenta pendant plus de quatre heures.

Enfin, après avoir interrogé tous les voyageurs, vérifié leurs passe-ports, et mis à nu les derniers recoins de la maison où tout avait fini par se trouver dans un pêle-mêle effroyable, il se retira avec ses aides, en avertissant l'hôtesse qu'il aurait l'œil sur sa maison.

Ils se furent à peine éloignés que la pauvre mère fondit en larmes. Si l'évasion de son fils l'avait d'abord remplie de joie, elle songeait maintenant qu'il errait sans doute dans les steppes sibériennes où personne n'oserait lui prêter assistance dans la crainte de se compromettre aux yeux des autorités, qui ordonnent d'arrêter les forçats en rupture de ban.

Elle s'était laissée tomber sur un siége, s'étreignant le front des deux mains.

Jean Guérin avait assisté calme et froid, en apparence au moins, à ce qui venait de se passer; il s'approcha d'elle et dit doucement :

— Madame, j'aime beaucoup le silence, et je vous serais très-reconnaissant de vouloir bien me faire donner une chambre dans la partie la plus retirée de votre maison.

Madame Kazanoff releva la tête et le regarda d'un air accablé.

Jean Guérin répéta sa demande.

L'hôtelière fit signe à l'un de ses domestiques :

— Yégor, lui dit-elle, conduisez monsieur à la chambre 19, et hâtez-vous de faire tout ce qu'il vous commandera.

Puis elle reprit sa première attitude.

Pendant que la kibitka et son attelage étaient dirigés du côté des remises et des écuries, Yégor conduisait leur maître dans la chambre qu'on lui avait indiquée.

— Je me nomme Guérin, dit tout à coup le chimiste ; et je vous serais obligé de m'apprendre si un jeune homme, arrivant de France, n'est pas encore venu me demander.

— Non, monsieur, répondit Yégor, pas encore.

— Veuillez me faire servir à dîner ici, et veillez à ce que mes chevaux ne manquent de rien.

— Oui, monsieur, dit Yégor en se retirant.

Resté seul, Jean Guérin avait ouvert sa porte pour épier les bruits du dehors, puis rassuré par un silence absolu, il était sorti de sa chambre afin d'en étudier les abords.

Satisfait de son inspection, il rentra chez lui, où l'on ne tarda pas à lui apporter tout ce qu'il avait demandé, l'assurant en outre qu'on avait exécuté le surplus de ses ordres relativement aux chevaux.

Son repas terminé, il fit prier l'hôtesse de vouloir bien venir causer un moment avec lui.

Celle-ci, de plus en plus brisée par le malheur qui la frappait, avait d'abord refusé de se rendre à ce désir, et n'y avait consenti que sur les instances réitérées du chimiste.

En l'entendant venir, Guérin avait fait quelques pas au-devant d'elle.

— Je vous demande mille pardons, madame, de vous avoir dérangée dans un pareil moment, mais j'ai à vous entretenir de choses qui ne doivent être sues que de nous deux.

Ces dernières paroles causèrent un tremblement nerveux à la pauvre femme, qui prit la chaise que son mystérieux interlocuteur lui présentait.

— Vous êtes bien madame Maria Kazanoff, née Lesueur?

— Oui, monsieur, répondit l'hôtelière, très-étonnée de cette question.

— Vous êtes née à Paris?

— Oui, monsieur.

— Vous êtes venue à Saint-Pétersbourg à l'âge de dix-huit ans en qualité d'institutrice. A peine arrivée, vous y avez fait la rencontre de M. Kazanoff, qui, après vous avoir épousée, vous a emmenée à Perm pour l'aider à tenir l'hôtel où nous sommes en ce moment?

— Oui, monsieur, répondit l'hôtesse visiblement troublée par un semblable interrogatoire.

— Depuis, il est mort en vous laissant un fils de quinze ans qui a fait ses études à Pétersbourg.

— Oh! monsieur! s'écria la mère en poussant un cri de désespoir.

— Je sais qu'il a été condamné à passer dix ans en Sibérie pour s'être battu en duel, et que lors de son dernier passage ici, vous n'avez obtenu qu'à force de supplications et de larmes la permission de le serrer dans vos bras et de lui donner des secours en argent.

— Oui, monsieur, je l'ai vu accouplé à la chaine des forçats... et maintenant... je ne le reverrai jamais.

Et la pauvre femme eut une crise qui se termina par de nouvelles larmes.

Jean Guérin la regardait avec un sentiment de profonde commisération.

Cette crise passée, il reprit :

— Les questions que j'ai eu l'honneur de vous adresser, madame, n'ont eu qu'un but, celui d'éviter d'abord une erreur de personne, et ensuite de m'assurer que votre fils m'avait dit l'exacte vérité.

— Vous l'avez vu, monsieur! s'écria madame Kazanoff avec une émotion poignante, un accent intraduisible.

Le chimiste alla s'assurer que personne ne pouvait les entendre, revint auprès de madame Kazanoff, et tirant de sa poche une lettre qu'il lui remit :

— De la part de votre fils, madame, dit-il à voix basse.

Madame Kazanoff poussa un cri étouffé, saisit la lettre qu'elle ouvrit avec des mains tremblantes, la lut et la relut d'un regard toujours plus avide. Son visage, de pâle qu'il était, devenait rose, resplendissant; son cœur s'épanouissait.

Jean Guérin épiait en silence l'émotion qui, peu à peu, transfigurait la pauvre femme...

Tout à coup celle-ci baisa la lettre dont tous les mots étaient maintenant gravés dans sa mémoire, saisit les deux mains du savant en disant d'une voix contenue :

— Oh! merci, merci, monsieur! vous qui avez si généreusement sauvé et recueilli mon fils !

Jean Guérin mit un doigt sur ses lèvres.

— On pourrait venir, madame; cachez bien cette lettre, qu'il vous faudra brûler, par prudence.

— C'est vrai, monsieur.

— Et maintenant, que pensez-vous faire?

— Monsieur, l'hôtel que je dirige encore ne m'appartiendra plus dans huit jours. Je l'ai vendu pour me rapprocher de mon fils et le voir passer quelquefois, à défaut de toute autre consolation.

— Oui, mais aujourd'hui cette consolation même ne saurait vous être permise. Votre présence dans le voisinage du lieu qu'habite en ce moment votre fils aurait vite donné l'éveil aux agents qui le cherchent, lesquels, si bien qu'il soit caché par mes soins, arriveraient sans nul doute à le découvrir.

— C'est juste, dit madame Kazanoff en baissant la tête.

Elle poursuivit après un silence :

— Mais alors que faire?

— Vous rendre en France, et attendre là que je puisse vous ramener votre fils dans un délai plus ou moins court.

— La France est bien loin, monsieur, et j'y mourrais d'impatience et d'inquiétude en l'attendant.

Jean Guérin allait répondre, quand un bruit de pas se fit entendre dans le corridor, et presque aussitôt Yégor parut sur le seuil de la porte.

— Un jeune homme demande un monsieur qui doit être aveugle, dit-il en s'adressant à madame Kazanoff.

— C'est moi, répondit lestement Jean Guérin; faites monter.

Yégor salua en signe d'obéissance.

— Aveugle! vous, monsieur? dit madame Kazanoff.

— J'avais promis de le devenir... mais la rencontre de votre fils m'en a empêché. Vous ne pouvez me comprendre pour le moment... nous causerons de cela et d'autre chose avant mon départ.

De nouveaux pas se firent entendre au dehors.

— C'est mon neveu! c'est bien lui!... s'écria Jean Guérin transporté de joie.

— Je vous laisse, monsieur, après vous avoir exprimé de nouveau toute ma gratitude...

— Madame, vous pouvez compter sur moi; seulement pas la moindre imprudence, ou nous sommes perdus...

La porte s'était ouverte, et André Demérian, tout en se rangeant pour livrer passage à madame Kazanoff, s'écriait :

— Me voici, mon oncle!

Et il se jeta follement dans ses bras dès qu'il trouva le chemin libre.

L'étreinte fut aussi brusque que cordiale.

— Ah çà, mais, mon oncle, vous n'êtes plus aveugle! dit André en regardant Jean Guérin avec une extrême surprise.

— Moi?... aveugle?... jamais!

— Cependant votre lettre... reprit le jeune homme d'un air interdit.

Guérin interrompit son neveu par un grand éclat de rire.

— Une simple plaisanterie, mon cher André. J'avais besoin de toi ici, et il me fallait un motif très-sérieux pour te décider à faire un si long voyage, surtout pour que ton père n'y mît aucun obstacle.

— Mon pauvre père est mort subitement il y a quatre mois...

— Mort! mort! ce cher Demérian? s'écria Jean Guérin atterré, et c'est aujourd'hui que je l'apprends!

— Nous ne savions où vous écrire depuis deux ans, mon oncle...

11

— C'est vrai... c'est vrai... j'ai si souvent changé de place, que j'attendais toujours pour vous écrire que j'eusse pris racine quelque part... au moins pour un temps raisonnable. Et pendant tous ces délais, ce pauvre Demérian est mort... Lui que j'aurais eu tant de bonheur à revoir!

— Mort si rapidement... dit André.

— Mais alors... ma chère petite Marie-Rose est donc restée à Paris toute seule?

Demérian secoua la tête...

— Elle y serait morte de chagrin, mon oncle.

— Et tu l'as...? dit Guérin sans oser achever sa phrase.

— Je l'ai amenée.

— Ici!... ici?... s'écria Jean Guérin consterné.

VII

L'OR DU BON DIEU.

Marie-Rose, qui avait suivi cette conversation par la porte entre-bâillée, choisit ce moment pour bondir jusqu'à son oncle.

— Chère enfant! chère enfant! comme elle est grande! répétait le savant très-ému.

La jeune fille lui avait jeté les bras autour du cou.

— Mon oncle, que je suis heureuse de vous revoir! disait-elle; oh! oui, je suis bien heureuse, surtout d'apprendre que vous n'êtes pas aveugle... Cette affreuse pensée m'a fait pleurer bien des fois pendant le long voyage que nous avons accompli pour venir vous chercher. Pauvre oncle Jean, me disais-je, afin de le distraire dans son affreuse position, je lui lirai tous ses vieux livres, ses journaux, l'histoire de tous les navigateurs et jusqu'à celle de Robinson, puisqu'il aime tant les voyages. N'est-ce pas que cela vous aurait fait bien plaisir?

— Le plus grand plaisir, ma chère enfant, répondit Jean Guérin, éprouvant tout à coup une sorte de remords d'avoir à son insu tant chagriné sa nièce, et compliqué par la présence inopinée d'une si jeune fille une situation que la nature du climat rendait déjà fort difficile.

Mais l'oncle Jean n'était pas homme à se démonter aisément, et sa première émotion passée, il s'écria :

— Il ne faut pas, après tout, nous inquiéter de l'obligation où nous voilà d'emmener cette enfant dans les steppes; l'été est trop proche de nous pour redouter que le froid malmène encore longtemps sa jolie petite frimousse. Son voyage, d'ailleurs, doit l'avoir en partie acclimatée, n'est-ce pas, Marie-Rose?

— Mais oui, mon oncle, je n'ai pas eu froid une seule minute.

— Je vois, mon cher André, que la petite a le sang assez riche pour supporter bravement quelques degrés de froid en plus de sa température natale. Ce qui ne m'empêchera pas de lui acheter dès demain, et simplement comme en cas, une belle et bonne pelisse fourrée et d'autres vêtements très-chauds pour mettre sa petite personne à l'abri.

— Toujours excellent, mon oncle, dit Demérian; mais êtes-vous bien certain que Marie-Rose pourra voyager sans danger au milieu des glaces de la Sibérie?

— Les glaces de la Sibérie! Quinze jours encore, et nous y aurons trente degrés de chaleur et plus.

— Plus de trente degrés de chaleur! s'écria Demérian.

— Et cela durera un mois; deux fois le temps de nous mettre en règle avec la bise polaire.

— Maintenant, mon cher oncle, vous seriez fort aimable de me dire pour quelle raison, n'étant pas aveugle, vous m'avez demandé de venir à votre secours, dit Demérian.

— Ce n'est pas difficile, et je vais immédiatement satisfaire ta juste curiosité.

Jean Guérin allait continuer, quand Armand Labarre, qui avait fait monter les malles de son ami avec les siennes dans l'appartement voisin de la chambre du chimiste, cria tout à coup d'une voix retentissante :

— Demérian, le dîner est servi! Arrive! arrive!

Guérin resta stupéfait en entendant cet appel très-familier.

— Voilà! voilà! avait répondu aussitôt Demérian.

C'est un ami, dit-il, en se tournant vers son oncle.

— Un ami! ici? demanda Guérin.

— Oui, je l'ai amené de Paris exprès pour être certain de le rencontrer à Perm, dit André en riant.

— Singulière idée!

— Du tout, mon oncle; vous croyant aveugle, il m'avait offert son aide pour vous ramener en France; il vous eût pris par un bras et moi par l'autre, ce qui vous eût permis de monter et de descendre de wagon ou de voiture plus aisément. Marie-Rose vous eût pendant ce temps égayé par son babil ou ses lectures.

— On n'est pas plus aimable, car c'est toute une escorte que vous me ménagiez là.

— Certainement, sans parler de Tobie qui aurait eu pendant la route le département des bagages.

— Quoi! Tobie aussi?

— Demérian ! le dîner refroidit, cria de nouveau Armand Labarre.

— Nous voici, monsieur ! répondit cette fois l'oncle Jean en entraînant Marie-Rose.

Armand Labarre s'était élancé au-devant d'eux.

— Mon ami Labarre ! se hâta de dire Demérian en manière de présentation.

— Monsieur, répliqua aussitôt Jean Guérin, permettez-moi, avant toute chose, de vous remercier des bonnes intentions que vous aviez pour moi... pour un inconnu... Si je n'ai pas lieu d'en profiter, croyez que je ne vous en suis pas moins très-reconnaissant.

Et il tendit ses deux mains au jeune homme, qui les serra très-cordialement.

— Vous êtes vraiment trop bon, monsieur, dit-il, car mon amitié pour Demérian ne pouvait me laisser froid devant le malheur qui frappait un membre de sa famille, je dois ajouter un membre adoré.

— Je n'en considère pas moins ce service comme m'ayant été rendu personnellement, et vous prie en conséquence de compter absolument sur moi le jour où je pourrais vous être agréable ou utile en quelque chose.

— Je vous préviens, mon cher oncle, que mon ami ne restera pas longtemps sans utiliser l'offre gracieuse que vous lui faites, car il lui est venu tout récemment l'idée de s'enquérir s'il n'y aurait pas un moyen de faire aujourd'hui plus facilement fortune en Russie qu'en France, et qu'à Paris surtout.

— Ma foi, monsieur, on peut dire que vous êtes né sous une heureuse influence, car non-seulement vous tombez sur un homme qui peut vous renseigner au delà de vos espérances, mais encore vous offrir la fortune dont vous parlez.

Labarre et Demérian échangèrent un rapide regard, comme pour se dire : « Bon ! voilà notre homme qui enfourche son dada. »

— Comment ! Je serais assez heureux, monsieur ?..... reprit Labarre.

On venait, tout en causant, de pénétrer dans l'appartement des voyageurs.

— Oui, monsieur, on a de ces bonnes fortunes dans la vie, répondit Jean Guérin... Mais votre dîner est là, tout servi, et il serait sage de ne pas le laisser tomber à glace... Vite ! mangez ! pendant ce temps je vous édifierai sur les choses qui vont avoir dès à présent un égal intérêt pour nous tous...

— Vous ne dînez donc pas avec nous, mon oncle ? demanda Demérian.

— Dîner deux fois, à trois quarts d'heure d'intervalle, ne m'a jamais été permis, mon cher André... Ainsi donc prenez place devant vos assiettes et écoutez-moi, cela vous procurera la satisfaction rare de faire deux choses utiles à la fois.

Et l'oncle Jean commença son récit :

« En arrivant, dit-il, il y a plus de deux ans, dans ce pays où je me présentai en qualité de chimiste photographe pour ne rien laisser percer de mes projets, je m'installai à portée des usines qui couvrent non-seulement la crête, mais encore les deux versants des monts Ourals.

« La population qu'on rencontre là est en partie composée d'ouvriers mineurs, dont la conversation m'était précieuse au point de vue de l'exploitation des terrains aurifères. J'appris d'eux bien des particularités que je n'eusse jamais devinées...

Peu à peu, grâce à la photographie, je connus certains propriétaires des mines et enfin les ingénieurs qui les dirigeaient.
Il me suffisait d'une vue photographiée, d'un portrait offert,
pour gagner leurs bonnes grâces et par suite pénétrer au cœur
de leurs travaux les plus importants. Affectant une profonde
ignorance sur la transmutation des métaux, j'obtenais d'eux
les renseignements les plus utiles, les plus circonstanciés sur
leur formation graduelle au sein de la terre, et aussi sur les
agents qui influent particulièrement sur eux. J'appris de cette
façon tout ce qu'il m'importait de savoir pour créer des
placers artificiels.

« Cette longue étude ne m'avait pas pris moins de dix-huit
mois, pendant lesquels j'ai parcouru les différents points de
la Sibérie où se trouvent les plus importants gisements d'or
et de pierres précieuses.

« Bref, j'en savais assez pour agir seul.

« Cette conviction acquise, j'achetai les terrains qui me
parurent convenir à mes projets, et sur lesquels je fis immédiatement construire une habitation vaste et solide que
j'approvisionnai des choses indispensables à la vie, puis,
mais cela dans le plus grand secret, des appareils et instruments employés par les ouvriers mineurs.

« Ce fut là, à vingt lieues de toute habitation, sans autres
secours que ceux d'un pauvre Ostiak devenu mon domestique,
que j'ai commencé mes travaux.

« Six mois de labeurs incessants n'avaient point refroidi
mon zèle, quand je me trouvai tout à coup en face de difficultés insurmontables.

« Le sol, qui m'avait paru formé de plusieurs couches de
sable d'un rouge foncé où se trouvent habituellement l'or, le

platine et les diamants, et qui repose à son tour sur une couche de sable calcarifère noir, connu sous le nom de dolomie, et dont certains débris ne manquent pas d'apparaître à la couche supérieure, avait été subitement bouleversé et comme miné, effondré par un travail souterrain.

« Au lieu des sables de transport qui contiennent les éléments nécessaires à la fermentation des métaux qu'ils associent lentement sous l'influence des courants magnétiques, jusqu'à la transformation complète de l'argent en or, mes outils ne rencontraient plus que des bancs de porphyre, des roches calcaires, des cristaux de quartz et de sulfure de fer.

« On m'avait pour ainsi dire changé, dérobé la nature de mon sol.

« Le *placer* artificiel que je voulais créer, aménager là, était impossible dans ces conditions.

« Triste, découragé, je considérai longtemps le lamentable désert de glace qui m'entourait, me demandant par quel vertige, quelle folie insigne, j'en étais venu à m'installer dans un pareil lieu, loin de mon pays, de ma famille, de mes semblables.

« Si je ne récriminai point contre l'amour de la science qui pousse parfois un homme à devenir son propre bourreau, je me dis qu'elle en exigeait de bien durs sacrifices, souvent perdus pour lui, quand ils ne le sont pas pour tous.

« Je jetai mes instruments de travail sur le sol, comme un général brise son épée après une bataille perdue, et je rentrai dans mon habitation, où je restai huit jours dans un profond abattement. »

— Pauvre oncle Jean ! dit Marie-Rose, qui s'était levée de table pour aller embrasser son parent.

12

Celui-ci regarda la fillette avec attendrissement.

—— Chère petite! dit-il; puis il reprit :

« La honte d'être si pusillanime me vint enfin, et je me décidai, laissant là tous mes rêves, à revenir à Paris, où je pourrais du moins répandre par le livre ou dans des conférences le résultat de mes études si péniblement faites. Cela décidé, je voulus avant de partir jeter un dernier regard sur les travaux que j'allais abandonner.

« Un ouragan d'une violence inouïe et qui n'avait pas duré moins de trois jours, s'était en mon absence déchaîné sur la steppe, prenant à tâche de fouiller, de désoler, de culbuter les obstacles qui m'avaient désespéré quelques jours auparavant, mettant à nu au point culminant de ce chaos, comme pour m'indemniser de la peine que j'avais prise, une belle pépite d'or de quatorze livres! »

—— Quatorze livres! s'écrièrent Demérian et Armand Labarre.

« Jugez, non point de ma surprise, reprit Jean Guérin, mais de mon extase! ce sol, où j'avais vainement cherché à établir un placer artificiel, n'était autre qu'une mine d'or, une mine d'or qui m'appartenait. »

—— Bravo! bravo! s'écrièrent Labarre et Demérian enthousiasmés.

« Vous comprenez, mes amis, qu'il ne s'agissait plus pour moi de partir les mains vides. La fortune était là sous mes yeux, sous mes pieds; il n'y avait plus qu'à fouiller le sol et à allonger le bras pour la recueillir. Moi et les miens nous étions désormais riches à millions! Je n'avais plus à demander la fortune à une fabrication pleine de hasards, où je pouvais dévorer jusqu'à mon dernier centime; l'or était là, du bel or

natif, en éblouissantes pépites. Je repris mon travail avec un
acharnement sans exemple. Je n'étais plus moi-même; un
seul désir m'obsédait : amasser des tonnes d'or; mon amour
pour la science avait pris le second rang. Je me disais d'ailleurs que, devenu très-riche, je reprendrais mes études inter-
rompues.

« Le plateau aurifère qui m'appartient a environ quatre cent
dix mètres de longueur sur vingt de largeur; son épaisseur est
en moyenne de quatre-vingt-quinze centimètres, et en calculant sa masse cubique et la proportion d'or qu'elle renferme,
j'ai l'assurance qu'il doit contenir environ cinq mille cinq
cents kilos de métal, dont la plupart en grains massifs, de
couleur foncée, se trouve dans la couche inférieure, et les plus
petits, ainsi que les paillettes, dans celle du milieu. »

— Et tout cet or est là, monsieur? s'écria Labarre, qui
avait des éblouissements.

— Oui, monsieur, il vous attend, il nous attend tous, à la
condition que vous ferez votre part du travail que son extraction nécessite.

— Moi aussi, mon oncle? demanda Marie-Rose.

— Certainement, ma chère fille, notre fortune à tous est
là; ce sera ma seule excuse de vous avoir fait faire un si long
voyage.

— Et Tobie, mon oncle, aura-t-il aussi sa petite part?
demanda Marie-Rose.

— Oui, mon enfant, s'il fait son devoir comme il convient
à un bon domestique.

Tobie, qui prenait son repas dans un coin de la pièce, se
leva tout à coup.

— Monsieur est bien bon, dit-il, en saluant Jean Guérin;

je ferai mon devoir, et monsieur ne me donnera rien du tout si ça lui fait plaisir.

— Fi, Tobie!... dit Demérian.

— Comment, monsieur? dit le jeune domestique interloqué.

— Tu oserais refuser par avance la gratification que mon oncle te promet?

— Moi, monsieur! mais pas du tout.

— Il me semble cependant...

— J'ai seulement voulu dire à monsieur que si monsieur n'était pas content de moi, il ne me donnerait rien du tout, monsieur, et que je ne l'en remercierais pas moins.

— Si c'est là le vrai sens de tes paroles?

— Oui, monsieur.

— Je te les pardonne alors.

— Merci, monsieur.

— Très-bien, Tobie..... mais au fond cela me regarde, dit en riant Jean Guérin, qui sortit sur ces paroles, pour revenir au bout de quelques minutes, en tenant à la main un sac de voyage de moyenne grandeur.

— *Voici,* messieurs, dit-il, *les échantillons de l'or dont je viens de vous parler.* Et en disant cela, il répandait le contenu du sac sur un coin de la table.

Le coup de théâtre le plus habilement préparé n'eût pas produit un effet plus saisissant.

La vue de cet or natif qui poussait comme dans un champ, et qu'on pouvait récolter presque aussi facilement que le plus simple produit du sol, émerveillait au même degré Labarre et Demérian. Leur rêve de fortune n'avait jamais été si loin.

Jean Guérin était radieux de les voir.

— Eh bien, leur dit-il en souriant, l'affaire vous convient-elle?

— Voici les échantillons de l'or dont je viens de vous parler..

Page 92.

— Permettez, mon oncle..... dit Demérian.

— Oui, je comprends, vous êtes des gens sérieux, et vous voudriez connaître auparavant les termes exacts de notre contrat d'association.

— Loin de là, monsieur, ajouta Labarre, nous voulions au contraire vous faire observer.....

— Voici donc ce contrat, reprit Jean Guérin en l'interrompant : même part au travail, même part dans les bénéfices. L'or que nous extrairons ensemble, nous le mettrons en tas pour le partager très-exactement le jour où nous aurons décidé d'un commun accord qu'il y en a suffisamment pour tout le monde.

— Mais, mon oncle, vous y mettez une générosité qui...

— Tais-toi, mon cher André ; vous êtes tous venus ici mus par un bon sentiment, et j'entends qu'il vous profite, sans compter, je vous l'avoue franchement, que votre concours m'est tellement indispensable que je ne pourrais sans lui mener à bonne fin une pareille entreprise. N'ayons donc plus, mes amis, d'autre préoccupation que de faire courageusement et jusqu'au bout notre devoir, à travers tous les obstacles, tous les dangers.

— Soit, mon oncle ! nous le ferons, dit Demérian.

— Nous le ferons..... répéta Armand Labarre.

— Très-bien ! Après-demain donc, je vous conduirai d'abord à travers les steppes jusqu'à l'habitation qui nous attend, approvisionnée de toutes choses pour plus de six grands mois.

— Est-ce qu'il y a un piano, mon oncle ? demanda naïvement Marie-Rose.

— Oui, ma chère nièce, un piano à deux cents octaves, et dont la table d'harmonie a cinq cents lieues carrées.

— Et les touches, mon oncle? dit en riant Marie-Rose.

— Elles ont une lieue de large sur deux de long, répondit Guérin.

— Eh bien, il en faut, des doigts, pour passer de l'une à l'autre, fit observer la petite fille.

— Aussi n'y a-t-il que les vents de l'ouest et du nord qui s'aventurent à y jouer leurs symphonies.

— Pour le coup, je voudrais les entendre ce jour-là.

— Sois tranquille, c'est un plaisir qui ne te fera pas faute.

Nos voyageurs, qui avaient besoin de se remettre de la fatigue des jours précédents, ne tardèrent pas à se lever de table et à se retirer dans leurs chambres respectives, où ils s'endormaient bientôt pour ne se réveiller que le lendemain.

Jean Guérin avait voulu auparavant, afin de les instruire de faits qu'ils ne devaient pas ignorer, avoir en leur présence une dernière entrevue avec madame Kazanoff, entrevue pendant laquelle il avait été décidé qu'elle demanderait un passe-port pour l'étranger, afin de dépister les agents lancés à la poursuite de son fils, et qu'elle séjournerait à Hammerfest, en Norvége, en attendant que Jean Guérin pût la rejoindre avec Pierre Kazanoff dans un délai plus ou moins court.

Le lendemain, le chimiste s'occupait d'acheter un costume russe et la pelisse fourrée qu'il avait promise à Marie-Rose. Il achetait encore divers vêtements dont ses associés n'avaient pas songé à se munir, et que le climat sibérien rendait indispensables.

Le moment venu, Jean Guérin monta avec Marie-Rose dans sa kibitka, pendant qu'Armand Labarre, Demérian et Tobie prenaient place dans une sorte de téléga (voiture à quatre roues) qu'on avait bâchée pour la circonstance, et solidement attachée derrière la kibitka.

Le double véhicule partit alors du côté des monts Ourals, entraîné par les deux chevaux, qui eussent emporté un poids quatre fois plus lourd.

VIII

LES PARISIENS DANS LES STEPPES.

Les chevaux, que Marie-Rose trouvait d'une grande beauté, ce qui était incontestable, filaient comme le vent, sans souci de l'interminable côte formée par les monts Ourals, et qui eût brisé les jambes de chevaux moins énergiques, moins agiles.

— Est-ce qu'ils vont toujours aussi vite, vos chevaux, mon cher oncle? demanda la jeune fille.

— Toujours, mon enfant, et si j'avais pensé voyager en ta gentille compagnie, je t'aurais procuré un bel attelage de chiens sibériens qui t'auraient encore plus étonnée que mes deux mongols.

— Un attelage de chiens! ils sont donc assez forts pour traîner de grands fardeaux?

— Parfaitement. Il est même certains pays (au Kamtschatka, par exemple) où les chiens dont je parle sont les seuls animaux employés comme bêtes de somme par les voyageurs. On les préfère aux rennes, autant pour leur intelligence que parce qu'ils supportent mieux la faim et la fatigue. Un seul chien nourri de poisson sec peut traîner jusqu'à cent soixante livres et faire facilement douze lieues par jour, quelle que soit la longueur du voyage; il peut même en faire le double quand on lui ménage les repos nécessaires.

Un voyageur affirme avoir fait en traîneau, avec des chiens, les douze cents milles qui séparent Ghijigha d'Okhotsk en dix-neuf jours, arrêts compris. Il ajoute qu'un pareil trajet à dos de renne eût demandé quatre mois et demi.

— Ces pauvres bêtes sont alors bien précieuses, fit observer Marie-Rose.

— Leur race est encore très-remarquable par son affection pour le maître qui la nourrit; par malheur, les chiens appelés à remplacer le cheval et le renne sont dressés avec une telle sévérité qu'ils contractent fatalement tous les défauts qui naissent de l'esclavage : la duplicité, le penchant au vol, et le désir de se soustraire à la légitime autorité de leurs maîtres, ce qui se reconnaît à leur regard oblique et à leur continuelle expression de méfiance.

Les qualités particulières qui permettent à cet animal de franchir avec une extrême vitesse pendant les rigueurs d'un long hiver les montagnes et les vallées, sans enfoncer dans une neige qui met souvent de niveau les hauts sommets et les précipices, le font préférer non-seulement au renne, mais encore au cheval le plus rapide, qu'il serait souvent impossible de nourrir au milieu des déserts de la Sibérie. Les plus recherchés sont ceux qui ont les jambes hautes, les reins larges, signes de vigueur et d'agilité, le museau très-fin, et de longues oreilles.

Leur éducation est toute spéciale. Leurs yeux peuvent à peine discerner les objets, qu'on les met dans une fosse obscure, jusqu'au jour où leurs forces sont jugées suffisantes pour être mises à l'essai. Dès lors, attelés avec d'autres chiens déjà dressés, ils partent avec une vitesse incroyable, effrayés qu'ils sont par la clarté du jour et les objets inconnus qui frappent leurs regards.

Cette première épreuve terminée, on les emprisonne de nouveau dans l'obscurité, d'où on les retire de temps à autre, jusqu'à ce qu'ils soient habitués à obéir à la voix de leur conducteur et à comprendre, sans commettre d'erreur, la signification des mots suivants : *puïr, puïr* (en avant), *tsas* (arrête), *till, till* (à droite), *bout-till* (à gauche).

— Pauvres animaux ! on doit les battre plus d'une fois pour leur apprendre par cœur ces quatre vilains mots, et ensuite pour qu'ils ne les oublient point.

— Moins qu'il n'est permis de le croire, car le chien attelé ne reçoit pas plus tôt un coup de fouet, qu'il se jette sur son voisin et le mord ; celui-ci en fait immédiatement autant à un troisième, ainsi de suite, si bien que le désordre se met dans l'équipage, et à tel point que les traits des harnais se mêlent, et qu'il faut beaucoup de temps pour les remettre en leur premier état.

— Alors chaque chien a son petit harnais ? demanda Marie-Rose.

— Oh ! ce harnais est fort simple ; il se résume en un collier formé de deux bandes en cuir de renne ou de veau marin, auxquelles sont attachés des traits qui passent entre les jambes de devant, puis se réunissent sur les épaules, où elles se relient à une forte courroie fixée au traîneau. L'homme qui les conduit est assis immédiatement derrière eux ; ses jambes pendantes effleurent la neige.

— Je voudrais voir un de ces traîneaux, dit Marie-Rose.

— Il se peut que nous en rencontrions sur notre chemin, bien qu'aux approches de l'été les attelages de chiens, devenus à peu près inutiles par la fonte des neiges, disparaissent tout à coup.

— Et les chiens, que font-ils pendant cette époque de l'année, mon oncle?

Ils vont se promener en liberté au bord des fleuves pour assouvir leur voracité longtemps tenue en bride par l'obligation où se trouvent leurs maîtres de les affamer pour les rendre plus légers à la course.

— Et que mangent-ils alors?

— Des poissons qu'ils épient sur le bord des fleuves et dont ils s'emparent avec beaucoup d'adresse.

— Et les rennes, mon oncle, sont-ils de même libres pendant l'été?

— L'été, répondit Jean Guérin, les rennes émigrent sous la surveillance de leurs maîtres sur les hauts plateaux, où ils trouvent en abondance le lichen *rangiferinus,* qui sert à leur nourriture...

Jean Guérin s'interrompit brusquement, pour reprendre aussitôt :

— Tiens ! regarde ! voilà précisément un attelage de rennes qui vient de ce côté.

— Ah ! mon Dieu ! s'il allait se jeter sur nos chevaux ! s'écria Marie-Rose un peu inquiète.

— Il n'y a aucun danger.

— On dirait, c'est singulier, que les rennes sont tout blancs, fit observer Marie-Rose.

— C'est qu'ils ont encore leur fourrure d'hiver; ils en changeront le mois prochain.

— Ah! qu'ils sont drôlement coiffés! reprit la jeune fille : il y en a qui n'ont qu'une corne et d'autres qui n'en ont pas du tout.

— Il en est aussi qui les portent sciées à vingt centimètres de la tête, pour la plus grande facilité de ceux qui les montent, fit observer l'oncle Jean.

— Les voici! les voici! cria Marie-Rose en se serrant contre son oncle.

Le traîneau, attelé de cinq rennes et monté par deux hommes, croisa en ce moment la kibitka et la téléga qu'elle traînait à sa remorque.

Le vent produit par la rapidité des deux attelages fit une sorte de remous sur le visage de nos voyageurs.

Marie-Rose poussa un petit cri :

— Ah! mon Dieu! s'écria-t-elle, j'ai cru que j'allais suffoquer.

Les deux chevaux n'avaient pas ralenti leur marche d'une seconde.

Labarre et Demérian, installés dans la téléga, sans s'occuper de Tobie, qui surveillait les bagages entassés au fond de la voiture, causaient avec une grande animation de la position inattendue qui venait de leur échoir, grâce à la tournure qu'avaient prise les affaires, pour ne pas dire les folies de l'oncle Jean. Ils s'étonnaient des détours familiers à la fortune pour arriver à son but.

L'été, les rennes émigrent sur les hauts plateaux...

Page 101.

Sans la vue des pépites d'or, il est certain que le récit de l'oncle Jean eût pu passer dans l'esprit de ses auditeurs prévenus, non pour la narration d'un fait accompli, mais pour une de ces illusions familières aux cerveaux hantés par une idée fixe.

Rien de pareil n'était à craindre maintenant, et les deux amis pouvaient donner cours à leurs projets d'avenir sans courir le risque de bâtir sur le sable ou dans le vide.

— Mon cher Demérian, disait Labarre, les événements m'ont bien vite donné raison. Tu refusais d'accepter la moitié de mes derniers billets de mille, sous le vaniteux prétexte que dans notre association ta mise de fonds était inférieure à la mienne, et voilà tout à coup que les millions nous viennent de ton côté.

— Et je suis fort heureux qu'il en soit ainsi, mon cher ami, non que la reconnaissance puisse jamais me peser, mais parce qu'il m'est permis de t'en donner la preuve.

— Je n'en avais pas besoin... Entre deux camarades, un serrement de main suffit et remplace tous les contrats imaginables.

Tobie, depuis quelques instants, luttait avec frénésie contre les bagages entassés derrière lui, et que le mouvement du véhicule faisait au moindre choc crouler sur ses épaules.

Le pauvre garçon, qui avait longtemps supporté cette gêne sans se plaindre, s'écria tout à coup, et comme à bout de patience :

— Ah çà, vous n'allez pas rester tranquilles, vous autres !

La singularité de l'exclamation fit aussitôt retourner les deux amis.

— Que signifie cela? A qui parles-tu donc ainsi?

14

Demérian s'arrêta court en même temps que Labarre poussait un éclat de rire.

Le malheureux Tobie était coiffé en ce moment de tous les sacs de voyage, dont un s'était ouvert et vidé sur son visage.

Les deux amis s'empressèrent de lui venir en aide.

— Je demande pardon à ces messieurs du cri qui m'est échappé... et je regrette bien d'avoir dérangé ces messieurs.

— Qu'aurais-tu fait, Tob, pour ne pas nous déranger? demanda Demérian.

— Monsieur, je me serais couché sur les paquets en écartant les bras et les jambes pour les caler tous à la fois; comme ça, ils auraient fini par se tenir tranquilles.

Les deux amis comprimèrent un fou rire en songeant au rôle de *serre-paquets* que le pauvre Tob voulait s'imposer pour ne pas déranger ses maîtres.

— Ton idée était bonne, Tob, mais le plus simple est encore de tirer en avant les gros colis et de placer les petits derrière. Vite! aide-moi... A la bonne heure! de cette manière tu pourras regarder autour de toi pour examiner le paysage, qui est fort intéressant.

— Je le voyais bien sans cela, monsieur.

— Tu le verras encore mieux, et comme nous allons d'ici peu d'heures traverser les steppes, tu guetteras plus facilement les ours et les loups qui pourraient vouloir nous barrer le chemin.

— Mon couteau est tout prêt, monsieur, répondit consciencieusement Tobie.

— Alors, on peut toujours compter sur toi?

— Oui, monsieur, j'en tuerai tant qu'il faudra; monsieur n'aura qu'à commander.

— Cela suffit, Tob, et nous voilà tranquilles.

Le voyage durait depuis près de six heures, et l'on n'était plus guère qu'à une faible distance de la crête des monts Ourals, qui n'a pas moins de huit lieues de largeur, quand Jean Guérin arrêta ses chevaux devant une grande auberge.

Il avait jugé que bêtes et gens devaient avoir besoin d'une réfection quelconque.

— Mes amis, dit-il en mettant pied à terre, le moment est venu de quitter nos places autant pour distendre nos muscles que pour réconforter nos estomacs par quelques aliments chauds.

Cela dit, il avait tendu les bras à Marie-Rose, qui s'y était jetée, heureuse de pouvoir se dégourdir un peu les jambes.

Pendant ce temps, Demérian et Labarre étaient descendus à leur tour, ainsi que le vaillant Tobie, toujours armé de son couteau.

Au moment de franchir le seuil de l'auberge, Jean Guérin s'arrêta brusquement :

— Mes enfants, dit-il tout bas à ses compagnons, pas un mot, un seul, de nos projets... Vous m'entendez?

— Très-bien, mon oncle, dit Demérian.

— Toi aussi... Tob?...

— Oui, monsieur.

— Et quant à ce qui vient de se passer à l'hôtel Kazanoff, reprit Jean Guérin, vous me le laisserez raconter moi-même avec les variantes nécessaires pour donner le change au bon-homme Péters, qui a, je le sais, l'oreille de la police, si ce n'est davantage...

Les auditeurs répondirent par un signe affirmatif.

Nos voyageurs eurent à peine quitté leurs fourrures qu'on leur servit, sur la demande de Jean Guérin, au fait de la cuisine russe, une soupe au sterlet, du caviar d'Astrakan, des *blini* (minces galettes de gruau qui se mangent avec du beurre fondu et du caviar), des gélinottes, du rosbif, et enfin du *kwass* pour arroser le tout.

L'appétit de nos Parisiens, terriblement surexcité par la température encore froide qu'ils avaient subie très-bravement pendant six heures, avait mené grand train ce repas à la russe.

Jean Guérin était fort connu de l'hôte, chez lequel il avait demeuré plus de deux mois lors de son arrivée en Sibérie. Aussi ce dernier vint-il, sa casquette à la main, lui présenter ses compliments vers la fin du repas.

— Très-bien, Péters, lui dit le chimiste, vous voilà toujours frais et bien portant ; vous n'êtes pas, vous, comme la malheureuse hôtelière de Perm où nous venons de séjourner pendant vingt-quatre heures ?

— Que lui est-il donc arrivé ? demanda Péters, les yeux avides, l'oreille attentive.

— Vous l'ignorez encore ?

— Je sais que son fils a été condamné aux mines pour s'être battu en duel ; je ne sais rien de plus que cette histoire déjà ancienne.

— Eh bien, la pauvre femme n'en savait pas davantage, quand une descente de police est venue lui apprendre que ce fils avait rompu son ban, et qu'on allait fouiller son hôtellerie de bas en haut pour s'assurer qu'elle ne le cachait point chez elle.

— Et la police ne l'a pas trouvé ?

— Je viens de vous dire, maître Péters, que sa mère igno-
rait encore qu'il se fût échappé des mines, ce qui était visible
à sa stupéfaction et plus encore à sa douleur, car elle avait
pensé aussitôt que son malheureux fils était exposé à mourir
de faim et de froid dans les steppes, sort communément
réservé aux forçats en fuite. Après tout, ce sont leurs affaires,
et non les nôtres.

— Mais que va faire Maria Kazanoff? demanda Péters.

— Je lui ai entendu dire qu'elle avait vendu son hôtel
depuis un mois, dans l'intention d'aller se loger près des mines
où travaillait Pierre Kazanoff, qu'elle eût pu alors voir passer
de temps en temps; mais l'évasion de celui-ci lui enlevant
toute espérance de le rencontrer en ce monde, elle s'était
décidée à retourner en France, son pays natal.

— Pauvre femme... dit Péters avec affectation.

— Bah! il n'y a peut-être aucun sujet de la plaindre, reprit
Jean Guérin, car il pourrait se faire, j'y pense maintenant, que
Maria Kazanoff eût joué la comédie aussi bien devant la police
que devant moi, et que son fils, favorisé par quelque hasard,
eût déjà franchi la frontière où elle va s'empresser de le
rejoindre. Dans ce cas-là, d'ailleurs, personne n'aurait le
droit de s'opposer à son départ.

— Cela est vrai... répliqua Péters.

— Pour en revenir à vous, mon cher hôte, vous vivez toujours l'œil sur vos fourneaux et en pleine chaleur, comme les
plantes rares.

— Oui, monsieur, dit-il; il faut bien que je me tienne aux
ordres des voyageurs, qui sans moi risqueraient fort de mourir
de faim et de froid sur les grandes routes.

— C'est vrai, Péters, vous êtes leur providence à tous, une

providence en casquette et en veste blanche, avec une casse-
role à la main, pour qu'il soit impossible de s'y tromper.

— Et vous voudrez bien, monsieur Guérin, avec la franchise
qui distingue vos compatriotes, convenir que je fais tous mes
efforts pour être à la hauteur de ce beau rôle.

— Je le reconnais sans peine, maître Péters... et cependant
vous me permettrez de dire qu'il manque un fleuron à votre
couronne.

— Lequel, monsieur Guérin?

— Il vous manque d'avoir poussé la charité chrétienne jusqu'à établir des succursales dans les steppes, où l'on serait si
heureux de les rencontrer.

— C'est vrai, monsieur Guérin; mais mon excuse est
l'impossibilité de fonder un pareil établissement au milieu
des marais et des glaces.

— Il est vrai que le sol est là soumis à toutes les vicissi-
tudes, à toutes les instabilités : solide un jour, liquide le lendemain.

— Et où les lacs se déplacent aussi facilement que les montagnes, où l'on rencontre plus d'ours et de loups que de créa-
tures humaines.

— Et vous pourriez ajouter que la Sibérie, qui a sept cent
cinquante lieues du sud au nord et environ seize cent
soixante lieues de l'ouest à l'est, surpassant ainsi de plus
d'un tiers l'étendue de l'Europe, n'est pas accessible à la
civilisation avec son effrayante température, ses déserts, et la
violence inouïe de ses ouragans.

— Tout cela n'est que trop vrai, monsieur Guérin, et il
vous a fallu une grande énergie pour vivre deux ans sous cet
affreux climat.

— Il m'a fallu simplement l'amour de mon état, maître
Péters.

— C'est vrai, vous avez *tiré en portrait* toutes les montagnes et toutes les glaces du pays, pour les montrer à Paris.

— Sans compter, maître Péters, que cela n'est pas fini,
car voici mes neveux qui viennent pour passer l'été avec moi,
et tout naturellement me contraindre à recommencer une
partie de mes promenades.

— Ah! cela est toujours fort curieux, et la saison d'été va
bientôt permettre à cette jeune demoiselle de voyager avec
vous sans souffrir beaucoup du froid.

— Elle ne souffrira de rien, je l'espère; c'est d'ailleurs une
fillette de grande résolution, n'est-ce pas, Marie-Rose?

— Mais oui, mon oncle.

— Je le disais bien, elle a préféré passer ses vacances en
Sibérie, auprès de son oncle, à aller à la campagne dans les
environs de Paris. Mais votre conversation, mon cher Péters,
me ferait oublier que nous ne sommes encore qu'au début
de notre voyage. Veuillez être assez bon pour faire dire à
Ivan, qui a dû prendre soin de nos chevaux, qu'il se hâte de
les atteler.

— Tout de suite, monsieur Guérin, répondit l'hôte en quittant aussitôt la salle.

Quand nos voyageurs se trouvèrent seuls, Jean Guérin se
prit à sourire.

— Maintenant, mon bonhomme, dit-il, tu peux répéter à
qui tu voudras la conversation que nous venons d'avoir
ensemble; ton bavardage ne pourra que nous servir.

La porte se rouvrit en ce moment.

L'hôte reparut :

— La voiture de ces messieurs sera prête avant cinq minutes, dit-il.

— Merci, maître Péters, répond Jean Guérin ; nous allons pendant ce temps régler nos comptes.

Nos voyageurs, qui avaient repris leurs places en voiture, dans le même ordre qu'auparavant, s'engagèrent dans la partie supérieure des monts Ourals, à travers les usines éparpillées sur leurs deux versants, au milieu des bois et des forêts, et de ce grand mouvement d'êtres humains qui ne s'est jamais arrêté depuis 1699, où Demide (tige de la famille Demidoff), simple armurier-fondeur à Toula, fut anobli par Pierre le Grand pour avoir puissamment secondé sa dévorante activité, en fondant des canons dont ce prince avait sans cesse besoin pour ses nombreuses expéditions.

Marie-Rose ne pouvait plus dès lors ouvrir assez les yeux pour embrasser la grandeur, la sauvagerie et les immenses profondeurs du paysage qui lui apparaissait tout à coup.

— Ah ! mon oncle ! s'écria-t-elle, je n'aurais jamais cru qu'il y eût au monde de si grands espaces remplis de glaces et de neiges ; il me semble que je viens d'entrer dans le royaume de l'infini ; j'en frissonne malgré moi.

— Rassure-toi, chère petite, nous n'irons pas jusqu'au bout ; encore une quarantaine de lieues..... et nous serons chez nous.

— Quarante lieues ! s'écria Marie-Rose.

— Pas davantage.

— Il me semble, mon oncle, que c'est encore beaucoup : quarante lieues !

— Bah ! demain soir il n'en sera plus question.

Marie-Rose poussa un soupir.

Six heures plus tard, nos voyageurs s'arrêtaient de nouveau
pour prendre quelque nourriture..... et enfin passer la nuit
dans la dernière auberge qui se trouve à l'extrême limite nord
des monts Ourals, où commence le désert de glace.

Chevaux et voyageurs avaient un égal besoin de se reposer.

IX

UNE BANDE DE LOUPS.

Le lendemain matin, après s'être lestés d'un déjeuner de viandes froides, de café à la crème, de tartines de beurre, de kalatches (gâteaux que mangent les paysans), nos voyageurs reprirent leur chemin, non sans avoir parlé devant le maître d'auberge de leur censé projet d'explorer en famille, pendant l'été, une partie de la Sibérie.

Il s'agissait au besoin de confirmer le récit que Péters ne pouvait manquer de faire au maître de police, pour se ménager, suivant son habitude, les bonnes grâces de ce haut fonctionnaire.

Mais si importantes que fussent ces précautions orales, il en était d'autres qu'on ne pouvait négliger au moment de s'engager dans les steppes, où la rencontre des ours et des loups devenait imminente.

Demérian et Labarre, sur l'ordre de Jean Guérin, chargèrent leurs carabines et inspectèrent leurs poignards avec le plus grand soin.

Demérian, en outre, était venu prendre la place de sa sœur auprès de l'oncle Jean.

Marie-Rose, à son tour, avait dû s'installer bien au fond de la seconde voiture, où elle allait se trouver sous la protection d'Armand Labarre et celle de Tobie, qui depuis Paris ne s'était séparé de son grand couteau qu'à de rares intervalles et simplement pour dormir dans un lit.

L'attitude de nos voyageurs devint plus sérieuse à partir de ce moment. La permanence du danger les obligeait à une vigilance de tous les instants. Rien heureusement ne pouvait les gêner dans leurs observations. L'atmosphère, d'une transparence merveilleuse et seulement dominée çà et là au-dessus des lacs et des rivières par une brume grise et immobile, permettait à la vue de scruter toutes les profondeurs de la steppe d'où émergeaient des cimes neigeuses, aux découpures fantastiques, des bois immenses, des montagnes, des pics aux allures étranges, mystérieuses, que les rayons du soleil doraient brusquement de larges bandes ou bien de fines rayures roses, emplissant alors le paysage de points lumineux qui le faisaient étinceler tout à coup, comme pour en chasser pendant quelques moments et par faveur insigne l'inexorable tristesse.

— Oh! monsieur! s'écria Marie-Rose, que cela est admirable! quelle lumière! j'en suis presque éblouie.

— Et quelle immensité! elle épouvante; n'est-ce pas? il

semble qu'on ne soit plus rien, pas même un atome, au milieu de tout cela, ajouta Armand Labarre.

— Et si l'on était perdu dans ce désert, qui donc pourrait vous entendre, vous secourir? reprit Marie-Rose avec une sorte de terreur.

— Monsieur! dit brusquement Tobie, on dirait qu'il y a un troupeau de moutons qui galope là-bas.

— Des moutons..., répéta Armand Labarre en relevant brusquement la tête.

Puis il ajouta après une minute d'attention :

— Des moutons!... ça?... ce sont.....

— Mes enfants! s'écria vivement Jean Guérin, une bande de loups qui nous arrive! Vite! la main sur nos armes..... surtout pas de distractions.

Et en même temps qu'il prononçait ces paroles, il allongeait un vigoureux coup de fouet à son attelage en manière d'avertissement.

La précaution était inutile, car les deux chevaux, qui couraient sous le vent, flairaient leurs ennemis depuis quelques secondes.

— Des loups! s'était écriée Marie-Rose en pâlissant.

— Que mademoiselle se tienne derrière moi, dit vivement Tobie, brandissant son grand couteau, je tuerai tous ceux qui voudront s'approcher d'elle.

— Marie-Rose, ne bouge pas d'où tu es, lui cria son frère.

— Sois tranquille, nous veillerons sur elle, répondit Armand Labarre.

La lutte était déjà commencée entre les chevaux et les loups affamés qui désiraient en faire leur pâture.

Si les premiers, emportés par la frayeur, passaient comme

une trombe à travers la steppe, les seconds les poursuivaient avec la rapidité de la tempête. Ils s'étaient massés pour tomber sur leur proie et la terrifier au premier choc.

Obliques et fuyards habituellement, cette fois ils couraient droit à l'ennemi, car la faim, qui depuis longtemps tordait leurs entrailles, les rendait aussi terribles qu'insoucieux du danger.

La distance, restée longtemps la même entre eux et leurs adversaires, commençait à diminuer.

Les loups semblaient puiser des forces dans cette course forcenée, tandis que les chevaux, entravés en quelque sorte par le fardeau qu'ils traînaient, ne pouvaient les gagner de vitesse.

Nos voyageurs, qui ne cessaient de les surveiller, en acquirent vite la certitude.

— Diable! il me semble qu'ils se rapprochent! s'écria Jean Guérin.

Demérian et Armand Labarre inspectèrent de nouveau leurs amorces, tout en jetant un rapide coup d'œil sur le poignard qui pendait à leur ceinture.

— Bien! bien! qu'ils arrivent; nous les recevrons comme il convient, dit Demérian.

Les deux vieux loups qui menaient la bande étaient aussi vigoureux que hardis : ils marchaient d'assurance, perçant droit devant eux, méprisant les roches, les lacs, les glaciers, les fondrières qui leur faisaient obstacle.

Ils n'étaient plus guère qu'à trois cents pas des voyageurs.

— Quelques minutes encore, et nous les aurons tous sur les bras, dit Jean Guérin.

— Eh bien, nous les mettrons par terre, répliqua Demérian en parodiant le mot du grand Molière.

Les chevaux couraient encore, mais il était facile de prévoir qu'ils seraient vaincus dans cette lutte.

Déjà les loups commençaient à leur souffler au poil.

Quelques bonds encore, et ils allaient les atteindre.

Les pauvres bêtes hennissaient, folles de terreur.

La bande de loups venait de se scinder : trois à gauche, quatre à droite, pour attaquer les chevaux des deux côtés à la fois.

Ils se réservaient les voyageurs pour la fin.

Les deux plus vigoureux avaient pris l'avance, et l'on entendait distinctement le craquement de leurs terribles mâchoires.

Jean Guérin et Demérian tenaient chacun leur carabine en joue, prêts à tirer.

Armand Labarre avait pris la même position à côté de Tobie, qui, lui, se tenait debout, son grand couteau à la main.

Tous deux couvraient Marie-Rose ensevelie au milieu des bagages.

Deux coups de feu partirent en même temps. Les deux premiers assaillants tombèrent au milieu de l'élan qu'ils prenaient pour sauter au poitrail des chevaux.

L'un tomba foudroyé ; l'autre, qui avait l'épaule fracassée, roula sous le véhicule, dont les roues lui brisèrent les pattes de derrière.

Une explosion d'affreux hurlements retentit alors autour des voyageurs, qui n'avaient pas changé d'attitude.

Marie-Rose seule, peletonnée dans son coin, s'était bouché les oreilles.

— Deux de moins ! Aux autres maintenant ! s'écria Jean Guérin.

Ils n'étaient plus qu'à trois cents pas des voyageurs ?.

Page 117.

Les loups, suivant la tactique des premiers, faisaient tous leurs efforts pour rejoindre les chevaux qu'ils voulaient cerner.

Ils avaient passé sur le corps de leurs compagnons sans y prendre garde.

Depuis quelques secondes, les brigands, ralentissant leur course, s'efforçaient de reprendre haleine avant de commencer l'attaque.

— C'est leur branle-bas de combat, fit observer Jean Guérin.

— Du diable si le premier qui passe va plus loin que le bout de ma carabine! s'écria Armand Labarre, qui se tenait prêt à tirer.

Jean Guérin avait raison, les terribles animaux venaient de se ruer tous ensemble sur les chevaux, qui se cabraient en hennissant.

Trois coups de carabine étaient partis en même temps.

Le loup visé au passage par Armand Labarre gisait à terre, les flancs troués.

Des quatre autres, deux furent tués roides à bout portant par Demérian et Jean Guérin; les deux derniers s'acharnaient après les chevaux.

Nos voyageurs, tirant leurs poignards, avaient aussitôt bondi à terre pour les secourir.

Mais les loups ne se virent pas plus tôt attaqués par des hommes qu'ils se jetèrent sur eux avec un redoublement de rage.

La lutte s'engagea forcément corps à corps.

Blessés, sanglants, hurlants, ils ne retombaient sur le sol que pour s'élancer de nouveau, la gueule béante, les griffes allongées, tranchantes, impitoyables.

16

Deux derniers coups de poignard les rendirent immobiles pour toujours.

Mais cette lutte suprême, où les armes à feu n'auraient pu intervenir sans danger, ne fut pas sans coûter quelques légères blessures à nos voyageurs.

Pendant que Jean Guérin, aidé par Labarre, travaillait à calmer les pauvres chevaux encore affolés, Demérian s'élançait auprès de Marie-Rose, qui, n'entendant plus aucun bruit, s'était décidée à sortir de sa cachette, et avançait timidement sa tête hors de la téléga pour voir ce qui se passait.

Elle aperçut aussitôt son frère, dont les mains et le visage étaient éclaboussés de sang.

— Ah! mon Dieu! s'écria-t-elle en pâlissant, tu es blessé?

— Non... non... rien que des égratignures, chère petite sœur. Et il s'essuyait avec son mouchoir.

— Les affreuses bêtes! Il me semble que je les entends encore, dit la jeune fille.

— Viens les voir, rien que pour t'assurer qu'elles sont bien là, hors d'état de nuire à personne.

Et Demérian entraînait sa sœur vers la place où gisaient les derniers loups.

— Oh! mais c'est horrible! s'écria Marie-Rose, dont les yeux se détournaient involontairement du sanglant spectacle qui s'offrait à elle.

— Pauvre fillette, dit l'oncle Jean, tu ne réfléchis pas que l'intention de ces brigands était de nous dévorer les uns après les autres, en te gardant pour leur dessert.

— C'est vrai, mon oncle.

— Allons, mes enfants, en voiture! Nos chevaux ne demandent qu'à continuer leur course; ils se disent que les cadavres des loups ne tarderaient pas à nous attirer les ours, très-affamés par un long hiver, et qu'il faudrait immédiatement recommencer la bataille.

— Monsieur, dit alors Tobie en s'adressant à Demérian, on ne va donc pas pouvoir emporter toutes ces belles peaux-là?

— Veux-tu bien te taire, jeune insensé! lui répondit son maître.

Les deux chevaux, à qui leur maître rendit la main, ne se sentirent pas plus tôt libres qu'ils s'éloignèrent du théâtre de la lutte avec une si folle rapidité que l'espace ne semblait plus exister pour eux. En quelques heures ils dévorèrent les vingt lieues qui les séparaient de l'habitation de leur maître.

Cinq cents mètres encore, et celui-ci allait pouvoir en faire les honneurs à ses compagnons de voyage.

Le hennissement des chevaux qui flairaient leur écurie éclata tout à coup comme une joyeuse fanfare au milieu du profond silence qui régnait dans la steppe.

— C'est singulier, dit Jean Guérin, dont les yeux étaient obstinément fixés depuis quelques minutes sur son habitation, personne ne bouge là-bas.

Puis il reprit avec une certaine inquiétude :

— Il faut que la maison soit déserte, car les chevaux ont signalé leur présence de manière à être entendus à deux verstes d'ici.

Nos voyageurs ne tardèrent pas à arriver devant l'izba, qu'ils trouvèrent soigneusement fermée.

Jean Guérin sauta à terre avec impatience et frappa aussitôt à la porte principale de la maison sans obtenir de réponse.

— Ils sont donc tous deux morts là dedans? s'écria-t-il; puis, sans réflexion et aussi leste qu'un acrobate, il franchit la palissade qui servait de clôture à une partie de l'habitation et sauta dans la cour, au grand étonnement de ses compagnons.

Il enleva aussitôt la barre qui assujettissait les deux côtés de la porte, et l'ouvrit immédiatement pour livrer passage à la voiture, dont tous nos voyageurs s'empressèrent de descendre. Moins de trois minutes lui suffirent ensuite pour fouiller tous les recoins de l'izba et s'apercevoir qu'elle était déserte.

— Personne! dit Jean Guérin avec stupeur, en revenant auprès de ses amis; il a dû se passer ici quelque chose d'étrange, car j'avais expressément défendu, surtout à Pierre Kazanoff, de se montrer pendant mon absence.

Et l'excellent homme, ne pouvant vaincre son impatience, sortit de l'izba pour voir s'il ne rencontrerait pas l'Ostiak qui le servait, en même temps que le jeune ingénieur qu'il avait confié à ses soins.

— Mikhaël! Mikhaël! appela Jean Guérin, en évitant par prudence de prononcer le nom du forçat en rupture de ban auquel il avait donné asile.

Point de réponse.

Il y avait quelque chose de si alarmant dans cette disparition, puis dans ce silence, que Jean Guérin en fut douloureusement frappé. Il regarda longtemps autour de lui, et enfin pénétra sous bois, dans l'espoir d'y trouver un indice qui pût l'éclairer sur ce qui s'était passé, ou tout au moins le guider dans ses recherches.

Après avoir promené ses regards sur les hautes ramures des arbres, il interrogeait anxieusement les broussailles et la neige qui recouvraient le sol.

— Aucune trace de pas! répétait-il; ils n'ont pu s'éloigner d'ici que par la plaine.

Et le visage de Jean Guérin s'assombrissait en songeant aux terribles éventualités qui avaient pu surgir en son absence, quand une explosion formidable, bien qu'elle dût être un peu lointaine, ébranla l'air en ce moment.

Il fit à son insu quelques pas en arrière.

— Qu'est-ce cela? se demanda-t-il avec épouvante.

Une seconde explosion, non moins retentissante que la première, suivit aussitôt.

Cette fois, le chimiste subit une telle commotion qu'il se prit la tête à deux mains, comme un homme en proie à une sorte d'égarement.

Il en était là depuis quelques minutes, lorsqu'un bruit de pas rapides qui faisaient crier la neige durcie, se produisit à peu de distance.

Deux hommes visiblement essoufflés par une longue course parurent presque immédiatement devant lui.

— Mikhaël, Kazanoff! s'écria Jean Guérin à peine remis de l'émotion qu'il venait d'éprouver, que se passe-t-il donc? qu'est-il arrivé?

— Maître! répondit Mikhaël, il y a que vos grands ennemis et les miens ne sont plus à craindre.

Et l'Ostiak, rompant brusquement la conférence, se mit à danser, à faire mille contorsions, imitant avec rapidité les grimaces et les attitudes de gens que l'explosion d'une mine vient de projeter en l'air.

— De quelles gens parles-tu? demanda le chimiste, aussi surpris qu'impatienté. Mikhaël allait répondre, quand Demérian, Armand Labarre, suivis de Marie-Rose, accoururent encore effrayés de la double explosion qu'ils venaient d'entendre.

A la vue des nouveaux arrivés, qui lui étaient inconnus, Pierre Kazanoff fit d'instinct un brusque mouvement comme pour s'enfuir.

— Mon oncle! qu'y a-t-il? s'écria Demérian en regardant l'ingénieur et l'Ostiak d'un air menaçant, pendant que Marie-Rose se rapprochait vivement de Jean Guérin, et qu'Armand Labarre, son revolver à la main, s'était placé tout près d'eux.

— Calmez-vous, mes enfants, il ne m'est rien arrivé de fâcheux..... seulement que le diable m'emporte si je comprends rien à ce bruit, ainsi qu'à toutes les gambades de ce drôle.

Mais rentrons, le vent qui commence à souffler ici n'est pas de nature à favoriser les explications en plein air.

Pierre Kazanoff, immédiatement rassuré par les paroles de Jean Guérin, s'était fort poliment incliné devant les nouveaux arrivés.

Le chimiste conduisit ses hôtes dans la plus grande pièce de l'izba, où le poêle brûlait onze mois de l'année sans s'éteindre.

Chacun s'assit.

— Parlez maintenant, je vous prie, mon ami, dit-il en s'adressant à Pierre Kazanoff.

— Voici, monsieur, les faits dans toute leur simplicité, répondit celui-ci :

Le surlendemain de votre départ, Mikhaël, qui depuis la veille allait, venait, s'enfonçant dans le bois où il restait pendant de longues heures, m'avertit tout à coup que plusieurs Ostiaks de sa tribu, ses ennemis aujourd'hui, après avoir installé leurs pêcheries au bord de l'Irtyche, rôdaient dans certaines parties de la forêt qui vous appartient, et qu'ils avaient, selon toute apparence, l'intention d'y cacher leurs fétiches, afin de les dérober aux Russes qui réprouvent leur idolâtrie.

— Je connais leurs coutumes, répliqua Jean Guérin.

— Et comme cette particularité, reprit Pierre Kazanoff, pouvait, au dire de Mikhaël, être pour eux l'occasion de fréquents pèlerinages aux abords de votre exploitation.....

— Peste! Ils seraient venus pendant la nuit bouleverser tous nos travaux, dans l'unique but de les rendre impossibles, dit Jean Guérin.

— Mais pourquoi? demanda Demérian.

— Tout simplement, cher neveu, parce que les Ostiaks, tous chasseurs et pêcheurs, se sont toujours considérés comme chez eux dans ces déserts de glace; les steppes leur appartiennent; ils y vivent à l'état de nomades.

S'installant tantôt au bord des lacs et des rivières, tantôt sur la lisière des bois et des forêts, ils sont les ennemis cachés et irréconciliables de toute civilisation, parce qu'elle représente le bruit et le mouvement qui éloigne le gibier et le poisson, leurs plus précieuses ressources.

— Diable! mais nous pourrions avoir là beaucoup d'ennemis à redouter, fit observer Demérian.

Pierre Kazanoff reprit :

— Le danger devenait grand, et il fallait le conjurer à tout prix.

La chose la plus instante était de les épier, afin de connaître les lieux secrets où ils ont coutume de cacher les bonshommes de bois qui leur servent de divinités, et je chargeai Mikhaël, au fait de leurs usages, de les découvrir.

Le brave garçon se mit en quête, et le soir même j'apprenais de lui qu'il avait assisté à l'installation de deux idoles dans les parties les plus retirées, les plus mystérieuses de la forêt, ainsi qu'à l'énumération des services que les Ostiaks attendaient d'elles, dans un délai de trois jours, sous peine d'être battues et au besoin déchues de leurs hautes fonctions.

— Pauvres idoles!... dit Demérian.

Pierre Kazanoff poursuivit :

— Elles n'avaient donc qu'à agir en conséquence, c'est-à-dire au mieux des intérêts de leurs clients.

Ces conditions loyalement posées, les Ostiaks s'éloignèrent, après avoir répété à leurs bonshommes de bois qu'ils reviendraient dans trois jours, à pareille heure, pour les combler d'actions de grâces ou les châtier selon leurs démérites.

— Ces Ostiaks se sont fait là une religion très-ingénieuse, fit observer Armand Labarre.

— Et très-commode, ajouta Marie-Rose en riant.

Pierre Kazanoff reprit :

— Nous avions donc trois jours pour les déloger de la position qu'ils avaient prise ; c'était plus qu'il n'en fallait. Quarante-huit heures plus tard, les deux idoles avaient l'estomac rempli de poudre à laquelle communiquait une longue mèche habilement dissimulée sous des aiguilles de pin recouvertes de neige. Sa longueur était calculée pour qu'elle pût brûler pendant une heure avant de mettre le feu à la mine dont je viens de parler, et faire par suite éclater les deux fétiches au nez de leurs adorateurs.

Vous connaissez maintenant, monsieur Guérin, la cause de la double explosion qui vous a si fort inquiétés tout à l'heure.

— Et cela me suffit pour savoir que les intérêts que je vous ai confiés sont entre d'excellentes mains. Mais veuillez me permettre maintenant de vous faire faire connaissance avec les collaborateurs qui nous arrivent de Paris.

Pierre Kazanoff s'inclina.

— Mes amis, dit alors Jean Guérin, en se tournant vers Demérian et Armand Labarre, j'ai l'honneur de vous présenter M. Pierre Kazanoff, le forçat évadé que le maître de police faisait rechercher si activement dans l'hôtel de sa mère, lors de notre arrivée à Perm.

— Dans l'hôtel de ma mère! s'écria douloureusement le jeune élève de l'école des mines de Saint-Pétersbourg.

— Lequel a été fouillé aussi minutieusement que s'il s'était agi de mettre la main sur le plus grand criminel de l'empire, répondit Jean Guérin.

— Pauvre mère! murmura Pierre Kazanoff profondément ému.

— D'autant plus à plaindre en ce moment qu'elle apprenait votre dangereuse évasion en même temps que les poursuites dont vous étiez l'objet. J'ai pu par bonheur la rassurer sur votre compte après le départ des agents de l'autorité.

Et Jean Guérin lui raconta l'événement dans ses plus minutieux détails.

— Oh! monsieur, que de reconnaissance je vous dois! ne cessait de répéter le jeune ingénieur.

. . . .

Mikhaël, que son maître avait envoyé rejoindre Tobie afin de le mettre au courant de la maison, entrait dans la cour de l'izba juste au moment où le pauvre garçon achevait de prendre la position modeste d'un cavalier que son cheval vient de jeter à terre.

Si le poste que Tobie occupait à Paris l'avait rompu au train-train de la vie d'intérieur, il l'avait laissé, malgré ses aspirations, dans une complète ignorance de bien des choses.

17

Se trouvant donc pour la première fois en tête-à-tête avec des chevaux, il avait eu l'idée de profiter de la circonstance pour essayer d'un peu d'équitation.

L'intention était louable, mais on ne s'improvise guère écuyer, et le malheureux Tob avait été promptement traversé dans ses desseins par une ruade intempestive qui l'avait couché sur le dos, ses quatre *pointes* en l'air. Mikhaël s'arrêta court en l'apercevant. Tob, non moins étonné à la vue de ce petit homme laid, maigre, jaune, étriqué dans ses vêtements de peau, s'était brusquement remis sur pied. Tous deux se regardaient en silence, Mikhaël tournant autour de lui avec l'aplomb naïf du sauvage. Tob, humilié d'être inspecté de si près, tournait en même temps que l'Ostiak, l'examinant à son tour avec défiance.

Mikhaël, depuis qu'il était au service de Jean Guérin, avait suffisamment appris le français pour parler des choses courantes :

— Vous, monter sur le cheval, et lui, pas bon camarade, vous jeter comme ça..... lui dit-il en riant.

Et Mikhaël, très-fort, comme tous les Ostiaks, sur la mimique, imita la culbute que Tob venait de faire.

— J'étais monté un peu..... rien que pour voir, répliqua Tob, qui ne pouvait nier le flagrant délit.

— Faudra apprendre..... moi vous montrer..... reprit Mikhaël.

— Je veux bien, répliqua Tob, finissant par comprendre qu'il avait affaire au domestique dont Jean Guérin avait plusieurs fois parlé devant lui.

— Maintenant..... faut travailler avec moi, poursuivit l'Ostiak, qui se hâta de tirer les colis de la double voiture et enfin de mettre les chevaux déjà dételés par Demérian à l'écurie.

Mikhaël, fort expéditif en toutes choses, s'occupa de préparer le repas des voyageurs, toujours avec l'aide de Tobie, qui étonnait son compagnon par sa facile compréhension, son entente du service et des choses culinaires.

Ce fut pendant le repas qui suivit, que Demérian, Armand Labarre et Pierre Kazanoff achevèrent de lier connaissance, et de causer à fond de la grande entreprise qui pouvait seule motiver leur présence au milieu des steppes.

Il était à supposer que les Ostiaks, très-superstitieux d'ailleurs, ne reparaîtraient plus après la destruction de leurs idoles, destruction qu'ils ne manqueraient pas d'attribuer aux esprits ténébreux dont leur imagination peuple volontiers les forêts et les lacs.

Les mineurs étant prêts et le matériel nécessaire déjà installé sur le terrain, ils allaient pouvoir dès le lendemain se mettre à l'œuvre, ou plutôt au grand œuvre, comme disait gaiement l'oncle Jean.

L'arrivée inattendue de quatre personnes, au lieu d'une, n'avait créé aucun embarras.

Trois lits composés d'épaisses fourrures avaient été improvisés par Mikhaël : celui de la jeune fille dans la pièce du fond, la seule indépendante, et ceux de Demérian et Armand Labarre dans la vaste pièce où Jean Guérin et Pierre Kazanoff s'étaient préalablement installés.

Tobie avait trouvé place dans le perchoir que Mikhaël s'était ménagé au-dessus de l'écurie.

Le matin venu, Demérian, Armand Labarre, Pierre Kazanoff et Marie-Rose partaient, guidés par Jean Guérin, pour aller fouiller le sol où dormaient, enfouis depuis la création du monde, les trésors qui devaient les enrichir tous à la fois.

Un traîneau chargé de différentes provisions les suivait, remorqué par Mikhaël et Tobie.

Un repos de vingt-quatre heures avait été jugé nécessaire pour les chevaux.

X

LA CAVERNE DU DIABLE.

Le bois d'une très-grande étendue où s'appuyait l'izba de
Jean Guérin était interrompu, une verste plus loin, par un
immense cercle formé de roches géantes, où se trouvaient de
nombreuses cavernes dont plusieurs, très-spacieuses, très-salu-
bres, pouvaient servir aisément de refuge à toute une famille.

C'était au milieu de ces roches, dans un vaste périmètre
vallonné, abrupt, tourmenté, que se trouvait ou devait se
trouver le gisement d'or si hautement annoncé par le chimiste.

Nos mineurs venaient à peine d'y poser le pied, que Pierre
Kazanoff s'écria :

— Tiens! voici l'ancienne demeure de l'ermite; j'avais
oublié cette légende.

— Quelle légende? demanda Jean Guérin.

— Au fait, reprit le jeune ingénieur, vous êtes le propriétaire de cette caverne, et tout naturellement cette légende
doit vous intéresser plus que toute autre personne. La voici
telle que me l'a racontée autrefois un vieux Tongouse qui me
servait de guide de ce côté des steppes dont je voulais alors
étudier le sol :

Un pope disgracié, on ne sait pour quel motif, était venu
de Saint-Pétersbourg s'établir dans cette grotte, où il vivait de
sa pêche très-productive en esturgeons et en truites saumon-
nées dans les lacs environnants. Il bénéficiait encore des
offrandes des fiancés qui arrivaient parfois de plus de cent lieues,
pour lui demander de vouloir bien les unir suivant le rite grec,
dont les églises sont encore aujourd'hui fort rares en Sibérie.

Ces présents apportés en traîneau consistaient en farine,
en viandes fumées, en biscuits, en kwas, en eau-de-vie, en
sakarie (pain noir séché en petits gâteaux) et en plusieurs autres
denrées, ce qui lui permettait de vivre sans trop de privations.

Mais, toujours selon la légende, il arriva qu'un matin le pope
disparut sans jamais donner de ses nouvelles. Deux fiancés,
venus quelque temps après pour recourir à son ministère,
n'avaient trouvé à sa place qu'un horrible démon dont
l'aspect les mit en fuite.

L'aventure avait fait grand bruit, et depuis cette époque
les fiancés des steppes n'avaient plus reparu dans ce singulier
ermitage.

— Cette légende est sans doute très-ancienne? demanda
Jean Guérin.

— Elle date, il paraît, d'un demi-siècle pour le moins,
répondit le jeune ingénieur.

— Tant pis! je la voudrais plus récente; elle serait encore
dans toutes les mémoires, et nous servirait au moins de sauvegarde contre ceux qui pourraient vouloir nous troubler dans
les travaux que nous venons d'entreprendre.

— Les événements sont trop rares dans les steppes, et en
conséquence la vie trop monotone, pour que de pareilles
légendes s'oublient jamais. Elles se transmettent de père en
fils pour le grand plaisir de chaque génération. L'endroit où
nous sommes reste maudit, et il y a lieu de croire qu'on
ne s'en approchera guère, surtout après l'événement qui
vient de faire éclater ces idoles, dit Pierre Kazanoff avec un
demi-sourire.

— Oui! oui! répondit l'Ostiak.

Il eût été difficile de trouver un lieu d'un aspect à la fois
plus imposant, plus dénudé, plus lugubre, plus aride, plus
déchiré, plus triste que ce petit coin de la Sibérie.

Il avait fallu le regard intuitif d'un savant pour le revêtir
en imagination d'or et de pierres précieuses; aussi Marie-Rose,
dépourvue de connaissances spéciales, s'était-elle écriée en
l'apercevant :

— Quoi!... mon oncle, c'est dans ce vilain trou où tout
semble être en convulsion, au milieu de ces rocs neigeux, de
ces lacs et de ces marais glacés, que se trouve tout l'or dont
vous nous avez parlé?

— Très-certainement, ma chère fillette; et j'ai l'assurance
que tu ne tarderas pas à en acquérir la certitude. Quant à ces
roches caverneuses qui semblent ne t'inspirer que du dédain,
elles deviendraient au besoin notre abri le plus sûr contre les
terribles ouragans qui se déchaînent trop souvent dans les
steppes.

On ne songeait plus qu'au travail.

Demérian et Armand Labarre, un peu désorientés d'abord, s'étaient vite habitués au maniement de leurs outils de fer, sous la direction du chimiste et du jeune ingénieur, qui tous deux s'étaient plu à leur reconnaître de grandes dispositions pour la professsion de mineurs.

Le métier cependant était rude.

La terre, encore ouatée de neige et gelée à une certaine profondeur, ne se laissait entamer qu'après avoir opposé une longue résistance.

— Ce n'est pas de la terre, c'est du ciment, disait Armand Labarre.

— Du ciment romain, ajoutait Demérian.

— Paresseux! répondit Jean Guérin, regardez-moi... Et l'excellent homme, avec une vigueur acquise dans ses précédents travaux, continuait d'élargir le sillon qu'il avait ouvert.

— Très-bien, mon oncle; nous verrons ce que durera une si belle ardeur, dit Demérian.

— Elle durera jusqu'au bout, mes amis.

— Oh! oh! fit Armand Labarre.

— Je croyais vous avoir dit que j'attendais un collaborateur qui fera à lui seul les trois quarts de notre besogne.

— Vous n'en avez pas soufflé mot, mon cher oncle; permettez-moi de vous le dire.

— Pardon, c'est que vous l'avez oublié.

— Et quel est ce vaillant homme qui devrait bien se hâter de paraître?

— C'est plus qu'un homme, plus que cent mille!

— Qui est-ce donc?

— C'est Sa Majesté le soleil, mes amis ; je l'ai engagé pour un mois à raison de trente-deux degrés de chaleur, si ce n'est davantage.

— C'est vrai, monsieur Guérin, vous nous l'avez promis, je m'en souviens maintenant, répondit Armand Labarre.

En ce moment, Pierre Kazanoff, qui sur l'ordre de Jean Guérin était allé à son tour reconnaître les terrains environnants, revenait auprès des travailleurs.

— Eh bien? lui dit le chimiste en manière d'interrogation.

— Eh bien, monsieur, une nouvelle inspection du sol m'a confirmé dans mes premières observations. Nous sommes bien ici sur la chaîne principale des monts Ourals, formée de trois branches distinctes.

Celle-ci, composée de schiste talqueux, passe un peu plus loin par des nuances insensibles au schiste chloriteux et à l'amphibolite, roches sur lesquelles il est placé. Le sol qui nous porte a dû être remué profondément par quelque secousse souterraine, ce qui est indiqué par les déchirements qu'on aperçoit d'ici. Nous trouverions en cherchant plus loin du schiste argileux, et enfin du schiste ardoisier.

La seconde branche doit être formée d'abord de taleschite, auquel de grands cristaux de feldspath blanc donnent l'aspect porphyroïde, mais non point jusqu'à son extrémité, qui n'est composée que de diorite.

La dernière branche est uniquement formée d'amphibolite et de diorite.

— Très-bien ! s'écria Jean Guérin, dont les propres observations concordaient avec les dires de l'ingénieur, ce dont il avait voulu s'assurer.

Jean Guérin, Demérian, Armand Labarre, Pierre Kazanoff,

18

Mikhaël et Tobie, tous enfin à l'exception de Marie-Rose qui avait la franchise de ses mouvements, étaient rivés à leurs recherches sans qu'elles eussent encore produit aucun résultat.

L'or, que Jean Guérin avait recueilli d'abord en grosses pépites, ne se montrait plus que rarement et en paillettes fort légères.

— Votre première trouvaille, monsieur Guérin, n'était qu'une invite, disait Pierre Kazanoff, et vous verrez, ainsi qu'il arrive souvent, qu'il nous faudra creuser jusqu'aux dernières couches pour rencontrer le véritable gisement.

— C'est mon avis, répondait le chimiste. Puis tous nos mineurs reprenaient leur travail avec un redoublement d'activité.

Dans les moments de repos, Jean Guérin racontait à ses compagnons qu'il avait vu, lors de son voyage en Californie, des pompes hydrauliques alimentées par un torrent, et habilement dirigées, creuser des montagnes aurifères et les réduire à l'état de plaine, ce qui supprimait du même coup l'extraction laborieuse du minerai et le lavage par fractions minimes à travers les cribles.

On attaquait là une montagne comme on attaque un bastion. Cinq ou six jets combinés commençaient par creuser des cavernes régulièrement espacées, et tout à coup la montagne minée à sa base s'écroulait avec un terrible fracas.

Il n'y avait plus qu'à faire le triage de ces terres éboulées.

Malheureusement nos mineurs ne pouvaient recourir à ce puissant outillage, et ils reprenaient pelles et pioches, non sans pousser parfois quelques soupirs.

L'été sibérien, qu'on attend chaque année pendant onze mois, venait d'arriver prompt comme une avalanche, avec ses éblouissements incomparables.

Il fondait partout les neiges, trouait les glaces, et faisait jaillir l'eau en abondance. Les torrents recommençaient à mugir et les ruisseaux à murmurer.

Il restituait les immenses déserts de glace à leurs hôtes accoutumés.

Ceux-ci revenaient par troupes et par bandes en reprendre possession.

Les oies, les pluviers, les perdrix, les ortolans de neige, les ptarmigans, les gélinottes, s'emparaient du ciel, pendant que les ours blancs ou noirs, les loups, les élans, les rennes, les renards, les lièvres, reprenaient leurs courses à travers les glaciers et les forêts, tout prêts à jouer leurs rôles de bandits ou de victimes.

La végétation n'était pas moins ardente à revêtir la terre de ses splendeurs. Son règne n'allait durer que trente jours, et elle n'en voulait pas distraire une seconde.

Les blés, enfin tous les produits du sol, croissaient à vue d'œil, et peu de jours allaient leur suffire pour fleurir, mûrir et donner leur graine.

Les bouleaux, les saules, les ormes, les érables, les peupliers blancs et noirs, les trembles, les cèdres, dont quelques-uns ont jusqu'à cent vingt pieds de hauteur, les larix et les aunes qui forment là les forêts imposantes que l'on rencontre aux bords des grands fleuves, se hâtaient également de donner leurs feuilles pour ajouter leurs gigantesques profils aux ombres des montagnes qui interrompent de distance en distance l'uniformité de l'immense paysage.

Les mousses, les pavots, les saxifrages, le gazon nain, les orchis aux fleurs brillantes, le lis des vallées, l'ellébore blanc et noir, l'iris, l'anémone aux fleurs de narcisse, les pigamons,

les violettes, les potentilles, l'éclatant astragale des montagnes : toute cette flore, mariant ses belles couleurs, exhalait des
parfums qu'on chercherait en vain dans les contrées les plus
favorisées du soleil.

Demérian, Armand Labarre et Marie-Rose, qui assistaient
pour la première fois à l'explosion de cette nature asservie
depuis onze mois par les glaces, ne pouvaient contenir leur
admiration.

Leur seul chagrin était de penser que cette riante apparition de l'été, strictement limitée par la nature, disparaîtrait
bientôt comme un rêve.

Le soleil, à qui nous venons de rendre la justice qui lui est
due, n'avait pas manqué, ainsi que Jean Guérin l'avait solen-
nellement annoncé à ses compagnons, de venir les aider dans
leur entreprise, en dissolvant une partie des obstacles qui s'y
opposaient ; mais il était resté impuissant, — toute puissance
a ses limites, — à improviser des pépites d'or : elles continuaient de rester invisibles.

Les mineurs avaient beau creuser, beau laver la terre et le
gravier résultant de leurs fouilles, ils ne trouvaient au fond de
leurs cribles que de légères paillettes d'or.

Jean Guérin n'en continuait pas moins de donner l'exemple
à ses compagnons, dont l'ardeur, encore stimulée par Pierre
Kazanoff, ne s'était pas encore ralentie.

— Creusons toujours, disait le jeune ingénieur ; il ne faut
pas oublier que la première mine d'or ouverte en Sibérie ne
donna d'abord que six kilogrammes cinquante-cinq grammes
d'or pendant la première année, et qu'elle a fini par en produire cent soixante-trois kilogrammes dans le même espace de
temps. D'ailleurs, nous n'avons pas encore atteint la couche

Un bruit sourd et persistant semblait sortir des entrailles du rocher...

Page 145.

d'argile qui de ce côté repose entre la tourbe et les alluvions aurifères.

— Vous avez raison, répondit Jean Guérin ; j'oubliais cette particularité.

Et tous continuaient de fouiller le sol.

Marie-Rose, qui ne pouvait prendre part à ces travaux peu féminins, ne laissait pas que de quitter chaque matin, en compagnie des mineurs, l'izba de son oncle pour n'y rentrer qu'avec eux.

Un grand traîneau construit par Mikhaël, et attelé des deux chevaux, les transportait chaque fois en pleine forêt et les en ramenait leur journée faite.

La jeune fille, n'étant pas de nature à demeurer longtemps en place, avait pris goût à l'escalade des rochers qui se dressaient, ainsi que nous l'avons dit, autour de la mine ouverte par Jean Guérin.

Une fois là, son grand plaisir était, tout en cueillant des fleurs que l'été jetait partout à pleines mains, de pénétrer dans les nombreuses cavernes, dont plusieurs communiquaient entre elles par de larges trouées formant couloir.

Tobie l'accompagnait dans ces excursions avec la mission expresse de veiller sur elle.

Cette charge n'était pas une sinécure, et le pauvre garçon, toujours en alerte, et pris de frayeurs subites, se précipitait à chaque instant au-devant de la jeune fille qu'il arrêtait brusquement par le bras en disant :

— Mademoiselle! mademoiselle! n'allez pas là, je vous en supplie, c'est trop dangereux; vous pourriez glisser et tomber dans une crevasse d'où il serait impossible de vous tirer.

— Mais non, Tobie, je fais bien attention, et d'ailleurs tu peux voir que la glace est fondue partout.

— C'est égal, mademoiselle, un malheur est si vite arrivé !

Et le pauvre garçon lui barrait le passage avec fermeté.

Mais il n'est point de vigilance qu'on ne puisse mettre en défaut.

Un jour, Marie-Rose échappa à la surveillance de son gardien.

Paisiblement assise à quelques pas de lui, elle avait tout à coup disparu.

Un éclair n'eût pas été plus rapide.

Tobie, pendant quelques secondes, en resta muet de stupeur.

Aucun bruit ne s'était fait entendre, et il se dit qu'une chute, quelle qu'elle fût, eût arraché un cri à la jeune fille.

Il l'appela vingt fois sans obtenir de réponse. Il explora le rocher où elle se reposait l'instant d'auparavant. Rien !... Le malheureux enfant, au désespoir, se lamentait en rampant sur le flanc du rocher depuis une demi-heure ; ses yeux étaient hagards, ses genoux écorchés, saignants, ses mains couvertes d'égratignures... et tout cela sans aucun résultat.

Il n'osait s'éloigner pour chercher du secours, dans la crainte d'abandonner la jeune fille, qui, pensait-il, étourdie par un choc violent, pouvait enfin revenir suffisamment à elle et faire entendre quelques gémissements qui le guideraient.

Au milieu de ces transes mortelles, sa gorge se séchait, et il se sentait devenir fou.

Marie-Rose, que le pauvre Tob appelait avec une si poignante angoisse, s'était simplement aventurée à la recherche des fleurs odorantes qui s'épanouissaient partout au souffle fécondant de l'été.

Lasse, et un peu trop brûlée par le soleil, elle s'était réfugiée dans une vaste caverne à demi masquée par des roches et où le jour pénétrait à peine.

Là, elle s'était assise, puis endormie.

Elle y était depuis quelques moments, quand une lueur intense éclaira subitement l'intérieur de la grotte, qui lui sembla tapissée d'escarboucles.

Puis devant elle, dans une sorte d'apothéose, elle vit nettement se détacher la figure d'un grand vieillard, dont le bras droit, émergeant de ses draperies, montrait le sol d'un geste impérieux. Cette vision dura pendant quelques secondes dans toute sa splendeur, puis pâlit graduellement.

La jeune fille, saisie d'étonnement et d'admiration, voulut se lever, mais elle se sentit comme retenue par des liens invisibles.

A ce moment, une pierre se détacha de la voûte pour tomber à ses pieds..... Elle s'éveilla brusquement.

Et comme elle se penchait pour l'examiner, un murmure doux et continu frappa son oreille.

C'était bien le bruissement d'une source qui coulait à une certaine profondeur.

— Mademoiselle! mademoiselle! cria tout à coup Tobie, qui venait de l'apercevoir, écoutant dans une immobilité complète la voix du ruisseau, il y a une grande heure *que vous me faites frémir.*

— Tobie, dit-elle sans répondre autrement à son exclamation, mets-toi là et écoute.

Marie-Rose s'était levée pour lui céder sa place.

Mais Tob restait debout devant elle, la regardant avec une persistance singulière, comme pour s'assurer qu'il n'était pas le jouet d'une illusion.

19

— Eh bien, reprit-elle avec un mouvement d'impatience, tu ne veux pas faire ce que je te dis?

— Oh! pardon, mademoiselle; mais je suis si heureux de vous retrouver saine et sauve, après avoir cru que bien certainement vous étiez morte!

Marie-Rose leva doucement les épaules en souriant.

Tob s'était enfin accroupi à la place désignée par la jeune fille.

— C'est drôle, on dirait le bruit d'une rivière qui coule très-vite sur des cailloux.

— N'est-ce pas, Tob?... mais qu'est-ce que cela peut bien signifier ici?

— Je n'en sais rien du tout, mademoiselle.

— Je vais prévenir mon oncle de ce que j'ai découvert; lui qui est un savant me dira tout de suite ce qu'il en pense.

— Oui, mademoiselle... je vous accompagnerai, répondit Tobie, qui n'eût consenti pour rien au monde à se séparer maintenant de la jeune fille, dont il avait momentanément la garde.

Le chimiste n'eut pas plus tôt entendu le récit de Marie-Rose, qu'il l'embrassa chaleureusement. La découverte faite par elle allait peut-être élargir le cercle de leurs opérations et par suite les rendre plus faciles.

Les cavernes principales furent donc sondées et pour ainsi dire auscultées. Celle indiquée par Marie-Rose, et où le bruissement de l'eau fut facilement constaté, avait servi de point de départ aux investigations des mineurs.

Mais il fallait pour faire un travail qui vînt en aide à leurs projets, suivre la rivière qu'on venait de découvrir à travers d'immenses bancs de roches tortueux, inégaux, renversés, brisés, creusés, déchirés, disparates.

Il était encore indispensable d'étudier les assises de ces immenses escarpements, car le problème à résoudre était celui-ci :

Ou l'eau qu'on entendait sourdre n'était qu'un ruisseau sans importance, déviant tout à coup de la direction qu'on lui supposait, pour se perdre sans profit pour personne dans un lac ignoré; ou bien c'était une rivière coulant régulièrement sous la mine qu'on s'évertuait à mettre en valeur.

Dans le premier cas, la découverte devenait nulle; dans l'autre, elle était de nature à produire les plus grands résultats.

On multiplia donc les sondages dans les cavernes, on interrogea les murailles, on recueillit les moindres bruits; mais tout cela ne put fournir d'indications assez positives pour servir de règle de conduite, si bien que Jean Guérin s'écria dans un mouvement d'impatience :

— Ne perdons pas davantage notre temps.

L'or étant produit par l'oxydation des différents sels d'argent au contact de l'air atmosphérique dissous dans l'eau, conjointement avec un certain nombre de sels qu'elle dissout de même, et sous l'influence de courants électriques développés par l'action que ces sels exercent les uns sur les autres, la rivière dont nous avons suffisamment constaté l'existence doit couler en contre-bas du sol où nous avons déjà récolté de l'or; d'autres indices sont inutiles. Ainsi donc, courage, mes chers amis; n'oublions ni aujourd'hui, ni demain, que le succès appartient surtout aux opiniâtres.

On reprit dès lors les travaux interrompus.

Mais en dépit des affirmations de Jean Guérin cent fois répétées par Pierre Kazanoff, et des efforts multipliés de leurs compagnons, la mine restait improductive.

Pas un filon, pas une pépite; il n'y avait même plus vestige des parcelles d'or qu'ils avaient trouvées à leur début; elles étaient épuisées.

La foi robuste du chimiste et celle du jeune ingénieur n'en étaient pas ébranlées.

Seuls, Demérian et Armand Labarre se regardaient depuis quelque temps d'un air qui voulait dire :

— Ce n'est certes pas encore là que gisent les millions qui doivent nous enrichir.

XI

L'APPARITION.

Après une journée de travail, où la croyance de Jean Guérin et de Pierre Kazanoff dans l'œuvre qu'ils poursuivaient en commun s'était affermie plus que jamais, et où, par contre, Demérian et Labarre avaient achevé de perdre toute confiance en elle, nos mineurs s'apprêtaient à remonter en traîneau pour retourner à leur izba, quand un de ces orages particuliers à la Sibérie, et dont rien n'égale l'imprévu et la violence, vint fondre sur eux.

L'eau tombait par nappes aveuglantes, et le vent soufflait avec une telle furie que Goliath lui-même eût manqué de jarret pour rester debout.

Jean Guérin, Demérian, Labarre et Marie-Rose, que son

frère avait pris sous le bras, s'étaient aussitôt dirigés, courbés et oscillants, du côté des cavernes pour y chercher un refuge. Tob, à qui personne n'avait offert le bras, se tira d'affaire en cheminant sur ses extrémités, à la manière des quadrumanes.

La pourga n'était pas au bout de ses grondements; il semblait, pour ainsi dire, qu'elle eût attendu que les mineurs fussent à l'abri, pour se déchaîner plus à l'aise.

La caverne où ils s'étaient réfugiés était large et profonde, bien que son entrée pût à peine livrer passage à deux personnes de front. Grâce à l'étroitesse de cette ouverture aussi bien qu'à la tempête, qui, au lieu d'y pénétrer tout droit, passait ce jour-là fort poliment devant elle, ils s'y trouvaient complétement protégés contre les plus fortes rafales.

De son côté, Mikhaël s'était jeté sur les chevaux au premier coup de tonnerre, et les avait conduits sous un vieux sapin, à branches énormes, situé à peu de distance, et sous lequel il s'était blotti avec eux faute d'un meilleur abri.

Marie-Rose n'avait jamais soupçonné un pareil cataclysme, et elle regardait autour d'elle avec épouvante.

— Oh! mon oncle! s'écria-t-elle, mais nous allons assister à la fin du monde!

Un éclat de rire général la rassura aussitôt.

— Diable! comme tu y vas, ma chère fille! Le monde est plus solide que tu sembles le croire, car voilà des milliers d'années que le vent, la pluie, la grêle et la foudre l'assaillent de tous côtés, sans pouvoir le détruire ou seulement l'entamer.

— C'est que je n'avais pas encore entendu un pareil fracas, répondit Marie-Rose un peu confuse.

— Eh bien, ma chère fille, ce sont les symphonies que le vent exécute sur le piano que tu réclamais l'autre jour.

— Elles me font peur aujourd'hui, et cependant je ne suis pas très-poltronne.

— Oh! c'est vrai, nous te savons même brave au fond : ta belle tenue pendant le combat contre les loups nous a donné à tous la preuve de ton courage, dit Demérian.

— J'ai bien été un peu inquiète, répliqua naïvement la jeune fille.

— Parbleu! le défaut d'habitude, fit observer Jean Guérin.

Une nouvelle rafale, plus violente que les premières, interrompit l'excellent homme; elle avait creusé comme un vaste couloir dans l'espace, où les bernaches, les eiders, les goëlands, maîtrisés par le vent, ahuris, aveuglés par une pluie torrentielle, roulaient en troupes affolées.

Des masses d'air se brisaient sur les sommets embrumés des montagnes. Des nuages sinistres horriblement gonflés, noirs au centre et bordés de lueurs cuivrées, livides, crevaient çà et là dans le ciel avec un retentissement qui n'avait d'égal que les éclats du tonnerre répercutés par les rocs immobiles qui semblaient crier sous la tempête.

C'était un spectacle terrible et grandiose. Le groupe réfugié dans la caverne avait à un assez haut degré le sentiment des grandes choses pour le suivre avec admiration, s'il n'eût craint que l'ouragan ne l'emprisonnât là pendant plusieurs jours.

Jean Guérin se préoccupait encore plus vivement que ses compagnons de cette dangereuse éventualité, non pour lui, non pour Pierre Kazanoff : ils étaient l'un et l'autre faits à toutes les rigueurs, à toutes les sévérités de la vie sibérienne;

mais pour ses autres associés, et principalement pour Marie-Rose, qui souffrirait plus que personne des privations qu'une longue réclusion leur imposerait.

— Vous oubliez, monsieur, dit Pierre Kazanoff à Jean Guérin qui venait d'exprimer tout haut ses craintes à ce sujet, que les ouragans durent moins pendant la saison d'été que pendant les mois qui la précèdent ou la suivent; et tenez, voilà un coin du ciel qui s'éclaircit déjà.

Ces paroles étaient à peine dites, que le jeune ingénieur, qui venait de s'avancer pour insister sur sa démonstration, se rejeta brusquement en arrière.

— Qu'y a-t-il? lui demanda Jean Guérin en le voyant pâlir.

— Regardez, dit-il, là-bas... sur la droite, deux Cosaques qui causent avec Mikhaël.

— Peste ! il faut qu'ils soient chargés de quelque expédition bien sérieuse pour s'aventurer jusqu'ici ! s'écria Jean Guérin. Il est urgent qu'ils ne puissent nous apercevoir.

— Je me tuerais plutôt que de me laisser reprendre! dit Pierre Kazanoff avec exaltation.

— Au besoin, nous aurions facilement raison de ces hommes, ajouta Demérian, accompagnant ces mots d'un geste énergique.

— Parbleu ! loups et Cosaques ne doivent pas être plus durs à tuer les uns que les autres, reprit Armand Labarre.

— Calmez-vous, mes amis; s'ils en voulaient par hasard à l'un de nous, Mikhaël est trop intelligent pour ne pas les éloigner d'ici; il est d'ailleurs connu d'eux depuis longtemps. Sur ce, retirez-vous au fond, mon cher Kazanoff; je vais les surveiller d'ici.

Jean Guérin s'installa aussitôt près de l'ouverture de la

caverne, mais de manière à rester invisible du dehors. Nous allons le laisser à son rôle de sentinelle, pour nous rapprocher des deux cavaliers (Cosaque en langue russe signifie guerrier à cheval) qui venaient de mettre pied à terre auprès de Mikhaël; ruisselants d'eau, ainsi que leurs montures, ils étaient venus se réfugier sous l'énorme sapin où l'Ostiak se trouvait établi.

— Ah! c'est toi, Mikhaël! s'était écrié l'un des deux hommes, passablement surpris de rencontrer un attelage dans ce désert.

— C'est moi, sans le moindre doute, répéta l'Ostiak...

— Que fais-tu là par un temps pareil? reprit le Cosaque.

— Jacob Vassili, j'attends que la pourga cesse pour continuer ma route.

— Et d'où viens-tu?

— De la steppe, où j'ai tué ces quelques pièces de gibier.

— Un eider et trois gélinottes!

C'est pour ramener ce mince gibier que tu as pris ce traîneau et ces deux bonnes bêtes?

— Tu le sais, Jacob Vassili, on part souvent avec l'espoir de rencontrer quelque grosse pièce qui est allée faire ses fredaines d'un autre côté, et l'on en est alors pour ses peines; je réussirai mieux un autre jour. Mais toi, brave Jacob, qui a pu t'amener de ce côté?

— Ce sont des ordres supérieurs, Mikhaël... Que veux-tu? tant qu'il y aura des forçats qui préféreront la promenade dans les steppes au travail dans les mines, il faudra bien leur faire la chasse pour les contraindre à rentrer dans le devoir, à moins cependant qu'ils ne préfèrent mourir tout bonnement sous le knout.

20

— Vilaine fin, dit l'Ostiak.

— C'est la loi, répliqua Jacob, et ce n'est pas à nous de la refaire. Quant à moi, je voudrais qu'elle fût encore plus dure, pour que personne n'eût le courage de l'enfreindre. Nous n'aurions pas alors à quitter si souvent nos maisons pour battre la plaine et la forêt par un temps semblable.....

— Je comprends ton idée, dit Mikhaël.

— Ah çà, Feudore, reprit Jacob Vassili en s'adressant au second Cosaque, qui, sa lance au pied, n'avait pas encore soufflé mot, que font donc Ocipe et Yéfime pour tarder si longtemps?

— Il se peut, répondit Feudore, qu'ils aient été arrêtés en chemin par quelque rencontre (les forçats que nous cherchons, par exemple), ou bien qu'une famille d'ours en quête d'un bon repas les ait dévorés avec leurs chevaux.

— Ce malheur n'est pas impossible, Feudore, car les forêts et les steppes, si longtemps désertes, se sont entièrement repeuplées depuis quelque temps...

Un subit tremblement interrompit le Cosaque.

— Qu'as-tu donc, Jacob Vassili?

— La caverne du pope! répondit celui-ci en indiquant du doigt la grotte où les mineurs se tenaient prudemment cachés.

— Quel pope?

— Celui qui faisait des mariages autrefois, et qui un beau jour a été étranglé par le diable.

— Quoi! c'est là qu'il demeurait? demanda Feudore visiblement ému.

— Dans ce trou noir?... reprit Mikhaël d'un air épouvanté.

— Oui, je le sais très-bien, répliqua Jacob Vassili, car c'est ma grand'mère qui a été témoin de l'aventure.

— Ta grand'mère?

— Et si bien qu'elle a vu le diable d'aussi près que vous me voyez.

— Je comprends maintenant pourquoi je me sentais si tourmenté tout à l'heure... sous cet arbre, répondit l'Ostiak, en jetant des regards effarés du côté de la caverne.

— Ce n'est pas étonnant, reprit Vassili, car il est bien connu maintenant que ce démon se tient toujours là, en embuscade, pour jeter des sorts à ceux qui ont l'imprudence de s'approcher de sa demeure.

Jacob Vassili, que le voisinage du démon mettait véritablement très-mal à l'aise, bien qu'il essayât de faire bonne contenance, avait remis tout à coup le pied à l'étrier...

— Un instant, reprit Mikhaël, en continuant de jouer son rôle d'homme effrayé, vous n'allez pas me laisser là tout seul, je...

Deux coups de feu tirés à une certaine distance l'interrompirent un moment.

— Des coups de feu !... écoutons, écoutons, dit vivement Mikhaël.

— On dirait le galop d'un cheval, ajouta Jacob Vassili... en s'élançant sous bois pour vérifier le fait.

Il en revint presque aussitôt.

— C'est vrai, seulement le cheval a perdu son cavalier.

Le galop se rapprochait.

— C'est le cheval d'Ocipe... Qu'est devenu le pauvre garçon ? s'écria Feudore qui s'était avancé à son tour.

L'animal, trempé de sueur et tout essoufflé, s'arrêta auprès de ses compagnons d'écurie, qu'il avait flairés au passage.

Ceux-ci hennirent comme pour lui souhaiter la bienvenue.

— A cheval, Feudore ! s'écria Jacob Vassili, toujours plus agité ; il faut savoir ce que nos deux hommes sont devenus.

Puis, se tournant vers Mikhaël :

— Pendant ce temps, garde-nous le cheval d'Ocipe... tu n'auras qu'à l'attacher à une branche d'arbre, auprès des tiens.

Mikhaël s'écria d'un air épouvanté :

— Si près du démon ! c'est impossible !

Mais les deux Cosaques, piquant de l'éperon, avaient déjà disparu dans la forêt.

Dès que Mikhaël les crut suffisamment éloignés, il fit une gambade, sortit du traîneau le sac aux provisions et une outre de peau de renne à moitié remplie de kwass, ainsi qu'une bouteille d'eau-de-vie, puis il courut vers la caverne où Jean Guérin et tout son monde s'étaient tenus rigoureusement cachés.

— Maître ! cria-t-il au chimiste qui parut à son appel, prenez ceci et ne vous montrez pas avant le départ définitif des Cosaques, car ils vont revenir d'un moment à l'autre ; je ne puis vous en dire davantage.

Jean Guérin se saisit des provisions, et Mikhaël s'enfuit comme un élan sans attendre sa réponse, tant sa frayeur de trahir la présence de ses maîtres était grande.

L'orage s'était apaisé, et les fugitifs de la caverne se montraient impatients de regagner leur izba. Mais Jean Guérin avait une confiance trop absolue dans l'intelligence et le dévouement de Mikhaël pour négliger sa recommandation.

— Attendons encore, mes amis, dit-il ; il paraît que les Cosaques sont allés faire une nouvelle battue dans les environs, et qu'il serait imprudent de se montrer aux abords de cette caverne. A tout événement, voici des provisions qui nous permettront de prendre patience, car le ciel est encore trop noir de ce côté pour que l'ouragan ait épuisé toutes ses colères.

— Attendons alors, reprit Pierre Kazanoff ; je ne me consolerais point d'attirer le malheur sur celui qui m'a sauvé.

Mikhaël allait et venait, parlant de temps en temps à ses chevaux comme pour leur prêcher la résignation.

— Si ces Cosaques n'allaient point revenir ? pensait-il.

Les secondes et les minutes s'écoulaient, puis les quarts d'heure ; car ceux qui attendent égrènent pour ainsi dire le temps comme un rosaire ; ils n'en viennent à compter par heures qu'après les avoir tout d'abord divisées à l'infini.

Le chimiste et ses amis n'étaient pas moins agacés de tout ces retards, d'autant plus, nous le répétons, qu'ils redoutaient sérieusement un retour de la tempête.

Soudain Mikhaël parut s'agiter.

— Voilà évidemment du nouveau, fit remarquer Jean Guérin, qui n'avait point quitté son poste d'observation.

Les deux Cosaques revenaient en effet au triple galop.

— Vous êtes seuls ?... dit Mikhaël.

— Oui, il est arrivé malheur aux camarades, répondit Jacob Vassili, tout en jetant des regards inquiets sur la caverne du pope.

— Un malheur ! répéta Mikhaël, avide de connaître l'événement dans tous ses détails.

— Ocipe !... mais, reprit-il en changeant brusquement de conversation, il nous faut ton traîneau, Mikhaël, pour emporter le blessé au bord de l'Irtyche, jusqu'au premier campement de pêcheurs où on lui donnera tous les soins nécessaires.

— Bon ! répondit l'Ostiak, quelques minutes... et je suis à vous...

Puis il ajouta :

— Ah ! ce pauvre Ocipe est blessé ?

— Oui, reprit Jacob Vassili. Pendant que Feudore et moi nous battions inutilement les bois de ce côté pour exécuter les ordres que nous avons reçus, Ocipe et Yéfime apercevaient un des forçats qui nous sont signalés. Très-leste, et de taille moyenne, le déserteur allait d'un pas rapide, s'arrêtant de temps à autre pour flairer le vent autour de lui. Reprenant aussitôt son chemin, il disparaissait sous bois pour reparaître plus loin, toujours à l'affût de ce qui se passait. C'était bien un déserteur; aucun doute n'était possible.

Ocipe et Yéfime s'étant tenus cachés pour mieux épier ses mouvements, le premier partit enfin de toute la vitesse de son cheval dans la direction que suivait le fuyard.

Ce dernier, averti par le bruit de la course, disparut dans la forêt. Ocipe l'y suivit, mais avec tant de précipitation, qu'une branche de chêne qui lui barrait le chemin, et qu'il n'aperçut pas assez vite pour l'éviter, l'enleva de son cheval et le jeta brutalement sur l'angle d'une pierre où il se démit le pied droit.

Sa monture, se sentant libre, s'enfuit au hasard, galopant à travers la forêt jusqu'au moment où nous l'avons aperçue. Yéfime, pendant ce temps, courant au plus pressé, rejoignit Ocipe, après avoir jeté ses deux coups de feu (ceux que nous avons entendus) au forçat qui achevait de leur échapper. Son malheureux compagnon, étendu sur le sol, souffrait cruellement. Ne pouvant l'emporter sur son propre cheval, il ne savait qu'en faire, lorsque nous sommes arrivés.

— Je suis prêt... dit Mikhaël en remontant sur son traîneau.

Jacob Vassili, resté en selle ainsi que Feudore, détacha le cheval d'Ocipe, qu'il prit par la bride, et ouvrit la marche.

La déclivité des roches rendait sa descente très-périlleuse.

Page 161.

Le traîneau les suivit, non sans que l'Ostiak eût pu faire à son maître un geste pour lui indiquer que le chemin était redevenu libre pour lui et les siens.

Ceux-ci, par prudence, attendirent au moins un quart d'heure avant de profiter de l'avis qu'ils venaient de recevoir.

Pendant ce temps, un être humain, de taille moyenne, faisait son apparition au milieu des roches voisines.

Bien que sa tournure fût celle d'un jeune homme, il semblait peu familiarisé avec la descente des montagnes, dominé, c'était visible, par une double préoccupation : la première, de ne pas se laisser choir dans l'espace ; la seconde, d'échapper aux regards des gens qui pouvaient le poursuivre.

Se glissant à la manière des couleuvres dans les parties découvertes, il se redressait de toute sa hauteur dès qu'il rencontrait un obstacle assez volumineux pour lui permettre de dissimuler entièrement sa présence.

Immobile, il y restait quelques secondes en observation, puis reprenait sa marche. La déclivité des roches rendait parfois sa descente très-périlleuse.

Ses yeux venaient de s'arrêter sur une sorte de rampe formée par un ensemble de petites pierres aiguës, alignées très-régulièrement, et derrière lesquelles se trouvait un sentier juste assez large pour poser le pied... Ce chemin passait devant les cavernes que Jean Guérin et ses amis s'apprêtaient à quitter.

— Ne pensez-vous pas, mon cher oncle, que tout danger ait disparu maintenant? dit Demérian, qui commençait à se sentir des fourmillements dans les jambes.

— Bien certainement, répondit Marie-Rose en quittant le fond de la caverne où elle s'était assise faute d'un meilleur siége.

21

— Oui, partons, ajouta Labarre tout en s'étirant comme un homme qu'on relève tardivement d'une faction désagréable.

Pierre Kazanoff prenait la parole pour s'excuser d'avoir aggravé les ennuis d'une réclusion qui sans lui eût cessé depuis longtemps déjà, quand Jean Guérin lui imposa silence par un geste rapide.

— Je vais voir d'abord s'il n'y a rien de nouveau, dit-il.

Un bruit semblable à celui que font de petits cailloux en rebondissant sur des rochers attira en ce moment leur attention.

Tous se regardèrent avec une vive inquiétude.

Un jeune homme, élancé, gracieux, portant le costume russe, la tête enveloppée d'une moustiquaire tachée de quelques gouttes de sang, venait d'apparaître silencieusement à l'ouverture de la caverne.

XII

UNE MÈRE INTRÉPIDE.

Les yeux encore remplis de la lumière du jour, le jeune homme avait mis le pied sur le seuil étroit de la caverne, mais sans rien apercevoir au delà.

Seulement, comme le lieu lui parut propre à servir passagèrement de refuge, il s'y aventura sans la moindre hésitation.

Les mineurs retirés au fond se tenaient debout, les yeux rivés sur le visiteur inattendu, dont la présence dans ce désert leur paraissait fort singulière, pour ne pas dire suspecte.

Le jeune homme, les bras tendus en avant, le pied timide, cherchait à faire une connaissance plus intime avec ce qui l'environnait immédiatement.

Tout à coup il poussa un cri étouffé. Ses yeux, qui s'étaient peu à peu accoutumés à l'obscurité, venaient de distinguer des formes humaines se mouvant en silence autour de lui, comme pour lui couper la retraite.

— Qui êtes-vous?... lui demanda en ce moment Jean Guérin.

Le jeune homme se retourna, hésita pendant quelques secondes, puis répliqua résolûment :

— Mais d'abord qui êtes-vous vous-même? et de quel droit me questionnez-vous ainsi?

La voix du jeune homme était évidemment contrefaite.

— Ceci n'est point une réponse, et nous en voulons une, fit observer un peu rudement Pierre Kazanoff.

A cette dernière exclamation, le jeune voyageur trembla de tout son corps, puis se précipita vers l'ouverture de la grotte en y attirant son interlocuteur qu'il avait saisi brusquement par la main.

— Pierre! Pierre! s'écria-t-il aussitôt.

Le jeune Russe enleva d'un tour de main la moustiquaire qui cachait en partie le visage du voyageur..... et d'une voix étranglée par l'émotion, poussa ce seul cri :

— Ma mère!

Maria Kazanoff avait perdu connaissance.

— Elle? quelle folie! dit Jean Guérin tout bouleversé.

On se hâta de secourir la pauvre femme. La commotion avait été si forte qu'il lui fallut un quart d'heure au moins pour reprendre complétement ses sens.

— Retrouvé... je l'ai retrouvé... murmura-t-elle...

Puis la pauvre femme, se redressant avec vivacité, prit la tête de son fils dans ses deux mains et la couvrit de baisers au milieu d'une crise de larmes. Nos voyageurs très-émus s'étaient groupés auprès d'eux. Marie-Rose pleurait.

— Chère mère... calme-toi... nous voilà réunis pour ne plus nous séparer.

— Nous séparer!... Jamais! s'écria Maria Kazanoff avec une énergie terrible.

— Mes amis, reprit tout à coup Jean Guérin, ne restez pas plus longtemps à cette place, avancez de quelques pas; on pourrait vous voir du dehors.

— Oui... oui... vous avez cent fois raison, monsieur Guérin, la présence de mon fils me faisait tout oublier... on le cherche dans les environs. Les Cosaques sont partout en campagne; on a doublé leurs postes. Ils ont reçu les ordres les plus sévères relativement aux forçats, dont plusieurs se sont échappés tout nouvellement encore.

— Mais d'où viennent les taches de sang que je vois à votre moustiquaire? demanda vivement Pierre Kazanoff.

— Elles proviennent d'un coup de feu que vous avez pu entendre d'ici, il n'y a pas bien longtemps, une heure à peine. Les Cosaques trompés par mon costume m'avaient sans doute prise pour un déserteur. Leurs balles heureusement n'ont fait qu'effleurer mon oreille.

— Chère mère... dit Pierre Kazanoff.

— Mais aussi pourquoi venir jusqu'ici? Pourquoi ne pas vous être rendue en Norwége, à Hammerfest, ainsi que cela avait été convenu entre nous? dit Jean Guérin avec un grain de mauvaise humeur.

— C'est involontairement, monsieur, que je ne vous ai pas tenu parole, et je vous prie bien humblement de me le pardonner. Mes préparatifs de départ achevés, j'ai dû me rendre chez mon banquier pour échanger les valeurs russes que je possédais contre un chèque sur une maison de Paris où je devais retourner un jour ou l'autre. Cette opération terminée, mon banquier me conseilla, du moment que j'avais le désir de passer à Hammerfest avant de me rendre en France, de profiter de la belle saison pour gagner cette dernière ville en compagnie d'un riche négociant en pelleteries qui tous les ans faisait ce voyage à pareille époque, dans une excellente berline. J'acceptai cette offre avec plaisir, et il me donna aussitôt une lettre très-instante pour m'accréditer auprès de cet homme, un de ses amis intimes, le priant de me prendre sous sa sauvegarde.

Je me rendis sans aucun retard chez lui, heureuse de trouver un point d'appui dans mon isolement.

Il était parti depuis la veille.

Le plus fâcheux, c'est qu'il me fut impossible de trouver ce jour-là un conducteur de traîneau pour tenter de le rejoindre en le gagnant de vitesse.

Je me désolais depuis deux jours d'avoir perdu une si belle occasion d'accomplir mon voyage... quand l'idée me vint tout à coup de chercher mon fils à travers les steppes. Cette pensée même s'empara de mon esprit avec une telle force que je ne pouvais plus songer à autre chose. Vous m'aviez, monsieur, parlé d'une région située entre les rives de l'Obi et celles de l'Irtyche, et sans plus d'informations, je résolus de revêtir un habit d'homme et de me diriger seule de ce côté.

— Pauvre chère dame, quelle folie! s'écria Jean Guérin.

— Que voulez-vous, monsieur! je ne pouvais plus résister au désir de revoir mon fils.

— Chère mère..... dit Pierre Kazanoff.

Maria Kazanoff reprit:

— J'avais bien souvent entendu parler de la vie qu'on

mène dans les steppes, et je me dis que je rencontrerais infailliblement dans cette saison des campements de pêcheurs ou
de chasseurs où je trouverais à vivre et à dormir en sûreté,
car je ne voulais m'approcher des villages que le moins possible, dans la peur d'éveiller l'attention sur le but de mon
voyage, et enfin d'être reconnue sous mon déguisement par
quelque voyageur qui aurait séjourné chez moi plus ou moins
récemment.

J'avais à tout événement préparé la fable d'un fils de
famille voyageant pour s'instruire, et qui, dans la poursuite
acharnée d'une bête fauve, s'est trouvé tout à coup séparé de
son escorte. Mes cheveux courts, la minceur de toute ma personne, pouvaient accréditer facilement ce mensonge auprès
de peuplades à moitié barbares, qui n'ont pas la moindre
notion sur les différences d'âge que les gens civilisés lisent à
peu près couramment sur tous les visages.

Je voulus avant de partir me familiariser pendant quelques
jours avec le costume que je porte en ce moment, et apprendre
à manier un peu les armes que je voulais emporter.

Au bout de huit jours, je me trouvais prête.

Le chèque représentant toute ma fortune était cousu dans
la doublure de mon vêtement de dessous. Je mis dans mes
poches des roubles en quantité suffisante pour parer à toutes
les dépenses, à toutes les éventualités du voyage. J'avais ma
carabine à l'épaule, mon poignard à la ceinture, et enfin mon
revolver dans la poche droite de mon armiac, et mes munitions dans la gauche. Carabine et revolver étaient chargés par
les soins de l'armurier. Il m'avait donné en même temps les
meilleurs conseils pour le cas où je serais attaquée par les ours
ou les loups, ajoutant que je n'avais rien à craindre des tribus

nomades, généralement inoffensives, et ce qui était mieux encore, toujours disposées à vous rendre service.

Je dois dire, pour rendre hommage à la vérité, que les fauves m'ont laissée parfaitement tranquille, tandis que les nomades m'ont traitée aussi cruellement que possible.

— Cela, madame, est fort singulier, car ces nomades sont ordinairement d'une grande bienveillance, fit observer le chimiste.

— C'est qu'ils agissaient alors sous l'influence des Cosaques chargés de maintenir l'autorité du gouvernement russe dans ces régions éloignées.

— Ceux-là, répliqua Jean Guérin, se distinguent, il est vrai, par une rudesse particulière. Ces soldats ne sont, en résumé, que des cultivateurs envoyés dans les steppes pour coloniser le pays. Ils sont assujetis à un service de quinze ans, pour lequel ils reçoivent un salaire annuel de trois roubles (soit douze francs). Il est vrai que l'État leur fournit une ration de pain noir, et à l'occasion, une petite provision de thé. Leur principale nourriture est du poisson, qu'ils ont la charge de pêcher eux-mêmes.

— Leur conduite vraiment brutale ne m'étonne plus, dit Maria Kazanoff.

Jean Guérin poursuivit :

— Dès qu'une situation quelconque inspire des inquiétudes, le gouverneur, le capitaine Ispravnick ou le staroste, suivant l'importance du lieu où les Cosaques sont installés, leur envoie des instructions qu'ils se hâtent d'outre-passer par excès de zèle ou par peur d'être mis en suspicion ; ce dernier motif est le plus ordinaire.

Il faut savoir d'ailleurs qu'à chaque battue nouvelle ordon

née contre les forçats en rupture de ban, on prend soin de rappeler à tous les sujets du tzar que la loi punit très-sévèrement, non-seulement ceux qui leur donnent asile, mais encore ceux qui leur prêtent la moindre assistance.

Ces menaces, répandues par tous les moyens, jettent naturellement la terreur et la défiance jusque dans les villages les plus éloignés, et même parmi les tribus nomades à qui les Cosaques sont tenus de les communiquer.

On peut en conséquence affirmer que les seuls villages qui soient à l'abri de ces mesures sont ceux qui se sont formés silencieusement, à l'écart, au milieu des forêts, et dont les collecteurs d'impôts ignorent complétement l'existence.

Un pareil état de choses, poursuivit Jean Guérin, est peu favorable aux voyageurs isolés qui ne peuvent réclamer l'hospitalité même avec des passe-ports en règle, où figurent des noms susceptibles d'éveiller l'attention des autorités.

— J'en ai fait, monsieur, une assez rude épreuve; mais permettez-moi de continuer mon récit, il achèvera de vous édifier sur une situation que je regrette profondément d'aggraver par ma présence.

— Ne vous occupez pas de cela, madame; quand un danger se présente, il n'y a plus qu'à le regarder en face; mais poursuivez.....

Maria Kazanoff reprit :

— J'étais restée à Iekatérinebourg, ne sortant point de la chambre que j'avais louée dans une pauvre maison dont la police n'avait guère le temps de s'occuper, quand mon hôte, à qui je parlais du voyage que je me disposais à entreprendre, me représenta les dangers auxquels je m'exposerais en voyageant seule. Ils étaient si grands, si nombreux, que j'en fus effrayée.

22

Il me parla alors d'un brave homme de ses amis dont le principal commerce consistait à échanger de l'eau-de-vie contre des fourrures. Il se rendait à cet effet chez les Ostiaks, les Vogouls, les Yakoutes, et parfois même jusque chez les Tongouses. Il connaissait, par suite, la majeure partie de ces peuplades toujours prêtes à donner ce qu'elles possèdent contre une quantité plus ou moins grande de liqueurs fortes dont les hommes, les femmes et les enfants raffolent. Je pourrais, disait-il, me fier à cet homme dont il répondait comme de lui-même, et le prendre comme guide d'autant plus sûrement qu'il avait passé toute sa vie à parcourir les steppes.

J'acceptai la proposition de mon hôte, tout en le remerciant d'être venu ainsi à mon secours.

Il n'y avait plus qu'à s'entendre avec l'homme en question, ce qui fut fait immédiatement. Je lui proposai cinq cents roubles pour me conduire dans tous les campements, toutes les izbas qui pouvaient se trouver à une certaine hauteur, entre les rives de l'Obi et celles de l'Irtyche. Je lui en donnai deux cent cinquante comptant, stipulant qu'il ne toucherait l'autre moitié qu'à l'époque de son retour à Iekatérinebourg, où je les déposerais le jour même en mains sûres. Je me réservais de mettre arrêt sur cette dernière somme dans le cas seulement où il ne remplirait pas scrupuleusement ses devoirs envers moi.

L'hôte m'affirma qu'il n'y avait rien de semblable à craindre, et la suite lui donna raison.

A l'heure convenue, deux jours après, nous quittions Iekatérinebourg sur un vaste traîneau parfaitement aménagé, chargé d'eau-de-vie; j'y avais ajouté des provisions de bouche choisies et fournies par moi, et que deux vigoureux chevaux enlevèrent avec un admirable entrain. J'y avais pris place vêtue et armée comme je l'ai déjà dit.

Dix jours plus tard, nous avions visité différents campements de chasseurs tongouses, ostiaks et vogouls, sans rencontrer un seul indice qui pût me mettre sur vos traces.

Je ne voulais pas désespérer, et je dis à Papoff (c'était le nom de mon guide) de ne pas s'éloigner du périmètre où nous nous trouvions, sachant par lui qu'il n'y avait pas une seule habitation au delà.

Celui-ci, dont le trafic avait donné les meilleurs résultats jusqu'ici, ne demandait pas mieux.

Les yourtes et les izbas que nous avions visitées étaient toutes abandonnées. Leurs propriétaires en partant pour la chasse et la pêche les avaient laissées ouvertes à tous les vents, ce qui nous permettait de trouver un asile quand venait le moment où la fatigue nous imposait le repos, car il n'était pas facile de distinguer les heures dans cette saison où le jour est perpétuel, ce qui devient assez vite une grande fatigue aussi bien pour le corps que pour l'esprit.

Nous nous trouvions à la mi-juin, quand lasse, désespérée de ne point vous rencontrer, je donnai l'ordre à Papoff de se diriger vers une immense forêt que je voyais à distance, et où le hasard pouvait vous avoir tous rassemblés, car je ne pouvais plus guère compter sur une autre aide.

Mon guide, qui, fidèle à nos conventions, ne discutait jamais mes ordres, s'apprêtait déjà à changer de route, quand des masses d'eau arrêtées longtemps par l'amoncellement des glaces envahirent toute la plaine avec une énergie furieuse, entraînant tout devant elles.

Papoff, fait de longue date à de pareilles surprises, lança

vivement ses chevaux vers un plateau qui dominait la plaine sur notre droite.

Arrivés là, nous eûmes un spectacle grandiose, terrible, attristant :

L'inondation passait devant nous comme devant ses maîtres : de vieux arbres d'une grosseur prodigieuse, de pauvres cabanes de bois, des traîneaux couchés sur le flanc, des rennes morts, un attelage dont le maître et les chiens avaient été surpris et noyés ensemble ; enfin mille épaves surnageant, se heurtant, se brisant, emportées pêle-mêle par les eaux grondantes.

Je n'avais jamais vu un effet plus saisissant ni qui m'eût causé une aussi grande épouvante : vingt mètres plus bas, et nous eussions disparu dans cet effrayant cataclysme ; j'y pensais malgré moi. Papoff, habitué aux péripéties de la vie nomade, se mit à installer notre coucher, en disant avec le plus grand calme :

— Ici, au moins, nous pourrons dormir tranquilles, car cette petite montagne ne sera pas accessible avant demain autrement qu'en bateau, et je déclare que personne, à moins d'être fou, ne s'y hasarderait à travers cette terrible inondation.

Il venait à peine de formuler cette opinion, qu'une voix fortement éraillée s'écria à côté de nous :

— Au nom du tzar, notre père à tous, vos passe-ports, messieurs...

Une pareille demande dans un pareil lieu était si bizarre, si insolite, que nous relevâmes vivement la tête.

Six Cosaques étaient devant nous, la lance au pied.

— Nos passe-ports... répéta Papoff sans se déconcerter...

Campement de chasseurs ostiaks.

Page 171.

Eh mais!... il me semble, Votckine, et toi, Constantin, que nous sommes d'assez vieilles connaissances pour qu'une telle formalité soit inutile entre nous.

— Nous sommes en surveillance ici, et les ordres que nous avons reçus ne font d'exception pour personne.

— Même pas pour nous?

— Pour personne, te dis-je.

— Tu me laisseras alors le temps de chercher ces papiers qui sont au fond de mon traîneau, et qu'il me sera plus facile de te montrer ailleurs qu'ici même.

— Soit! Seulement, mon cher Papoff... tu voudras bien en attendant, pour me faire prendre patience ainsi qu'à mes hommes, nous permettre de goûter un peu ta marchandise qu'ils flairent à ce point depuis un moment que leurs narines sont capables d'en éclater.

— Avec un très-grand plaisir, répondit Papoff, qui se mit à dégager un petit baril d'eau-de-vie placé au milieu de son traîneau.

— Voici pour vous, mes amis, dit-il en le leur présentant.

— Prends ce baril, Constantin, dit Votckine, et porte-le au campement; nous verrons tout à l'heure ce qu'il a dans le ventre.

Les Cosaques répondirent par un gros rire à la plaisanterie de leur chef.

— Vous êtes donc complétement installés sur ce plateau? demanda Papoff.

— Depuis trois jours, répondit Votckine.

— Diable!

— Il y a, il paraît, une douzaine de forçats qui ont récemment quitté le pocélénié, et que l'empereur tient beaucoup à ne pas laisser courir le monde, où ils pourraient reprendre de mauvaises habitudes.

— Notre père a raison, dit tranquillement Papoff.

— Il y a surtout parmi eux un jeune ingénieur qui a dû protéger leur évasion... reprit Votckine en me jetant un regard expressif.

Je restai impassible...

— Un ingénieur?... répéta Papoff.

— Oui... et celui-là fera bien d'avoir de meilleures jambes que les nôtres, s'il ne veut pas être knouté à mort.

— Tant pis pour lui; mais à chacun selon ses œuvres, répondis-je froidement.

— Vous parliez de dormir lorsque nous sommes arrivés, et je ne voudrais pas nuire à votre repos... fit alors observer Votckine.....

— Nous sommes, il est vrai, fatigués en ce moment.

— Bon sommeil alors... et à demain... dit le Cosaque en se retirant.

Nous étions si las que nous nous étendîmes dans notre traîneau sans faire le moindre commentaire sur les événements qui venaient de se passer.

Le lendemain, ou plutôt quelques heures après, car les jours se suivent maintenant sans la moindre interruption, lorsque nous nous réveillâmes, Papoff et moi, nous nous aperçûmes qu'on nous avait lié bras et jambes pendant notre sommeil.

Un cri de colère, aussitôt étouffé, s'échappa des lèvres de Papoff.

— Chut!... fis-je à mi-voix, ce n'est rien.

Papoff se tut.

Je venais de m'apercevoir que la corde qui réunissait mes

deux mains était à portée de ma bouche. Avec un peu de persistance, je la coupai avec mes dents ; je me débarrassai ensuite de celle qui entourait mes jambes.

Délivrer Papoff était chose aisée, et je le fis immédiatement, en me servant de mon poignard.

L'inondation avait terminé ses ravages.

La plaine était libre, mais horriblement boueuse.

Il s'agissait de savoir avant toute chose dans quelle situation se trouvaient ceux qui s'étaient constitués nos geôliers.

Papoff alla s'en assurer en prenant les plus grandes précautions.

Elles étaient inutiles.

Nos Cosaques, couchés sur le dos, étaient tous ivres-morts.

Le baril d'eau-de-vie, complétement vide, se trouvait sous la main crispée de Votckine ; il avait sans doute tenu à honneur d'en boire la dernière goutte.

Papoff tira par la bride les chevaux qui avaient dormi tout attelés, et nous descendîmes du plateau pour nous réfugier dans l'immense forêt où nous sommes en ce moment.

Nous n'en avions pas encore parcouru une verste, quand un nouveau groupe de Cosaques en tournée passa au galop, à quelques pas du lieu où nous nous trouvions.

Ces soldats, que nous allions maintenant rencontrer à chaque instant, me donnèrent à réfléchir. Je pensai qu'en voyageant ainsi, je pouvais être reconnue, et par ma présence trahir la retraite de mon fils, qui devait se trouver, j'en avais l'intuition, à une faible distance du point où nous étions. Sans m'expliquer davantage, je dis alors à Papoff, après l'avoir sincèrement remercié de ses services, que je le laissais

23

libre de poursuivre seul sa route, sans autre souci que celui de
son négoce.

Le brave homme me supplia de ne pas me séparer de lui.
Il m'affirma que lui seul pouvait me conduire sans danger à
travers les steppes que j'avais une si grande envie de connaître... Il me dit encore mille choses aussi raisonnables, aussi
concluantes... mais auxquelles je ne voulais pas me rendre.

Bref, je plaçai mon index sur mes lèvres pour lui recommander la discrétion, et je m'enfuis à travers la forêt.

C'est une demi-heure après notre séparation que je reçus
le coup de feu dont ma moustiquaire porte les traces.

Vous savez le reste.

XIII

L'ABIME.

La nouvelle du mouvement qui se produisait dans les steppes depuis quelques jours, et sur lequel Maria Kazanoff venait de donner quelques détails très-significatifs, causa une véritable perturbation dans l'esprit de Jean Guérin.

Dérober le jeune ingénieur aux yeux qui le cherchaient ne l'inquiétait guère, il pouvait dès à présent lui offrir dix refuges assurés pour un.

Mais l'absence de Pierre Kazanoff allait forcément nuire à des travaux qu'il aurait voulu mener rapidement, et peut-être même en empêcher l'exécution.

Cependant il ne pouvait suspendre, et par suite abandonner au hasard cette mine ouverte et ces travaux commencés.

Certainement non.

Si la légende du pope en protégeait les abords pour le moment, et depuis longtemps déjà, ne pouvait-il arriver qu'un incrédule méprisant cette croyance vînt tout à coup exploiter le sol à son profit?

Pour un chercheur d'or, et il n'en manquait point en Sibérie, la seule inspection de ce sable, qui avait subi l'opération du lavage sur une très-grande étendue, était toute une révélation.

Il n'avait plus d'ailleurs qu'un temps fort limité pour achever ses fouilles. Un mois à peine, et l'hiver, avec son cortége de glace et de neige, n'allait-il pas tout interrompre?

Avoir accompli depuis deux ans des miracles d'énergie, et en perdre le fruit parce qu'un seul homme vient à vous priver de son concours : Nous nous passerons de lui, s'était dit l'oncle Jean. Je n'ai pas après tout le droit d'agir différemment.

En effet, les trésors qui dormaient là ne lui appartenaient plus; il n'en avait qu'une part, ayant donné par avance le reste a ses collaborateurs. Il n'avait le droit de les en priver que dans le cas où la terre, trompant toutes ses espérances, les lui refuserait à lui-même.

Jean Guérin, après avoir pendant quelques heures profondément réfléchi à toutes ces choses, prit une résolution virile, ainsi qu'il convenait à un homme qui depuis trente ans avait l'habitude de réagir contre la mauvaise fortune.

Il décida que Maria Kazanoff et son fils résideraient à partir de ce jour, non pas dans la caverne du Diable, mais dans une autre où tous leurs mouvements ne courraient pas le risque d'être observés, et cela, s'il le fallait, jusqu'au moment où la steppe et la forêt auraient retrouvé leur physionomie, n'ayant plus pour policiers que les bêtes fauves.

Mikhaël serait chargé de pourvoir le plus secrètement possible à tous leurs besoins.

Demérian, Armand Labarre, Marie-Rose, Tobie, l'Ostiak
et lui-même, qui n'avaient rien personnellement à démêler
avec la police, agiraient au grand jour, ainsi qu'ils l'avaient
fait jusqu'ici, sans plus se soucier des ordres du gouverneur
que de ceux de l'Ispravnik.

Tout cela avait été mis à exécution.

Nos mineurs n'étaient plus poursuivis que par l'ardent
désir de terminer leur œuvre, et enfin de retourner en France.

Mais si l'espoir leur était revenu à tous, si leur énergie
s'était décuplée, le sol qu'ils creusaient avec tant de persistance se montrait de plus en plus avare.

Leur travail était devenu d'autant plus pénible que les
moskes (moustiques), qui les avaient épargnés jusqu'ici, s'étaient
rués tout à coup sur eux avec une violence inouïe. Ils en
étaient dévorés malgré leurs moustiquaires. Ces insectes sont
une véritable anomalie dans un pays dont la température,
dans les huit mois les plus rigoureux de l'hiver, se maintient
en moyenne à 37 degrés centigrades au-dessous de zéro.

Il existe même une variété de ces moskes dont la piqûre
très-douloureuse est toujours accompagnée d'enflure.

Ces derniers s'infiltrent partout, par les plus fines coutures
des vêtements; ils se glissent même dans les cheveux. Ils
s'attaquent encore avec tant de violence aux oreilles et aux
narines des rennes et des chiens, que ces malheureux animaux en périssent le plus souvent. Aussi, dès que la chaleur
s'annonce, les indigènes font-ils rentrer leurs chiens dans les
habitations, où ils entretiennent constamment une épaisse
fumée pour les soustraire à ce fléau.

Ces insectes sont à ce point insupportables, que beaucoup de voyageurs ont déclaré préférer l'hiver avec son effroyable température à l'été avec ses moustiques.

Marie-Rose en souffrait horriblement malgré sa moustiquaire dont Maria Kazanoff, qu'elle visitait régulièrement, lui avait enseigné le moyen de s'envelopper.

Le pauvre Tobie, criblé de piqûres par ces maudits insectes, ne cessait de proclamer qu'il leur préférait de beaucoup les mouches de Paris qu'on pouvait prendre facilement dans des carafes et des assiettes préparées exprès... Il ajoutait que celles-là avaient peut-être un caractère aussi taquin, mais n'étaient pas du tout méchantes.

De leur côté, nos mineurs souffraient parfois à un tel point qu'ils étaient obligés de suspendre leurs travaux durant de longues heures, ce qui les mettait au désespoir.

Pendant ce temps Pierre Kazanoff, à qui sa réclusion forcée donnait de sourdes colères, se serait volontiers jeté, son revolver à la main au milieu d'une demi-douzaine de Cosaques pour changer sa situation qu'il trouvait intolérable.

Heureusement sa mère, d'un naturel moins ardent, mettait un frein à ces dangereux emportements.

— Mon cher enfant, lui disait-elle, il ne faut pas exposer si légèrement sa vie, la laisser à la merci de ceux que l'ignorance rend cruels, ou pour mieux dire étrangers à tous les sentiments humains.

Un jour, Demérian, Labarre, paralysés par une chaleur tropicale, horripilés par les moustiques, s'étaient décidés à faire une retraite de quelques jours à leur izba.

Les Cosaques, aiguillonnés en même temps par les moustiques et les ordres rigoureux qu'ils ne cessaient de recevoir, pénétraient partout avec ce sans gêne, cette brutalité qui caractérisent les subalternes en possession de la force.

Lorsque Jean Guérin fut de retour, avec tous ses collaborateurs, de la mine qu'ils abandonnaient pour quelques jours, il les trouva chez lui.

Ils s'étaient tranquillement installés dans sa cour et ses écuries, après avoir visité toute la maison, sous prétexte d'y chercher les forçats en rupture de ban, et principalement quelques bouteilles d'eau-de-vie, ce qui était bien plus à leur convenance.

Trop habile pour leur faire mauvais visage, il ordonna à Mikhaël de se mettre à leur service, et de leur donner littéralement tout ce qu'ils demanderaient.

— Il faut aider les braves gens à remplir leur devoir, avait-il ajouté en s'adressant au sotnik Jacob Vassili, car c'était lui qui se trouvait là avec tous ses hommes.

Le Cosaque le remercia par un signe de tête amical.

Jean Guérin, pour ne laisser aucun doute dans l'esprit de ce fonctionnaire, lui présenta Demérian, Armand Labarre et Marie-Rose, comme membres de sa famille, en lui faisant observer qu'ils étaient tous munis de passe-ports parfaitement en règle.

Jacob Vassili y jeta pour la forme un rapide coup d'œil.

— Oui, c'est très-bien, dit-il en se remettant à boire.

Le Cosaque, ne sachant pas lire, se contentait dans de semblables occasions de s'assurer que le cachet de l'empereur figurait sur le papier.

Cette garantie lui suffisait.

Si la présence de Jacob Vassili n'avait rien qui plût ordinairement à Jean Guérin, il trouvait cette fois que l'occasion

était bonne pour le faire causer des événements qui se passaient dans les steppes depuis quelques jours.

Resté seul avec les Cosaques, il s'était assis familièrement
auprès de leur chef.

— Vous êtes un brave soldat, Jacob Vassili, et je vous
remercie de n'avoir pas oublié mon izba dans votre tournée
militaire.

— On n'oublie guère les honnêtes gens qui ont toujours
un verre d'eau-de-vie à la disposition de ceux qui voyagent
pour le service de notre bien-aimé tzar, répondit le Cosaque.

— Ce service est très-rude depuis quelques jours, il paraît,
m'a dit Mikhaël.

— Plus qu'il ne le faudrait, car il est des moments où l'on
croirait que ces maudits échappés des mines ont le privilége
de se rendre invisibles; on jurerait qu'ils ont le diable dans
leur jeu.

— Jacob Vassili, ils ont surtout la belle saison qui leur
vient merveilleusement en aide. Au lieu de laisser comme
en hiver les empreintes de leurs pieds sur la neige, ils passent
partout sans qu'il soit possible de retrouver leurs traces. La
forêt avec ses grands arbres couverts de feuilles, et la toundra
avec ses hauts buissons, leur servent alternativement d'abris.

— Si encore la paye était meilleure et qu'il y eût quelque
profit à se donner toute cette fatigue; mais rien que des coups
à recevoir. Hier encore, Yéfime, un de mes hommes que
Mikhaël connaissait bien, a été tué d'un coup de carabine.

— Tué par qui?

— On l'ignore. Il causait avec un de ses compagnons, quand
une balle, partie on ne sait d'où, est venue pour toujours lui
couper la parole.

— Le brave garçon avait sans doute trop bien fait son devoir dans une autre occasion, et quelqu'un s'en est vengé, fit observer le chimiste d'un ton convaincu.

— Non... mais nous nous étions arrêtés la veille, sans nous en apercevoir d'abord, sous la caverne du pope, et l'on prétend que le diable, qui s'est complétement retiré là, avait profité de l'occasion pour l'envelopper dans ses maléfices.

— Aussi pourquoi se hasarder de ce côté? c'est un danger connu de tout le monde, car ce n'est pas la première fois que pareille chose arrive; vous deviez le savoir, Jacob Vassili, répliqua Jean Guérin, profitant de l'occasion pour accréditer une légende qui pouvait lui rendre les plus grands services.

— Une simple distraction; l'affaire aurait pu m'arriver à moi-même, dit Jacob Vassili.

— C'est juste, répondit l'oncle Jean.

Jacob Vassili, tout en causant, avait entraîné le chimiste un peu à l'écart.

— Monsieur, lui dit-il, le démon qui habite la caverne du pope n'est pas ce qu'il y a de plus à craindre pour nous. On sait qu'il se tient dans son trou sans jamais en sortir, et l'on n'a qu'à se promener ailleurs pour échapper à ses mauvais tours; mais il se trouve en ce moment dans les steppes, je pourrais ajouter, et dans la forêt, plusieurs fugitifs qui font bande ensemble et que nous recherchons inutilement. On dirait même que ce sont eux qui nous poursuivent, car leurs coups de fusil nous arrivent à toute volée et à toute heure, sans qu'on puisse riposter.

Un seul homme a pu les voir de près; c'est un marchand de Bérézof qu'ils ont arrêté dans la toundra pour l'alléger d'une partie de sa pacotille : quatre carabines, autant de

24

poignards... et enfin une grosse provision de poudre et de balles.

Le plus risible, c'est que le coup fait, ils ont demandé à ce pauvre homme son nom et sa demeure pour pouvoir le rembourser de sa marchandise.

— Comme vous le dites, Jacob Vassili, cela est fort risible.

Le Cosaque reprit :

— Il y a encore un jeune ingénieur nommé Pierre Kazanoff, qui a, paraît-il, organisé l'évasion de tous ses compagnons; aussi est-il plus spécialement désigné dans les ordres du tzar.

Nous devons le ramener mort ou vif. Il n'y a qu'une difficulté à cela, c'est que depuis son évasion personne ne l'a aperçu.

— Il a probablement réussi à passer en Allemagne.

— C'est possible, dit Jacob Vassili, et dans ce cas je voudrais bien qu'il y eût emmené tous les autres. Nous pourrions reprendre la culture de nos terres et les faire mieux profiter de la courte apparition du soleil.

— Cela vaudrait mieux pour vous et pour les autres.

— Que le feu du ciel brûle les moskes, s'écria tout à coup le Cosaque en se secouant comme un brûlé.

Il venait d'être outrageusement piqué au visage par ces terribles bêtes.

Jean Guérin s'enveloppa vivement la tête et les épaules de sa moustiquaire, et laissa Jacob Vassili à ses imprécations.

Il en savait assez maintenant. Rentré dans son habitation, dont il referma la porte, il trouva Demérian, Armand Labarre et Marie-Rose qui l'attendaient pour se mettre à table.

Le dîner se trouvait tout servi.

Jean Guérin était devenu soucieux. Tout semblait depuis quelques jours s'opposer à la réalisation de ses espérances et se jeter à la traverse de ses intérêts les plus chers. Il ne lui manquait plus que les moustiques pour l'achever lui et tout son monde.

Qu'adviendrait-il d'eux pendant le temps que durerait ce chômage involontaire qui allait faire une sorte de lacune dans leur existence habituellement si active?

Aucun travail ne leur était possible à l'intérieur, et toute promenade était interdite par la chaleur étouffante de l'été, jointe à l'acharnement des moustiques.

Si au moins la nuit était venue remplir son office en apportant sa fraîcheur d'abord... et son mystère ensuite.

Mais vivre sous cet éternel soleil! sous ce jour irritant que rien ne venait interrompre! Ne pouvoir par suite dérober aucune de ses actions à la vue des autres! C'était à devenir insensé.

Sans parler de sa maison, qu'il fallait tenir ouverte à cette nuée de bas fonctionnaires, autres moustiques qui avaient droit non seulement d'y pénétrer à toute heure, d'en faire ouvrir les meubles à toute réquisition, mais encore de la fouiller intégralement.

Mikhaël, avec sa philosophie de sauvage, Tobie, avec l'insoucieuse gaieté de l'extrême jeunesse, attendaient seuls assez patiemment la fin de ces petites misères.

La pauvre Marie-Rose, elle, n'en voulait qu'aux moustiques, qui depuis quelques jours la défiguraient par de vilaines enflures.

La bonne humeur de nos voyageurs s'était beaucoup altérée dans ce nouvel état de choses.

Le voisinage immédiat des Cosaques, qui les obligeait de veiller sur leurs actions autant que sur leurs paroles, les gênait considérablement.

Mais si ardents que ceux-ci fussent à remplir leur mission, la fatigue très-souvent les obligeait de céder au sommeil, et c'était pendant ces heures bénies que Mikhaël se rendait à la grotte où se tenaient cachés Pierre Kazanoff et sa mère.

Mais là, comme dans l'habitation de Jean Guérin, comme dans toute la Sibérie, la mère et le fils avaient pour principale occupation de se garantir le plus possible des moskes.

Le reste de leur temps se passait à maudire leurs persécuteurs.

Les visites de Mikhaël, qui leur apportait des provisions ainsi que les civilités de leurs nouveaux amis, et enfin quelques rares nouvelles du dehors, constituaient la seule distraction qui leur était permise depuis que les mineurs avaient suspendu leurs travaux.

Ce fut en quittant les grottes, après une de ces visites, que Mikhaël demeura tout à coup frappé de surprise par la vue d'un fait inexplicable :

Tout l'espace occupé par les fouilles abandonnées se soulevait lentement, tandis qu'une dépression avait lieu simultanément sur la bande de terre, large de deux mètres au plus, qui lui servait pour ainsi dire de ceinture.

Une si grande frayeur s'était emparée de l'Ostiak, en sentant d'une part la terre se dérober sous ses pieds, et d'autre part en voyant le sol s'élever dans la même mesure, qu'il s'était arrêté et restait immobile, assailli par les craintes superstitieuses particulières à sa race.

Il se demanda si le diable logé dans la caverne du pope, et

C'était pendant ces heures bénies que Mikhaël se rendait à la grotte.

Page 188.

dont on avait récemment violé la retraite, n'était pas cause
de ce miracle qu'il accomplissait par vengeance.

Cette conviction devint si forte chez lui, qu'il bondit comme
un chat sauvage hors de ce cercle maudit, pour aller raconter
tout haletant à son maître le prodigieux événement dont il
venait d'être témoin.

XIV

ÉBLOUISSEMENTS.

L'Ostiak se précipita tout effaré dans l'izba. Il était encore sous l'impression de l'étrange spectacle auquel il venait d'assister, et dont il essaya de faire le récit à Demérian et à Labarre, seuls présents à son arrivée. Dans son impatience d'être compris, il s'aidait d'une mimique désordonnée, commentée par des mots tellement incompréhensibles pour les deux amis, que ceux-ci étaient bien près de le croire ivre ou fou.

— Mikhaël, lui dit Demérian, il me semble que tu es demeuré trop longtemps au soleil ou que tu as bu un fameux coup de kwass.

— Moi courir toujours; pas rester en place pour boire... Oh! non! s'écria Mikhaël indigné. Si messieurs étaient venus, messieurs auraient vu comme moi.....

— De quoi s'agit-il? demanda Jean Guérin qui rentrait en ce moment avec Marie-Rose. Armand Labarre le mit au courant de ce qui venait d'être dit.

Le visage du chimiste pâlit immédiatement.

— Qu'avez-vous, mon oncle? demanda Demérian très-étonné de cette subite altération.

— Il y a, mes enfants, reprit Jean Guérin, que nous ne pouvions apprendre une plus funeste nouvelle, car il suffirait qu'elle fût exacte, pour que tous nos travaux soient à jamais perdus, et nos espérances complétement détruites.

— Vous croyez donc, monsieur, qu'une chose aussi extraordinaire puisse arriver? demanda Labarre.

— J'en ai la conviction, répondit brièvement le chimiste.

Puis se tournant vers Mikhaël :

— Voyons, dis-moi très-exactement ce que tu viens de voir.

— Oui, maître.

Et l'Ostiak, dans son langage moitié français, moitié barbare, que nous devons renoncer à reproduire en entier pour la clarté de notre récit, raconta avec plus de gestes que de mots le changement radical qui venait de se produire en sa présence dans l'aspect des terrains si péniblement fouillés par nos mineurs, et enfin la frayeur, l'émotion qu'il avait éprouvées en voyant le sol s'effondrer sous lui.

— Ainsi, reprit le chimiste, pendant que le terrain s'élevait au centre, il fléchissait sur les bords dans la même proportion?

— Oui, maître.

— Cela a dû se produire ainsi! s'écria Jean Guérin.

— Mais, mon oncle, dit Marie-Rose, qui peut vous faire croire qu'un pareil événement soit possible?

25

— L'histoire géologique, ma chère enfant, qui prouve que les éboulements et les renflements de terrains, de même que le renversement des hauts sommets, arrivent annuellement dans les pays montagneux, où se produisent de profondes excavations dues à l'incessant travail des eaux souterraines.

La voûte du Rhône, sous laquelle ce fleuve semble se perdre, s'est creusée de cette manière. L'Adige, en 1767, engloutit le bourg de Neumarkt et plusieurs autres.

Le rapide Glommen descend du sommet des monts Dofrines vers la mer du Nord, dans la Norvége méridionale, et forme au-dessus de son embouchure la belle cascade de Sarpen. Le remous des eaux de la cascade avait creusé sous le rivage une mare souterraine de cent toises de profondeur.

Le 5 février 1702, le château de Borge, avec toutes ses dépendances, s'enfonça dans ce trou et y disparut totalement, de sorte qu'on ne vit plus à sa place qu'un lac de huit cents pieds de long sur trois à quatre cents de large.

Le désastre du bourg de Pleurs, dans le pays de Chiavenna, fut dû à une cause semblable. Des ruisseaux et des sources nombreuses creusaient les fragiles bases du mont Conto. Le 25 août 1618, les quartiers de rocher qui composaient cette montagne se détachèrent les uns des autres, et roulèrent sur le bourg qu'ils ensevelirent, ainsi que Schilano; il y périt deux mille quatre cent trente individus. Un lac couvrit la place où s'élevaient deux cents maisons élégantes.

Il arrive aussi que par suite d'une fissure quelconque, une partie de montagne se détache de sa masse principale, et que privée alors de son appui naturel, elle en cherche un autre en se renversant ou en glissant.

Un savant naturaliste a dit : Les montagnes peuvent se

détruire par l'influence des fluides atmosphériques : la foudre les brise, l'air les décompose, l'eau les divise et en entraîne les débris dans les vallées et les plaines qu'elles exhaussent.

Tantôt ce sont les eaux d'un fleuve rapide, d'un lac agité, d'un courant souterrain, qui rongent, creusent, minent sourdement une masse de rochers ou de terrains solides. Des couches de sable, de gravier, d'argile, de craie, qui leur servaient d'assises, sont dissoutes et entraînées; il y a là un vide, et la masse supérieure s'y enfonce par son propre poids.

Il serait facile de multiplier ces exemples cités en grand nombre dans les ouvrages de Bergmann, de Misson, de Camerari, de Corréa de Serra, de Rotoff, de Malte-Brun et de beaucoup d'autres; mais tu trouveras, ma chère enfant, ceux-ci suffisants pour prouver que l'événement que vient de nous rapporter Mikhaël n'a rien d'invraisemblable.

Cette destruction, qui n'est qu'apparente, a d'ailleurs incessamment aidé à la transformation du globe. Rien ne reste immobile. Les ruines que chaque siècle laisse derrière lui ne sont qu'un déplacement de matériaux destinés aux siècles qui suivent.

Le galop d'un cheval interrompit brusquement la dissertation de Jean Guérin. Jacob Vassili et ses hommes sortirent de la cour de l'izba en même temps que les mineurs paraissaient sur la porte qui s'ouvrait sur les steppes.

Un Cosaque arrivait ventre à terre. Jacob Vassili s'élança au-devant de lui, faisant signe à ses compagnons de rester en arrière.

Les deux hommes, à peine réunis, échangèrent à voix basse quelques paroles rapides.

Jacob Vassili donna aussitôt l'ordre à ses hommes de monter à cheval, et de l'accompagner.

Cinq minutes ne s'étaient pas écoulées, qu'ils suivaient tous l'estafette restée en selle et qui avait repris sa course à travers la plaine.

A peine Jacob Vassili avait-il eu le temps de jeter ces quelques mots à son hôte :

— Merci! à la première occasion!

— Ne vous gênez pas, répondit Jean Guérin, — qui ajouta entre ses dents : — Bonjour! et que le diable et les moustiques t'emportent le plus loin possible! Puis, d'un ton légèrement saccadé par la fièvre, il poursuivit :

— Mikhaël! apprête le traîneau! Il faut profiter de ce que nous sommes redevenus libres par le départ de cette bande d'espions doublés d'ivrognes, pour juger exactement par nous-mêmes de ce qui s'est passé là-bas..... Allons! fais vite! et gare à tes épaules si tu nous as inquiétés et dérangés pour rien.

— Maître! moi jamais mentir, répliqua l'Ostiak en s'empressant d'exécuter l'ordre qu'il venait de recevoir.

Jean Guérin, Demérian, Labarre, Marie-Rose, avaient pris place en un clin d'œil sur le traîneau.

Tobie monta sur le siége, à côté de Mikhaël, dont l'impatience de se justifier était grande, s'il fallait en juger par l'élan qu'il imprimait à ses chevaux.

La distance de l'izba à la mine fut vite franchie.

Nos voyageurs se trouvèrent alors en présence d'un spectacle si extraordinaire qu'un grand cri sortit à la fois de leurs poitrines.

Non-seulement les hautes roches qui, quelques heures

auparavant, servaient encore d'asile à Pierre Kazanoff et à sa mère, avaient aux trois quarts disparu dans un effondrement du sol; mais leurs cimes restées visibles émergeaient seules de quelques mètres au-dessus du sol bouleversé qui les envahissait.

La rivière souterraine, dont les mineurs avaient constaté l'existence, creusait depuis des siècles l'abîme où toutes ces roches s'étaient englouties en quelques heures.

On pouvait ajouter ce nouvel exemple à ceux que Jean Guérin avait cités une heure auparavant.

La première stupéfaction passée, une voix très-émue s'écria tout à coup :

— Ah! mon Dieu! que peuvent être devenus M. Kazanoff et sa mère?

C'était la voix de Marie-Rose.

Elle fit l'effet d'un glas funèbre.

— Les malheureux! Ils sont étouffés, écrasés, perdus..... cela est probable, dit Jean Guérin.

— Il faut nous en assurer..... reprit très-vivement Demérian, se dirigeant vers la caverne qui servait de refuge et d'abri à la mère et au fils.

En calculant d'après ce qui restait de la cime des rochers, nos mineurs estimèrent que cette caverne pouvait être enfouie à quelques mètres de profondeur, de deux à trois à peu près. Demérian et son ami coururent au traîneau, pour en rapporter les outils et les cordes qui s'y trouvaient toujours, à l'effet de parer aux accidents de la route.

A l'exception de Marie-Rose, dont les mains étaient trop délicates pour manier de gros outils, chacun se mit au travail avec ardeur. Il s'agissait de déblayer l'ouverture de la caverne et de le faire assez vite pour sauver d'une mort affreuse leurs malheureux compagnons.

Le sol, formé de gravier et de sable d'alluvion, bien que gelé encore à une certaine profondeur, volait par pelletées depuis une heure sans qu'on eût encore obtenu aucun résultat.

— Courage, mes amis! répétait de temps en temps le chimiste, nous approchons certainement du but.

Et les coups de pioche recommençaient de plus belle.

Marie-Rose, assise un peu plus loin sur l'angle d'une roche, suivait les travaux de ses amis avec une grande anxiété; peu à peu ses yeux se remplissaient de larmes.

— Corbleu! s'écria Demérian avec impatience, nous faisons là un rude travail qui ne mène pas à grand'chose..... nous avons été bien certainement mal servis par notre mémoire; cette caverne doit se trouver plus à gauche.

— Non! non! je suis sûr de mes points de repère, dit Jean Guérin sans interrompre son travail.

— Tant mieux! reprit Labarre, car il serait fâcheux de se donner inutilement tant de peine.

Le sable, plus mouvant à mesure qu'ils creusaient, commençait à les enlizer un peu.

— Peste! s'écria Jean Guérin, il me semble que le terrain où nous sommes pourrait bien s'effondrer d'un moment à l'autre. Il serait prudent, je crois, de le sonder avant d'aller plus loin.

L'observation était si juste, que ses compagnons discutèrent immédiatement sur le parti qu'il convenait de prendre, pour n'être pas exposé, le cas échéant, à piquer involontairement une tête à cent mètres de profondeur.

On était près de s'entendre à ce sujet, quand Marie-Rose,

restée immobile à sa place, se leva brusquement en poussant un cri.

En même temps elle indiquait du doigt une étroite fissure du roc, d'où sortaient deux mains suppliantes, deux mains de femme.

— Là! là! disait-elle.

Tous les yeux se portèrent immédiatement sur le point qu'elle indiquait.

— Les mains de madame Kazanoff! s'écria Jean Guérin qui les aperçut le premier.

— Courage, madame..... nous voici! crièrent à la fois Demérian et Labarre.

Tout le monde était là, prêt à se dévouer pour sauver la pauvre femme et son fils, car personne ne doutait qu'ils fussent ensemble; mais comment arriver jusqu'à eux? par quel chemin? N'étaient-ils pas dans une anfractuosité refermée sur eux, et d'où aucune force humaine n'était capable de les tirer?

La première difficulté consistait à se hisser jusqu'à l'ouverture où les mains de Maria Kazanoff restaient suppliantes.

Tobie, à cause de sa légèreté, pouvait seul se charger de cette ascension.

A défaut d'échelle, il ne fut pas longtemps à se procurer dans la forêt une perche de chêne de la longueur voulue, qu'il appuya à la muraille du rocher, et à laquelle il grimpa avec l'agilité d'un gymnaste consommé.

L'enfant, qui avait reçu ses instructions, engagea la conversation suivante avec Maria Kazanoff :

— J'ai l'honneur de dire à madame que je suis Tobie, et que je viens de la part de mon maître. Il voudrait savoir de madame comment il doit s'y prendre pour tirer madame de peine, madame et M. le fils de madame.

— Rien n'est plus simple, mon cher enfant..... La fissure où je me trouve emprisonnée se termine là-haut, entre deux roches, à ciel ouvert. Il suffira de me jeter une corde par cette ouverture afin de me tirer dehors. Je suis peu lourde, et je viendrai en aide à mes sauveteurs en m'accrochant aux aspérités que je rencontrerai sur mon passage.

— Et M. le fils de madame? reprit Tobie, qui avait à cœur de remplir correctement sa mission jusqu'au bout.

— Mon fils m'avait quittée depuis un quart d'heure pour prendre quelque exercice dans les parties les plus ignorées de la forêt, quand cette terrible catastrophe est arrivée.

— Je vais, madame, répéter très-exactement les paroles de madame à mon maître.

— Tu lui diras encore, ainsi qu'à ces messieurs, que je suis au désespoir de leur causer toute cette fatigue.

— Oui, madame.

Et le jeune garçon se laissa glisser le long de la perche jusqu'à terre. Tobie eut vite rendu compte à *monsieur* de ce qu'il avait appris de *madame*.

— Cours au traîneau, prends les cordes qui s'y trouvent et apporte-les.

Tob était déjà parti.

Une fois en possession des cordes, l'oncle Jean, Demérian et Armand Labarre gravirent non sans peine le sommet des roches qui ne surplombait plus que d'une douzaine de mètres le sol où ils se trouvaient.

Tobie demeura pour garder la perche qui précisait le lieu où Maria Kazanoff se trouvait emprisonnée. Cette mesure était urgente pour que les mineurs ne perdissent pas de vue un seul instant le point qu'ils voulaient atteindre à travers les difficultés de leur ascension, laquelle était impossible en ligne droite.

Après de nombreux efforts, qui ne durèrent pas moins d'une heure, Maria Kazanoff, une grosse corde roulée autour de la taille, se retrouvait à l'air libre, entourée de l'oncle Jean, de Demérian, de Labarre et de Marie-Rose.

La pauvre femme, épuisée par l'émotion et les efforts qu'elle avait dû faire pour se frayer un passage, leur était apparue le visage pâle et les mains criblées de blessures.

Elle s'était affaissée sur le sol, à demi suffoquée.

— Ah! messieurs, dit-elle après avoir recouvré sa respiration normale et en serrant les mains de ses libérateurs, combien je vous remercie de m'avoir tirée de cette coulée sinistre, de cette tombe dont les parois travaillaient à se rejoindre, et où je serais morte écrasée avant quelques heures!

Nous n'aurons jamais, mon fils et moi, assez de voix pour vous en remercier, assez d'occasions pour vous prouver notre reconnaissance.

— Ne vous inquiétez de rien de semblable en ce moment, chère madame, répliqua Jean Guérin; dites-nous seulement ce qu'est devenu Pierre.

— Peu de temps avant la terrible catastrophe qui bouleversait tout autour de nous, mon fils, indisposé par une trop longue réclusion, a voulu faire une heure de marche dans la forêt qui nous entoure, et dont il connaît, me disait-il, les fourrés les plus mystérieux, les côtés les plus déserts..... Je l'ai laissé partir. Dieu m'inspirait sans doute, car s'il eût été là, menacé de périr au milieu de cet épouvantable effondrement, je serais devenue folle.

— Cela s'est donc produit tout d'un coup, sans le moindre avertissement?

— Oui, monsieur; il s'est d'abord fait comme un grand déchirement autour de moi, puis le rocher s'est graduellement enfoncé comme une masse dont la descente est entravée par un immense frottement. A mesure que les roches s'enfonçaient, les terres d'alluvion dont elles prenaient la place remontaient comme sous l'effort d'une pression formidable. J'étais terrifiée de me sentir à la merci de ce mouvement, quand la nuit se fit tout à coup autour de moi. L'ouverture de la caverne n'existait plus. Et aussitôt un second déchirement, suivi d'un choc immense, me renversa sur le côté.

Quand je revins de l'étourdissement causé par cette chute, j'avais le ciel au-dessus de ma tête..... et une ouverture en forme d'imposte à ma gauche. C'était par là que je passais de temps en temps mes bras, dans l'espoir qu'ils seraient aperçus, ne fût-ce que par mon fils.

Mais personne ne venait à mon secours.

Une pensée affreuse ne me quitta plus, c'est que ce pauvre Pierre, ne pouvant reconnaître les abords du refuge où il m'avait laissée, s'était égaré à ma recherche.

— Il retrouvera toujours l'izba, où Mikhaël et Marie-Rose vont vous conduire, dit Jean Guérin.

— C'est de toute évidence, fit observer Demérian. Quant à vous, madame, vous y serez plus en sûreté, car rien ne prouve que ces roches aient accompli leur dernière évolution.

— Bien certainement, madame; venez, je vous en prie, ajouta Marie-Rose.

Madame Kazanoff, qui ne pouvait attendre le retour de son fils au milieu de cet effondrement, gagna, accompagnée de la

— Un choc immense me renversa.

Page 202.

jeune fille, le traîneau que Mikhaël gardait à peu de distance, et tous trois retournèrent à l'izba de l'oncle Jean.

. . . .

L'emplacement si récemment encore occupé par les mineurs n'avait plus rien qui pût le faire reconnaître.

Ce sol, d'abord vallonné, était exhaussé d'une vingtaine de mètres, et en conséquence transformé en montagne dont l'extrémité représentait un double mamelon.

L'oncle Jean, debout sur les roches restées visibles, regardait tristement cet énorme amas de sable qui depuis des siècles formait le lit d'une rivière souterraine, et qu'un subit écroulement venait de mettre en lumière. Son front pourtant s'éclaircissait peu à peu. Des lueurs étranges, rapides comme des éclairs, traversaient son cerveau ; ce sable vierge, que pas un regard, pas une main n'avait encore exploré, pouvait bien après tout renfermer d'immenses richesses.

Demérian et Labarre le regardaient silencieusement, à peu de distance.

— L'oncle Jean, disait l'ex-coulissier, trouve que la liquidation n'est pas brillante. Il est en train de faire un paquet de nos espérances et des siennes pour les jeter à la mer.

— Pauvre oncle !... répliqua Demérian avec mélancolie.

Le chimiste s'était assis dans une échancrure de rocher qui formait une petite anse, et que le sable d'alluvion avait envahi depuis la veille.

Ses yeux s'étaient fixés machinalement sur ce point infime, quand une nouvelle poussée intérieure souleva tout à coup le sable, qu'elle partagea en deux parties égales.

Alors il se leva d'un élan... regarda fixement à ses pieds... puis tout son corps trembla.

L'oncle Jean venait d'apercevoir au milieu de ce sable encore humide, et rangés comme dans un écrin, TROIS ADMIRABLES NIDS DE DIAMANTS, DE BÉRYLS ET D'ÉMERAUDES.

Plusieurs siècles lui apportaient leur offrande.

XV

TOUS POUR TOUS.

Le soleil, qui brillait alors avec une grande intensité, avait puissamment aidé l'oncle Jean à reconnaître ces pierres précieuses, car, à l'état brut, elles sont loin d'avoir l'éclat qui est une de leurs propriétés essentielles.

Quelques détails sur les diamants et les pierres précieuses ne seront pas inutiles ici pour expliquer l'importance d'une pareille trouvaille, et l'énorme valeur qu'elle représentait.

Le diamant, du mot grec qui veut dire *indomptable,* par allusion à la dureté de cette pierre, est classé parmi les substances combustibles non métalliques, identique par sa composition chimique avec le charbon pur et le graphite, et formé comme eux de carbone, mais cristallisé, et dans un état particulier de condensation. C'est de toutes les espèces minérales celle qui jouit au plus haut degré de toutes les qualités qui font rechercher une pierre comme objet de richesse et de parure : la dureté, l'éclat et la transparence.

En outre, le diamant raye tous les minéraux, et n'est rayé par aucun; mais en même temps il est très-fragile : un léger choc suffit quelquefois pour le briser.

Aujourd'hui, le prix moyen des diamants est de :

1	carat	250	francs.
2	—	700	—
3	—	1,800	—
4	—	2,600	—
5	—	3,500	—

Il est, nous l'avons dit, plus souvent translucide à l'état brut.

Au Brésil et dans les Indes, d'où proviennent jusqu'ici le plus grand nombre de diamants, on les trouve habituellement dans des matières de transport, dans ces terres sablonneuses, argileuses, souvent entremêlées de substances étrangères, remaniées par les eaux, qu'on nomme terrains d'alluvion.

Ainsi donc, le diamant, qui n'est autre chose que du charbon, reste toujours, malgré sa modeste origine, la pierre précieuse la plus dure, la plus pesante et la plus diaphane. Polie, elle est la plus brillante de toutes les pierres, et comme la nature continue d'en être fort avare, et qu'en outre on n'est pas encore parvenu à en fabriquer, on s'explique facilement le haut prix où elle s'est toujours maintenue.

Sa recherche, fort laborieuse, vient encore ajouter à son prix.

L'endroit qu'on veut fouiller une fois choisi, on en aplanit un autre à quelque distance, on l'entoure de murs de deux pieds de haut, puis d'espace en espace, on ménage des ouvertures pour l'écoulement des eaux ; ensuite on fouille le premier endroit.

Il y a souvent jusqu'à soixante mille ouvriers, hommes, femmes et enfants, employés à ce travail.

Les hommes ouvrent la terre, les femmes et les enfants la transportent dans le lieu choisi, et qu'on a entouré de murs.

On continue de creuser le sol jusqu'à la rencontre d'une nappe d'eau dont on se sert immédiatement pour laver la terre qu'on y a transportée. Dès qu'elle a été lavée deux ou trois fois, on la laisse sécher ; on la vanne ensuite dans des paniers faits exprès. Cette opération terminée, on en bat le résidu pour le vanner de nouveau deux ou trois fois ; alors les ouvriers cherchent les diamants à la main.

Dans le pays dont nous parlons, ce sont les nègres qui sont employés à cette exploitation, et ils s'en acquittent avec une indifférence d'autant plus complète, qu'ils n'en tirent personnellement qu'un médiocre profit.

Il est cependant un cas, un seul, où ils ont lieu de bénir ce travail, c'est celui où le hasard leur fait rencontrer un diamant de dix-sept carats, à peu près trois grammes, c'est-à-dire le prix qu'on met à leur liberté.

Les béryls (émeraudes qui n'ont point encore atteint leur degré de coloration ordinaire) sont avec l'émeraude et le diamant les principales pierres précieuses de la Sibérie.

On n'a jamais accordé certainement à aucune pierre autant d'honneur qu'à l'émeraude proprement dite. Les Romains l'estimaient au point qu'il était expressément défendu de la graver.

27

Néron avait coutume de considérer le spectacle sanglant de l'arène à travers une émeraude ; Domitien s'en servait pour le même usage, ce qui est cause qu'on a souvent désigné cette pierre sous le nom de pierre de Domitien et de Néron.

De nos jours, elle est encore au premier rang des *gemmes,* et si elle le cède en dureté et même en éclat aux corindons (pierres de la famille des rubis) et surtout aux diamants, sa couleur pure et veloutée l'en dédommage, surtout lorsque son intérieur est exempt de défauts, de glaces ou de tout accident ; elle rivalise, à volume égal, avec les plus belles variétés du saphir, et surtout avec l'*émeraude orientale,* dont la nuance est loin d'avoir son éclat et sa richesse.

Aussi l'émotion de l'oncle Jean avait été telle à la vue des quelques millions que ces nids de pierres précieuses représentaient, qu'il en resta comme ivre. Ce qu'il avait pu d'abord considérer comme leur ruine à tous leur apportait une immense fortune.

Il n'y avait plus qu'à la recueillir et à s'enfuir avec elle.

Il murmurait des mots bizarres, et gesticulait sans en avoir conscience.

Demérian et Labarre, qui s'étaient éloignés afin de mettre Maria Kazanoff et Marie-Rose en traîneau, revenaient en ce moment. André était préoccupé, la santé de sa jeune sœur semblait s'altérer depuis quelque temps.

Les deux amis s'étaient arrêtés à une centaine de mètres, pour observer l'oncle Jean, ne comprenant absolument rien à son attitude.

Quelques instants avant, Jean Guérin, qui avait senti tout à coup la terre se mouvoir sous ses pieds, s'était jeté comme un insensé sur le trésor étalé devant lui, et qu'une commotion nouvelle pouvait remporter dans les profondeurs de la terre.

Ses poches étaient remplies de ces pierres précieuses, encore souillées de la terre grossière et sablonneuse qui les recélait.

Quand Demérian et Armand Labarre se décidèrent à se rapprocher de lui :

— Vous voilà! vous voilà! se hâta-t-il de leur crier... vite! retournons sur nos pas... le sol tremble ici... et nous pourrions bien y laisser quelque chose de plus tangible que nos espérances...

— C'est vrai! dirent les deux amis... qui, à leur tour, sentaient osciller le terrain.

Et tous trois s'enfuirent dans la direction de l'izba.

A les voir, on eût pensé qu'ils craignaient de regarder en arrière.

Ils franchirent ainsi une demi-verste, quand la fatigue les obligea de s'arrêter.

— Ainsi, mon oncle, dit alors Demérian, je vois que notre campagne est décidément terminée, et qu'il va falloir nous occuper de quelque chose de moins dangereux, en même temps que de plus productif.

— De plus productif qu'une mine d'or et de diamants?... Tu deviens, ce me semble, singulièrement avide, mon cher neveu.

— Je pense qu'en fait de mine d'or et de diamants, vous n'entendez pas parler de celle qui a failli nous engloutir, mon oncle?

— Celle-là vaut les autres : avares jusqu'à la vilenie pendant longtemps, et tout à coup généreuses et prodigues à l'excès; mais l'expérience te manque, mon cher ami...

— Elle me manque aussi, monsieur, et j'ai lieu de le regretter en voyant la quiétude qu'elle vous donne, dit Labarre avec tristesse.

— Cette quiétude, vous ne serez pas longtemps à la partager, mes enfants, je vous en donne l'assurance : mais chut ! on pourrait nous entendre.

Les trois hommes reprirent leur chemin sans échanger une parole.

Demérian et Labarre, qui marchaient côte à côte, se regardaient de temps en temps d'un air préoccupé, qui contrastait étrangement avec l'expression de joie extraordinaire que l'oncle Jean ne pouvait parvenir à dissimuler complétement.

— Que de temps et d'argent perdus déjà ! pensaient les deux jeunes gens, dont l'existence menaçait maintenant de reposer sur un aléa plus grand que le premier.

Jean Guérin, qui n'était pas sans les lorgner du coin de l'œil, s'amusait intérieurement de leur attitude; ses poches étaient pleines de si bons arguments !

De retour chez eux, le chimiste, qui, pensait-il, n'avait pas de temps à perdre, poussa ses deux associés dans la pièce la plus reculée de l'habitation et s'y enferma avec eux.

— A nous trois ! et pas de folies maintenant, dit-il en leur avançant des siéges.

Demérian et Labarre se regardèrent comme des gens résignés à tout entendre.

L'oncle Jean poursuivit alors d'un ton poliment railleur :

— Mes chers associés, je ne le vois que trop, j'ai perdu votre confiance, et si je vous demandais une seconde fois de me suivre au fond des steppes, pour y creuser une autre mine, vous me répondriez que vous avez assez de durillons aux mains et de points noirs dans la cervelle ; que vous ne désirez pas en acquérir davantage, surtout au même prix.

— Peut-être le dirions-nous, sans la crainte de vous affliger, mon cher oncle.

— Alors, bien franchement, je vous ai engagés tous deux dans une mauvaise affaire ; c'est au moins votre opinion.

— Dites dans une affaire dont les résultats ont été nuls... et par conséquent onéreux, dit André avec douceur.

— Onéreux ! onéreux ! une affaire dont les bénéfices peuvent dès aujourd'hui se chiffrer par millions ! répliqua Jean Guérin.

— Par millions ! s'écrièrent à la fois Demérian et Armand Labarre, en jetant un regard de commisération et d'effroi sur l'oncle Jean.

— Par millions !... qui sont là dans mes poches, répliqua celui-ci.

Les deux jeunes gens gardèrent le silence. Pour eux, c'en était fait cette fois de l'oncle Jean. L'effondrement qui venait de bouleverser tous ses travaux avait fini par troubler sa raison.

— C'est bien, gardez vos réflexions, que je devine, reprit en riant le chimiste ; aidez-moi seulement à faire trois parts des millions dont je parle : la mienne et les deux vôtres.

Mais d'abord assurez-vous que cette porte est fermée ; il est des convoitises qu'il faut toujours craindre d'éveiller.

Armand Labarre, abasourdi par les dernières paroles de Jean Guérin, avait obéi machinalement.

Demérian, attristé, continuait de surveiller son oncle avec une véritable sollicitude.

Celui-ci, dans le plus grand calme, poursuivit :

— Vous devez avoir bien certainement tous deux une ceinture de voyage sous vos habits?

— Oui, monsieur.

— Oui, mon oncle.

— Très-bien. Nous sommes trois, et voici ce que je vous propose... Mais d'abord mettons nos richesses en évidence, nous en ferons plus tard un inventaire au grand complet.

Et Jean Guérin, sans autre commentaire, plaça méthodiquement sur la table sa merveilleuse trouvaille, les diamants, les béryls et les émeraudes, qu'il tirait par deux ou trois de ses poches, et qu'il groupait ensuite sans paraître même s'occuper de l'incroyable saisissement de Démérian et de son ami.

Ces pierres affectaient les formes suivantes : le cube, le cubooctaèdre, l'octaèdre, le cubo-décaèdre, le dodécaèdre. L'octaèdre et le dodécaèdre étaient les plus nombreux.

Quelques autres avaient acquis plus de facettes et présentaient la forme presque sphérique.

— Allons! à l'œuvre! leur dit-il tout à coup, à moins que vous ne renonciez vilainement à notre association, ce que j'aurais le droit de considérer comme une injure.

— Oh! mon oncle!

— Oh! monsieur!

— Alors écoutez-moi, reprit Jean Guérin, nous n'avons plus dès ce moment aucune affaire ici. J'ai hâte de ramener en France ma chère petite Marie-Rose, dont les fraîches couleurs pâlissent. Mais le voyage que nous allons entreprendre peut être interrompu par bien des obstacles... Les steppes ne sont pas sûres : d'un côté, les Cosaques; de l'autre, les échappés des mines. Il suffit d'une méprise pour que nous courions le risque d'être pillés, dépouillés et fusillés.

...Les steppes ne sont pas sûres...

Page 214.

En divisant l'immense fortune que le mouvement des terres a jetée à mes pieds, là-bas, dans ces roches, nous éviterons toujours qu'elle puisse tomber tout entière, et à la fois, dans les mains du premier bandit venu.

— C'est fort juste, mon oncle.

— Il faut donc, sans tarder d'une seconde, diviser ces pierres en trois lots pareils, en prendre chacun un que nous renfermerons dans notre ceinture de voyage. Arrivés à Paris ensemble ou séparément, selon que les événements le permettront, nous réunirons le tout pour en faire ensuite un partage égal et définitif entre nous... Voilà qui est convenu, n'est-ce pas, mes enfants?

Le partage fait, les deux associés de Jean Guérin lui serrèrent les mains en silence, mais avec une émotion qu'ils avaient peine à maîtriser.

Une demi-heure ne s'était pas écoulée, que nos trois associés étaient résolus à reprendre le chemin de la France.

Mais là surgirent tout à coup des difficultés imprévues.

Pierre Kazanoff n'avait pas reparu, et sa mère, à qui Marie-Rose tenait compagnie, se trouvait dans une agitation extraordinaire; son fils tardait trop; un malheur seul, disait-elle, pouvait maintenant l'empêcher de la rejoindre.

De plus en plus bouleversée, elle finit par supplier qu'on se mît à sa recherche... ou qu'on la laissât y aller toute seule, au risque de ce qui pourrait lui arriver personnellement.

Jean Guérin, à qui elle s'était finalement adressée, eût voulu la voir bien loin avec son fils; car il suffisait en ce moment que la police fût instruite de leurs relations devenues forcément très-suivies, pour qu'elle les englobât tous dans une même poursuite, comme également coupables. Et dès lors la

28

perte de leur liberté entraînerait fatalement la confiscation de leur trésor, lequel ne tarderait pas à fondre entre les mains avides des fonctionnaires, qui se chargeraient de faire au plus vite leur procès.

Pouvait-il s'exposer à perdre en un jour le fruit du travail de toute sa vie?.. et ruiner ainsi les derniers membres de sa famille, que leur seule affection pour lui avait conduits dans ces affreuses solitudes, aujourd'hui plus que jamais remplies d'embûches?

Il ne le pouvait pas.

Mais pouvait-il davantage abandonner une pauvre femme, leur compatriote d'ailleurs, dans la dangereuse recherche de son fils, qu'on poursuivait pour le livrer au plus cruel des supplices?

Pas un de ses associés n'y eût consenti.

Le programme qu'ils avaient à suivre s'imposait dès lors tout naturellement :

1° Retrouver Pierre Kazanoff, qui, après tout, leur servirait de guide, à travers les steppes et les cataractes de l'Obi jusqu'à l'océan Glacial.

Une fois là, gagner la Norvége, chacun de son côté, pour mettre à l'abri sa personne et son bien.

Deux mois auparavant, cela eût été plus facile à réaliser; mais par ce soleil qui mettait les steppes au régime incandescent de 35 degrés de chaleur, les emplissant de moustiques, rien ne pouvait être plus pénible, plus irritant.

Sans oublier ces Cosaques altérés jusqu'à la rage, traînant partout leurs lances, dans l'espoir de mettre la main sur de malheureux fugitifs.

Jean Guérin, en creusant involontairement la situation où

ils se trouvaient tous, avait développé les arguments qui précèdent, non pour inquiéter madame Kazanoff, mais pour lui
faire mieux comprendre les périls de leur position respective.

— Monsieur, lui dit-elle, deux fois déjà, mon fils et moi, nous
avons été sur le point de vous quitter furtivement pour nous
rendre en Norvége, notre présence au milieu de vous étant
un danger de toutes les heures pour vous et votre famille ; sur
ces entrefaites, la santé de mademoiselle Marie-Rose, qui
plusieurs fois déjà m'avait paru menacée, m'inquiéta sérieusement, et je me dis que ma conscience m'obligeait de rester
auprès d'elle, car, moi partie, où trouver au milieu des steppes
une femme capable de lui donner les soins nécessaires ?

A ces derniers mots, l'oncle Jean, Demérian et Labarre
s'élancèrent vivement au-devant de Maria Kazanoff pour lui
serrer affectueusement les mains.

Tout ce qui venait d'être dit sur ce sujet se résumait loyalement ainsi :

Tous pour tous.

XVI

LA CHASSE AUX FUGITIFS.

Les heures allaient compter double. Rien ne pouvait plus ralentir l'impulsion que les événements venaient de communiquer à tous nos amis.

Demérian et Labarre, suivis de Mikhaël, étaient résolûment partis à la recherche de Pierre Kazanoff, pendant que l'oncle Jean s'occupait avec Tobie de réunir les objets indispensables pour le voyage : armes, vivres, vêtements, et enfin tout ce qu'on devait emporter à Paris.

Madame Kazanoff et Marie-Rose, heureuses à la pensée de retourner en France, se consultaient sur certains détails qui les concernaient spécialement ; mais il était facile de s'apercevoir que madame Kazanoff faisait les plus grands efforts pour rester maîtresse d'elle-même ; l'absence de son fils l'inquiétait vivement.

Elle interrompait coup sur coup ses occupations pour prêter l'oreille aux bruits du dehors, et ne les reprenait qu'après avoir tristement secoué la tête. Et de fait, ceux qui étaient partis à la recherche du jeune ingénieur prolongeaient beaucoup leur absence.

— Chère madame, lui disait doucement Marie-Rose, il ne faut pas vous désoler ainsi, ces messieurs vont bien certainement vous ramener M. Pierre.

— Vous êtes bonne, ma chère enfant; mais je suis si peu heureuse depuis longtemps, que je n'ose plus l'espérer.

— Mikhaël! voilà Mikhaël! s'écria joyeusement Tobie.

Maria Kazanoff ne fit qu'un bond de son siége au seuil de l'izba, où Marie-Rose la suivit.

L'Ostiak arrivait bien effectivement; par malheur il était seul.

La mère du jeune ingénieur poussa un cri étouffé.

L'Ostiak fit un geste énergique pour lui recommander le silence.

Le pauvre diable était fortement ému. Jean Guérin, qui l'avait attendu avec impatience, l'interrogea des yeux.

— Monsieur prendre sa carabine et venir tout de suite.

— Mon fils!... où est-il? il est arrêté?... dis-le, Mikhaël.

— Non... non, madame... mais...

L'oncle Jean s'était jeté sur sa carabine et son revolver... et déjà suivait Mikhaël en faisant à madame Kazanoff un geste pour lui recommander de ne pas s'éloigner de Marie-Rose.

La pauvre femme resta pendant un moment comme clouée sur place, serrant la jeune fille dans ses bras; elle l'embrassait avec force. — Puis, se prenant la tête pour y comprimer la folie qu'elle sentait venir, elle s'arma à son tour d'une carabine, d'un revolver placés dans un angle de la pièce, et bondit sur les traces des deux hommes qui s'éloignaient.

— Moi vivante, ils ne le prendront pas! s'écria-t-elle.

— Oh! mademoiselle, madame Kazanoff m'épouvante, dit Tobie, en s'élançant sur les pas de sa jeune maîtresse pour l'empêcher de sortir de l'habitation.

— Pauvre mère... disait Marie-Rose.

— Je supplie mademoiselle de vouloir bien rentrer, car j'aimerais mieux mourir que de voir arriver malheur à mademoiselle.

— Oui, rentrons, répondit-Marie-Rose en jetant un regard rempli de bienveillance sur le jeune garçon.

. . . .

L'oncle Jean et Mikhaël étaient déjà sous bois...

— Que se passe-t-il donc? disait à voix basse le maître à son domestique.

— Voici, monsieur : En revenant de la mine où nous avions regardé, fouillé partout inutilement pour retrouver M. Kazanoff, *les maîtres* étaient rentrés dans la forêt où nous marchions depuis longtemps dans le plus grand silence, sans entendre un seul bruit qui ait pu nous dire : M. Pierre est là. Nous nous taisions exprès pour ne pas attirer l'attention des Cosaques... Enfin nous marchions depuis environ trois heures, quand le hennissement d'un cheval se fit entendre.

Ce cheval ne pouvait appartenir qu'à des soldats en tournée qui devaient être assez loin encore.

— Diable! voilà des hommes qui auraient bien pu s'emparer de notre ami; il faut nous en assurer... dit M. Demérian.

— Moi! moi! vais aller en avant... dis-je à mes maîtres...
Mikhaël connaît mieux la forêt que ces messieurs.

— Eh bien, va!... nous te suivrons... Je partis aussitôt,
me servant des genoux bien plus que des pieds. — J'allais
comme cela depuis un quart d'heure, quand j'entendis tout à
coup les gémissements d'un homme. Je m'arrêtai pour mieux
écouter et aussi pour que ces messieurs aient le temps de me
rejoindre.

— Silence là-bas! Monsieur l'ingénieur, cria une voix rude, le
camarade va bientôt revenir avec l'ispravnik, qui décidera sans
retard s'il y a lieu de vous expédier là-haut tout de suite, ou
bien de vous remettre aux mains du grand maître de police...
Dans tous les cas, votre sort va changer; vous ferez bien de
vous tenir tranquille jusque-là... autrement le knout n'est
pas loin.

— Lâche! murmura le prisonnier.

— Mais c'est la voix de Kazanoff, dirent ces messieurs en
me parlant dans l'oreille.

Je leur fis signe de garder le silence, tout en leur répondant
oui.

Des arbrisseaux à hauteur d'homme nous séparaient seuls
de la place occupée par une sotnia de Cosaques.

Elle était pour le moment composée de cinq hommes, y
compris leur sotnik [1].

Abattus par la chaleur, ils s'étaient couchés à terre.

M. Pierre Kazanoff était au milieu d'eux, les membres solidement liés. Le malheureux ne pouvait pousser un cri, faire
un mouvement, sans que ses gardiens en soient avertis.

---

[1] Sous-officier de Cosaques.

Nous n'étions que trois... et il n'y avait pour nous aucun moyen de les contraindre à nous rendre leur prisonnier.

M. Demérian et son ami, dans une grande colère, voulaient en tuer trois d'abord ; nous aurions tiré sur eux à travers les branches, et, nous jetant ensuite sur les deux autres, nous les aurions tués ou faits prisonniers ; mais le coup pouvait manquer... et nous étions tous perdus.

Je dis alors que j'allais chercher maître, et qu'avec lui nous serions quatre, ce qui suffirait pour nous tirer d'affaire... Les messieurs ont permis... si bien que nous allons pouvoir attaquer tous ensemble.

— Tu as fort bien agi... Mikhaël.

— Plus parler... dit tout à coup l'Ostiak... eux sont tout près.

Et il se mit à ramper dans les hautes herbes, sans faire plus de bruit qu'un papillon. — Puis se redressant tout à coup pour écouter... il indiqua par un geste à Jean Guérin que les choses étaient restées dans le même état depuis son départ.

Il ne s'agissait plus que d'informer Demérian et Labarre qu'il était de retour avec son maître, et cela dans le plus grand silence. Il prit alors dans une de ses poches une poignée de petites feuilles qu'il avait cueillies sur le chemin, et les jeta en pluie par-dessus les buissons qui l'entouraient.

Les deux amis se dressèrent immédiatement sans qu'on les entendît.

— Une estafette dans la plaine... écoutons, dit très-bas Demérian, c'est la réponse qu'on est allé demander à l'ispravnik... Il faut tuer ces Cosaques, ou Pierre Kazanoff est mort, ainsi que nous-mêmes.

Mikhaël se mit à ramper dans les hautes herbes.
Page 224.

29

Le sotnik, qui avait, il paraît, l'ouïe plus fine que ses hommes, s'était soulevé sur le coude... pour écouter le bruit qui arrivait de la plaine.

— C'est Kabaroff qui revient, cria-t-il... allons, vous autres, debout!... Et il assaisonna son ordre de quelques coups de pied pour lui donner une signification plus précise.

— Attendons qu'ils soient tous là, bien rangés et faciles à mettre en joue, dit tout bas Jean Guérin.

— Il ne faut pas perdre un seul coup de carabine, ajouta Demérian.

— Allons! dit le sotnik à Pierre Kazanoff, voilà la réponse à ton affaire qui arrive au grand galop; il faut espérer qu'elle ne te sera pas trop désagréable... Et il termina sa phrase par un ricanement.

— Lâche! répéta l'ingénieur en se tordant dans ses liens.

— Bah! tu ne seras pas plus difficile à knouter qu'un autre, ajouta le sotnik.

Les Cosaques s'étaient éloignés pour aller au-devant de l'estafette.

Les amis de l'ingénieur, immobiles comme autant de statues, attendaient, pâles de colère, leurs armes à la main. Ils ne voulaient frapper qu'au dernier moment, quand ils auraient la certitude qu'il n'y avait pas d'autre moyen de sauver leur compagnon.

Le messager arrivait ventre à terre; son cheval était couvert d'écume et de moustiques; quant au cavalier, il nageait littéralement dans ses habits.

La steppe éclatait au milieu de ses longues journées de chaleur, imprimant sa brûlure sur tous ceux qui avaient l'audace de la traverser. Kabaroff sauta à terre en jetant la

bride sur le cou de son cheval, lequel alla rejoindre ses con-
génères qui paissaient à peu de distance sous les arbres.

— Eh bien, Kabaroff, demanda le sotnik, quels sont les
ordres de l'ispravnik?

— Aussi simples que clairs :

Knouté à mort et laissé dans les steppes pour servir d'exemple
à ceux qui seraient tentés de l'imiter.

— Rien de plus? demanda le sotnik.

— Non!

Un cri de rage sortit cette fois de la bouche de Pierre Kazanoff.

Les six Cosaques étaient venus se placer en demi-cercle
devant le malheureux condamné.

— C'est égal, tu peux te vanter de nous avoir fait courir;
c'est toujours une consolation au moment de rendre son âme
au diable.

— Lâche! répéta Kazanoff.

Cinq coups de feu partirent au même instant comme pour
accentuer le mot du prisonnier.

Quatre Cosaques étaient tombés.

Deux étaient morts. Les autres, simplement blessés,
essayaient de reprendre pied en s'accrochant à leurs camarades restés debout. Le sotnik, frappé à la main droite, avait
laissé tomber son arme et criait :

— Tuez le condamné!

Un coup de carabine termina sa phrase.

Il avait été tiré par Maria Kazanoff.

Les deux Cosaques restés valides, épouvantés de se sentir
au pouvoir d'ennemis invisibles, paraissaient vouloir regagner
leurs montures; mais Demérian, Labarre, Jean Guérin et
l'Ostiak avaient fait un détour pour leur barrer le passage.

Ils les arrêtèrent par une nouvelle décharge.

Cette fois il ne resta plus que Kabaroff, lequel avait échappé à toute cette fusillade, et le Cosaque blessé qui ne faisait aucun mouvement. Kabaroff fut garrotté à un arbre et laissé à la garde de Mikhaël, ainsi que le blessé.

Maria Kazanoff s'était précipitée sur son fils, dont elle coupait les liens avec le poignard pris à la ceinture du sotnik, qu'elle eût voulu pouvoir tuer une seconde fois, pour se venger des tortures qu'il lui avait infligées si gratuitement de même qu'à son fils.

La pauvre femme s'était glissée furtivement, sur les pas de l'oncle Jean et de Mikhaël, jusqu'au lieu où l'on détenait Pierre Kazanoff.

Caché dans un fourré, elle avait entendu les plaintes et les révoltes de celui-ci, et pu suivre avec une anxiété poignante tous les incidents de ce drame qui pouvait se dénouer si cruellement.

Elle s'était contenue jusqu'au bout pour ne point nuire à la délivrance du prisonnier, que ses amis allaient tenter, mais bien décidée à se jeter tête baissée dans la lutte dès qu'elle serait ouverte, et là, de mourir avec son fils si elle ne pouvait l'arracher à ses ennemis.

Le coup de carabine qu'elle avait tiré sur le sotnik était le premier appoint qu'elle apportait dans le combat.

Pierre Kazanoff, qui avait tenté de se relever d'un bond, était aussitôt retombé à terre, trahi par l'engourdissement de ses membres.

— Mon Pierre! mon enfant! s'écria la pauvre mère qui avait plus de courage que de force, et essayait en vain de le remettre sur pied.

Demérian était heureusement venu à son secours.

Pierre Kazanoff avait triomphé de la douleur momentanée qui paralysait ses membres; se mêlant à ses compagnons il les remerciait avec la plus grande effusion de l'avoir arraché au supplice qui l'attendait. Il ne s'était interrompu que pour embrasser sa mère qui, pâle, toujours agitée, s'était attachée à son bras.

Les cadavres des Cosaques gisaient là, sur le sol, rangés comme des soldats frappés en ligne.

On s'éloigna de ce triste spectacle.

— Quatre hommes qu'il a fallu tuer pour en arracher un seul au supplice qu'il n'avait pas mérité! s'écria Pierre Kazanoff.

Demérian prit la parole :

— Allons, messieurs, il faut en finir avec ces deux hommes.

— En finir... c'est bien vite dit... fit observer l'oncle Jean, mais qu'en faire? Les mettre en liberté pour qu'ils jettent sur nos talons toute une sotnia de Cosaques?

— C'est vrai, ajouta Labarre.

— Les tuer comme les autres, maintenant qu'ils sont là sans défense, serait, ce me semble, aussi lâche que cruel, reprit Jean Guérin, et cependant...

— Cependant, s'écria madame Kazanoff avec animation, je préférerais les tuer tous deux de ma main, que d'avoir à craindre que la vie de mon fils ou celle de l'un de nous puisse être demain, comme elle l'a été aujourd'hui, au pouvoir de pareils hommes.

Un morne silence suivit ces paroles énergiques.

Il était évident qu'on ne savait à quel parti s'arrêter : d'un côté, la pitié; de l'autre, l'impérieux devoir de protéger les siens, de se protéger soi-même.

Pendant qu'on délibérait ainsi, deux coups de feu retentirent à peu de distance.

Tous se retournèrent avec épouvante.

. . . .

Mikhaël apparut bientôt; il avait opéré une râfle de toutes les armes restées sur le terrain, et il les rapportait sur son épaule, faisant de loin signe de ne point s'inquiéter des coups de feu qu'on venait d'entendre.

— Pose là ces armes, lui dit Jean Guérin.

— Oui, maître.

— Maintenant va fouiller tous ces malheureux, et prends leur ce qu'ils peuvent avoir de poudre et de balles.

— C'est fait, maître.

— Très-bien, tu es un garçon intelligent; tu sais qu'il ne faut jamais abandonner d'armes ni de munitions à ses ennemis.

— Je sais encore, maître, qu'il ne faut pas davantage laisser un ennemi derrière soi.

Jean Guérin regarda son interlocuteur dans les yeux.

— Que veux-tu dire?

— Que les deux coups de feu étaient pour les Cosaques placés sous ma garde.

— Quoi! sans ma permission?

— Maître ne me l'eût jamais donnée... et l'un deux, ce Kabaroff, a tué mon frère, il y a trois ans de cela... Mon frère... un enfant de quinze ans, il l'a tué à force de le battre avec le manche de son fouet.

De rage, Mikhaël tordait ses poings.

— Alors tu as bien fait; ces choses-là doivent se payer un jour ou l'autre.

Tu vas maintenant, je pense, chasser tous ces chevaux à travers la steppe.

— C'est fait pour la moitié, maître.

— Et pour les trois autres?

— Je les ramènerai à l'izba…

— C'est vrai… nous en aurons grand besoin pour gagner les cataractes.

XVII

ADIEUX A L'IZBA.

Le rude expédient employé par Mikhaël, d'une part pour satisfaire sa vengeance, et de l'autre pour ne laisser aucun espion derrière ses maîtres, avait simplifié les choses et abrégé de beaucoup la conférence qu'il eût été difficile de terminer au gré de toutes les parties intéressées. De plus, on s'était procuré, par son entremise, un renfort de trois chevaux qui allaient venir en aide aux deux autres pour transporter nos huit voyageurs, leurs bagages et leurs provisions sur les bords de l'Obi, d'où ils gagneraient l'océan Glacial.

Une fois là, ils ne seraient pas en peine de trouver un navire, quel qu'il soit, pour les emmener en Norvége. Grâce à l'activité de tous nos personnages et à leur très-vif désir

30

de retourner en France, les apprêts de voyage se terminèrent rapidement.

La berline, qui dormait depuis longtemps sous la remise, et la kibitka, plus solidement bâchée que jamais, étaient prêtes.

La première emporterait Demérian, Marie-Rose et madame Kazanoff. La kibitka contiendrait Jean Guérin, Pierre Kaza noff et Armand Labarre.

Enfin, le traîneau, qui prendrait la tête, serait conduit par Mikhaël, très-édifié par Pierre Kazanoff sur le chemin qu'il fallait prendre. — Tobie lui servirait de groom.

On attellerait les deux chevaux mongols à la berline.

Des trois chevaux enlevés aux Cosaques, deux seraient affectés à la kibitka, tandis que le troisième serait mis au traîneau, spécialement chargé des vivres et des différents objets que l'invasion de la neige pouvait tout à coup rendre indispensables.

Pour le surplus, car il était utile de tout régler, il fut décidé que la berline suivrait immédiatement le traîneau, qu'au dernier rang viendrait la kibitka conduite par l'oncle Jean, dont la mission serait de surveiller le convoi et au besoin de le protéger.

Quelque temps encore séparait l'été de l'automne; la nuit allait reparaître ponctuellement à ses heures, et bientôt aussi ramener les inexorables rigueurs de l'hiver.

Il n'est rien de plus rapide, on pourrait dire de plus foudroyant, que les changements de saison en Sibérie : aujourd'hui, l'été avec ses chaleurs intolérables, son jour accablant, ses moustiques, son blé, son orge et ses avoines mûrs tombant sous la main du moissonneur, et le lendemain, tout son sol recouvert d'une neige épaisse.

Sur les conseils de Pierre Kazanoff, il venait d'être décidé qu'on profiterait des derniers beaux jours pour se remettre en chemin.

Si l'absence de nuit favorisait l'espionnage des Cosaques, cet inconvénient était compensé par un sol exempt de neige, où les véhicules non plus que les piétons ne laissent aucune trace.

Un voyage de deux jours, dans de pareilles conditions, les éloignerait suffisamment de quiconque voudrait les poursuivre, sans compter que les émissaires de la police se font naturellement plus rares à mesure qu'on se rapproche des régions plus désertes.

Tout cela bien pesé, les chevaux avaient été mis aux équipages, et l'on était parti après avoir laissé quelques provisions dans les coffres et du combustible sous les hangars. On avait songé aux voyageurs, qui pouvaient échouer là mourant de faim et de froid.

Puis, à quelque distance, Jean Guérin, faisant subitement arrêter les chevaux, avait mis pied à terre, ainsi que tous ses compagnons, pour jeter un dernier regard sur cette pauvre habitation qu'ils ne devaient sans doute jamais revoir, et où tant d'événements heureux pour leur avenir à tous s'étaient accomplis en si peu de temps.

En proie à cette sorte de mélancolie qui caractérise la plupart des séparations, tous avaient repris leur place sans échanger une parole.

Mikhaël fit alors claquer son fouet, et les cinq chevaux, comme s'ils prenaient possession de l'espace qui s'ouvrait devant eux, s'emportèrent à travers la steppe, dans la direction des rives septentrionales de l'Obi.

Les fleuves de la Sibérie sont au nombre des plus grands

fleuves de l'Asie, mais ils coulent à travers des plaines désertes, au milieu d'un éternel hiver qui en bannit la vie sociale.

Leurs bords désolés, abrupts, sont dépourvus d'édifices, d'habitations autres que de misérables cabanes, à peine visibles au milieu de ces espaces incommensurables.

Pas un port, pas un navire sur une étendue de quelques centaines de lieues. Des marécages, de sombres forêts, des ossements fossiles mis à découvert par les hautes eaux, des bateaux chargés de sel, des canots de pêcheurs errant à travers d'innombrables oiseaux aquatiques, des castors pleins de mélancolie, rêvant au seuil de leurs huttes sans paraître redouter la présence de l'homme, non plus que celle d'un autre ennemi : voilà à peu près tout ce qu'un fleuve de Sibérie peut offrir à l'attention du voyageur.

Plusieurs de ces grands cours d'eau, et notamment l'Obi, sont coupés par des rapides et des cataractes.

C'est au milieu de cette nature sauvage, âpre et indomptable, que nos personnages allaient jouer en même temps leur existence et leur fortune.

Marie-Rose ne s'était pas vue plus tôt en chemin pour regagner la France, que son teint avait repris une partie de sa fraîcheur, à la grande satisfaction de madame Kazanoff, qui la surveillait avec une attention toute maternelle.

Jusque-là, la pauvre jeune fille, ne voulant gêner ni inquiéter personne, n'avait jamais dit un mot de la nostalgie qui depuis quelques jours la poursuivait au milieu des steppes.

Tobie, de son côté, pensait à la maison de la rue de Sèvres, qu'il eût bien voulu réintégrer le jour même.

L'extrême froid dont il avait souffert à son arrivée en Russie, et l'extrême chaleur accompagnée de moustiques qu'il supportait en ce moment, ne lui avaient donné qu'un goût médiocre pour la Sibérie. Il disait bien sincèrement qu'il se plairait beaucoup mieux au jardin du Luxembourg. Et puis, cette absence de nuit l'avait dérouté complétement; il ne savait plus jamais à quelle heure du jour il se trouvait. Était-ce le moment de dormir ou de se livrer à toute autre occupation? Il n'avait pu s'y accoutumer; il avait fallu qu'on le renseignât continuellement. Un jour, il avait si bien emmêlé ses heures, que Marie-Rose l'avait trouvé pleurant devant son fourneau, ne sachant point s'il devait placer sa bouilloire sur le feu pour le thé du matin, ou mettre une oie sauvage à la broche pour le repas du soir.

La clarté du soleil ne le gênait pas moins pour dormir; il lui semblait qu'il n'était pas en droit de le faire, et luttait alors contre le sommeil jusqu'au moment où il tombait le nez sur son ouvrage.

Marie-Rose s'amusait beaucoup des impressions de voyage du pauvre Tobie, et elle le faisait monter de temps en temps dans la berline pour s'amuser de ses digressions.

On riait moins dans la kibitka, où l'oncle Jean, Pierre Kazanoff et Armand Labarre ne cessaient d'être attentifs, non-seulement à ce qui se passait dans la plaine, mais encore dans le ciel.

A la merci des éléments toujours prêts à l'anéantir, l'homme a besoin, dans ces immenses solitudes, de toutes ses forces, de toute son intelligence pour lutter contre ses ennemis. Il ne se protége contre le froid, la chaleur, la tempête, les bêtes féroces et la maladie, qu'à la condition d'être aussi vigilant, aussi énergique, aussi perspicace que le pilote qui tient la barre de son gouvernail.

— Ne vous semble-t-il pas, monsieur Kazanoff, que les ours
et les loups sont devenus bien rares de ce côté? dit tout à
coup Jean Guérin, qui, en vrai chasseur, n'eût pas été fâché
de tirer, chemin faisant, quelques coups de carabine.

— Mon avis, cher monsieur Guérin, est qu'ils sont trop bien
repus les uns et les autres depuis un mois pour se risquer en
plaine par un semblable temps.

— Et puis il doit y avoir pour eux une certaine difficulté
à se procurer des éventails aussi bien que des moustiquaires
à leur taille, ajouta Labarre.

— Disons encore, reprit l'oncle Jean, qu'il peut leur déplaire
de rencontrer autant de Cosaques dans leurs domaines particuliers.

— Dame, ces messieurs exhalent quelquefois une si forte
odeur d'eau-de-vie! fit observer Labarre.

Il y avait déjà un grand nombre d'heures qu'on voyageait
ainsi, et les chevaux, si excellents qu'ils fussent, commençaient
à donner des signes non équivoques de fatigue. Par bonheur,
une forêt qu'ils pouvaient atteindre en un quart d'heure se
dessinait à l'horizon.

Mikhaël proposa de les diriger de ce côté :

1° Pour permettre aux voyageurs de se reposer en mettant
pied à terre ;

2° Pour donner aux chevaux le loisir de se repaître de
l'herbe fraîche, qui à ce moment de l'année se trouve à pro-
fusion sur la lisière des bois et des forêts.

Les chevaux semblaient avoir saisi le sens de la conversation qui venait d'avoir lieu entre l'Ostiak et son maître ; ils
continuèrent d'avancer sans ralentir un moment leur allure,
si bien qu'au bout de dix minutes les équipages se trouvaient

à l'abri du soleil, sous la plus belle réunion d'arbres qu'on pût voir. Formée de bouleaux et de sapins gigantesques rangés, mais irrégulièrement, comme les immenses colonnes d'un temple, elle projetait son ombre transparente sur un vaste périmètre, où elle avait mis en interdit toute végétation parasite.

Mikhaël, avec l'activité qui lui était habituelle, s'était occupé immédiatement de couper aux environs le fourrage nécessaire aux chevaux, qu'on était convenu de ne pas dételer, afin de les trouver prêts à repartir en cas d'alerte ou de surprise.

Marie-Rose avait retrouvé toute son animation, et courait d'un cheval à l'autre, pour le flatter et lui donner de grosses poignées d'herbes fraîches, ce qui, joint à une faible partie de l'avoine qu'on avait en réserve, et qu'il était prudent de ménager, allait leur donner de nouvelles forces.

Nos voyageurs, assis sur l'épaisse couche d'aiguilles de pins qui recouvrait le sol, profitaient de cette halte pour prendre un repas plus substantiel qu'il ne leur avait été permis de le faire depuis leur départ.

Tobie faisait son service aussi régulièrement que s'il se fût trouvé en plein Paris.

Mikhaël, lui, fidèle à ses habitudes d'Ostiak, rôdait à distance comme un chien de garde, pour voir si aucun danger, de près comme de loin, ne menaçait ses maîtres; c'est en furetant ainsi qu'il avait découvert comme une haie d'herbes sèches et de branches de sapin, établissant une ligne de circonvallation en demi-cercle dont les deux extrémités se réunissaient par une ligne droite. Trois ouvertures fort étroites y étaient ménagées, ne pouvant livrer à la fois passage qu'à un seul homme; la trosième, large de deux mètres au moins, figurant l'entrée d'un chemin, donnait sur la plaine.

Une sorte de bûcher, construit en branches résineuses entremêlées d'herbes sèches, occupait le milieu de cet hémicycle.

Il était évident que toutes ces dispositions n'étaient pas l'œuvre du hasard, et qu'il importait de savoir dans quel but elles avaient été prises.

Mikhaël remarqua encore au delà de cette enceinte de nombreuses branches de pin, cassées à hauteur d'homme, lesquelles n'avaient pu être enlevées que pour servir à des usages domestiques, c'est-à-dire la cuisson des aliments. Le plus inquiétant était que ces traces semblaient révéler que des Cosaques avaient séjourné là, et qu'on courait le risque de les rencontrer en poursuivant sa route, les instructions qu'ils avaient reçues leur enjoignant peut-être de fouiller cette partie des steppes jusqu'aux rives de l'Obi.

Mikhaël s'empressa de rejoindre ses maîtres pour leur faire part de sa découverte et au besoin en conférer avec eux.

Son rapport était assez sérieux pour qu'on l'écoutât avec attention.

— Peste soit de cette race endiablée! s'écria Jean Guérin; il va falloir encore, bon gré, mal gré, guerroyer avec elle, chose d'autant plus désagréable que nous voilà tous réunis en famille.

— C'est vrai, répondit Pierre Kazanoff, et quand je songe que c'est ma présence et celle de ma mère qui vous exposent à ces dangers...

— Encore! s'écria l'oncle Jean d'un ton de reproche.

— C'est vrai, il est incorrigible, ajouta Demérian.

— Cher enfant! dit madame Kazanoff.

— Laissons cela, reprit Jean Guérin, ne songeons plus

qu'à nous mettre en défense pour leur faire payer le plus cher possible les ennuis qu'ils nous causent.

— Qu'ils s'attaquent à moi, maintenant que j'ai les bras libres!... et nous verrons... s'écria Pierre Kazanoff.

— Votre serviteur, mesdames et messieurs, dit brusquement une voix inconnue.

La trompette de Josaphat se serait fait entendre, qu'elle n'eût pas causé une émotion et une terreur plus grandes.

Nos personnages se retournèrent d'une seule pièce.

Un homme à moitié déguenillé, le visage hâve, les mains souillées, sa coiffure d'une main et sa carabine de l'autre, se tenait devant eux, saluant jusqu'à terre.

L'oncle Jean, Demérian, Labarre, Pierre Kazanoff et Mikhaël avaient d'un mouvement précipité ramené et saisi leurs carabines qu'ils portaient en bandoulière.

— Eh quoi! Pierre Kazanoff méconnaîtrait son ancien compagnon du pocélénié, un pauvre condamné politique [1], à qui sa disparition subite a permis de prendre à son tour la clef des champs!

— C'est vous? vous? répéta Pierre Kazanoff en le regardant avec une sorte de défiance.

— Je suis Ruskof, et Lazareff n'est pas loin; Stiéglitz et Alexis ont été tués, pauvres amis!

— Oui, je vous reconnais maintenant.

— C'est, par saint Serge! que les tailleurs sont aussi rares dans les steppes que les lavabos et les serviettes, et puis nous avons sottement omis d'emporter du linge de rechange, dit Ruskof en riant.

---

[1] Les pocéléniés ou lieux de détention renferment indifféremment des meurtriers, des voleurs, des vagabonds et des bannis politiques.

— Mais comment avez-vous fait pour échapper à ceux qui nous poursuivent avec un si grand acharnement?

— Nous avons d'abord emprunté fort poliment quatre carabines et force munitions à l'un des commerçants nomades qui promènent leurs marchandises à travers les steppes, de village en village, de campement en campement, pour les échanger contre des fourrures... aussitôt armés, nous nous sommes mis franchement en guerre contre les Cosaques, les traquant, leur tendant des piéges, et reculant toujours pour gagner la mer.

— Et vous vivez...? demanda Pierre Kazanoff.

— Du gibier que nous tuons pendant nos marches, et enfin nous nous désaltérons aux sources que l'été a mises partout à notre disposition.

A ce moment, trois coups de sifflet très-brefs se firent entendre.

— Que veut dire ceci? demanda vivement Guérin.

— C'est Lazareff qui m'annonce qu'il se passe quelque chose de sérieux dans la plaine.

— Lazareff?... demanda Pierre Kazanoff.

— Il est là, faisant à son tour faction sur l'arbre le plus haut de la forét. C'est lui qui tout à l'heure m'a prévenu de votre arrivée... Oh! nous ne sommes pas gens à nous laisser surprendre... Mais tenez, le voici!

Lazareff, aussi déguenillé que son compagnon, se tenait effectivement à quelques pas, dans l'attitude d'un homme bien élevé qui se trouve subitement en face de personnes de sa condition.

— Qu'y a-t-il? lui demanda Ruskof.

— Des gens, toujours les mémes, qui nous cherchent.

Une immense lueur éclaira brusquement toute cette partie de la forêt.

Page 247.

— Sont-ils nombreux?

— Huit, il me semble; ils se sont arrêtés à mi-chemin de la montagne que nous occupions il y a quelques jours, et comme ils ne manqueront pas d'y relever les traces de notre passage, j'ai la conviction qu'avant un quart d'heure ils auront franchi la distance qui les sépare de nous.

— Qu'ils se hâtent, répondit Ruskof.

— Ils se hâteront, n'en doutez pas, poursuivit Lazareff; n'ont-ils pas juré que tous les échappés des mines seraient pris, knoutés à mort et pendus par eux avant la fin de la saison du jour?

On voit tout de suite que ces bonnes gens ont besoin de rentrer chez eux pour battre l'orge et le blé que leurs femmes ont été obligées de récolter en leur absence; mais plus d'un restera dans les steppes pour y servir de pâture aux bêtes fauves.

— Certes, nous en connaissons, pour notre part, une demi-douzaine qui sont couchés là-bas et n'auront pas une fin plus glorieuse, répliqua Pierre Kazanoff.

— Mais que prétendez-vous faire en ce moment? demanda Jean Guérin, qui aimait les situations nettes.

— Vous ne tarderez guère à le savoir, monsieur, répondit Ruskof; seulement je vous prierai de nous laisser agir. En attendant, vous feriez bien de tirer vos équipages de dessous ces arbres, afin qu'ils soient prêts, ne fût-ce que pour ces deux dames, à reprendre leur course à travers les lacs et les marécages.

S'il ne vous déplaisait point ensuite de tirer, à l'occasion, quelques coups de carabine sur ceux qui pourraient nous échapper, rien ne serait plus facile; il vous suffirait de rester à l'affût de ce côté, à une centaine de mètres en avant de la place que nous occupons.

Et Ruskof, sans attendre de réponse, s'éloigna, suivi de Lazareff.

Les deux échappés des mines, dont le piége était préparé depuis quelques jours, allumèrent rapidement le bûcher fait de branches de sapin, de brindilles sèches, de feuilles mortes, et dont la fumée passa bientôt à travers les arbres pour monter droit au ciel, ce que leurs ennemis, toujours à leur poste d'observation, aperçurent aussitôt.

Les Cosaques ne pouvaient s'y méprendre, il y avait bien là un campement quelconque, celui, peut-être, des gens qu'ils cherchaient avec tant de persistance, et qui leur faisaient tenir la campagne depuis si longtemps.

Leur hésitation ne fut pas longue.

Mais laissons parler Lazareff, qui avait regagné le faîte de son arbre, pour tenir son compagnon au courant de ce qui se passait.

— Ils ont aperçu notre fumée, disait-il, et les voilà plus animés que s'ils recevaient une volée de coups de fouet; ils se la montrent comme s'il s'agissait d'une vision céleste. — Bon!... ils descendent la montagne pour rejoindre leurs chevaux... Très-bien, les voilà en selle! Hurrah! toute la sotnia semble charger à fond de train.

A nous maintenant!

Lazareff descendit de son arbre pour rejoindre son ami.

Chacun prit alors au bûcher une branche de sapin complétement embrasée et courut au poste qu'il s'était assigné.

Il était temps, le galop des chevaux, dont les sabots martelaient le sol avec une admirable précision, ne tarda pas à se faire entendre.

Quelques minutes plus tard, les huit Cosaques, après avoir attaché leurs montures aux premiers arbres qu'ils avaient rencontrés, pénétraient sous bois en suivant la direction où Ruskof et son compagnon venaient de les attirer.

Ils s'y étaient complétement engagés, quand une immense lueur accompagnée de crépitements terribles éclaira brusquement toute cette partie de la forêt.

XVIII

LA GRANDE ÉTAPE.

Aussitôt des exclamations affolées, des cris lugubres, des hennissements de chevaux épouvantés par le feu, retentirent au milieu de l'incendie.

Jean Guérin, Demérian, Labarre et Pierre Kazanoff, qui n'avaient pas compris d'abord les paroles ambiguës de Ruskof, en eurent vite l'explication. Ils se jetèrent tous dans la steppe, pendant que Mikhaël et Tobie, qui s'étaient élancés sur les voitures, les conduisaient à quelques centaines de mètres plus loin, pour les mettre en sûreté, ainsi que madame Kazanoff et Marie Rose, qui, très-effrayées, avaient vite repris leurs places dans la berline.

Les chevaux laissés par les Cosaques à l'entrée de la forêt, rompant leurs brides dès le premier moment, s'éparpillaient dans la plaine avec une incomparable vitesse.

Ruskof et son compagnon, qui s'étaient réservé la possibilité de fuir, avaient de leur côté bondi hors du cercle embrasé, et couraient devant le feu, qui allait rapidement s'étendre à toute la forêt.

Les craquements formidables des branches qui se tordaient en tombant au milieu du brasier, les cris rauques, prolongés, des bêtes fauves, et les notes stridentes, criardes, des oiseaux, que les flammes et la fumée délogeaient, les unes de leurs repaires, les autres de leurs nids, emplissaient l'air.

Pas un Cosaque n'avait pu franchir la barrière de feu qui l'enveloppait et devenait à chaque instant plus profonde.

Rien n'était plus horrible, plus terrifiant, que d'entendre les clameurs désespérées de cette multitude d'êtres se tordant, brûlés et étouffés, au milieu de cette immense fournaise qui déjà projetait sa chaleur dévorante sur la steppe.

L'oncle Jean, par un mouvement en quelque sorte automatique, avait entraîné ses compagnons du côté où stationnaient ses équipages. De là, tous regardaient dans une profonde consternation le spectacle aussi saisissant, aussi déchirant que grandiose, qu'ils avaient sous les yeux.

C'était la première fois qu'ils assistaient les uns et les autres à un pareil acte de sauvagerie.

Marie-Rose était pâle et tremblante.

Seule, madame Kazanoff avait conservé un visage impassible. Elle songeait de nouveau à son fils, garrotté comme un criminel, et que sans ses amis, sans elle, on eût livré au dernier supplice... elle devenait cruelle à son insu.

Ruskof et Lazareff, certains qu'ils n'avaient plus rien à

32

craindre de leurs ennemis, s'empressaient de rejoindre la petite troupe de Jean Guérin.

Leurs vêtements en lambeaux, leurs visages enflammés, leurs yeux rouges et gonflés, les faisaient ressembler à des démons échappés de quelque orgie infernale.

Jean Guérin eut un frisson en les regardant.

— Encore huit de moins! s'écria Ruskof, puis il ajouta après un moment : Mais cette forêt qui brûle, bien que cet événement soit fréquent dans la saison où nous sommes [1], peut donner l'éveil à ceux qui nous poursuivent.

— Sans compter, fit observer Pierre Kazanoff, qu'il ne nous serait pas possible de rester plus longtemps sous cette immense lueur qui nous grillerait tout vivants.

Sur l'invitation de Jean Guérin, Ruskof et Lazareff prirent place dans la kibitka, en compagnie de l'ingénieur et d'Armand Labarre.

L'oncle Jean monta dans la berline, où se trouvait une place vacante.

Le traîneau, resté au premier rang, et dont Mikhaël et Tobie avaient repris possession, partit comme un éclair, en imposant sa vitesse aux autres véhicules.

— Par saint Michel! qu'il est bon d'aller un peu en voiture après deux mois de vagabondage dans les bois! s'écria Lazareff.

— Cela repose les pieds, sans parler des chaussures dont le cuir a le grand tort de ne pas repousser, ajouta Ruskof en montrant des bottes qui avaient plus d'évents qu'une baleine.

---

[1] D'immenses incendies éclatent souvent en été dans les forêts de la Sibérie. Ils sont occasionnés, soit par le frottement des branches d'arbres résineux, soit par la foudre, soit encore par le brasier qu'un chasseur a laissé derrière lui.

La conversation avait pris un autre tour dans la berline, où l'on se trouvait plus en famille.

— Mon cher oncle, disait Marie-Rose, que je voudrais être de retour en France, où les campagnes sont si belles! que je voudrais être loin de ce vilain pays, où le sol n'est tour à tour qu'un composé de terre inculte, de glace et de boue !

— C'est que ce vilain pays, ainsi que tu l'appelles bien injustement, attend encore son heure pour se transformer en une fertile contrée où de nouvelles générations bâtiront des villages et peut-être même de grandes villes.

— Mais il l'attend alors depuis la création du monde, cher oncle Jean, et devrait depuis longtemps avoir perdu patience.

— Il n'est pas encore aussi vieux que tu le dis.

— Comment ! ce sol ne serait pas aussi ancien que le monde?

— Non, très-certainement, puisqu'il ne serait tel que nous le voyons, Cuvier l'affirme, que depuis la dernière révolution qui a bouleversé la terre.

« En examinant bien, dit cet homme de génie, tout ce qui s'est passé à la surface du globe depuis qu'elle a été mise à sec pour la dernière fois, et que les continents ont pris leur forme actuelle, au moins dans leurs parties les plus élevées, l'on voit clairement que cette dernière révolution, et par conséquent l'établissement de nos sociétés actuelles, ne peuvent pas être très-anciens.

« C'est en effet à compter de cette retraite des eaux que nos escarpements actuels ont commencé à s'ébouler et à former à leur pied des collines de débris; que nos fleuves actuels ont commencé à couler et à déposer leurs alluvions; que notre végétation actuelle a commencé à s'étendre et à produire du terreau; que nos falaises actuelles ont commencé à être ron-

gées par la mer; que nos dunes actuelles ont commencé à
être rejetées par le vent; tout comme c'est de cette même
époque que des colonies humaines ont commencé à se répandre
et à former des établissements dans les lieux où la nature le
permettait. »

Nous trouverions facilement autour de nous, en fouillant le
lit des rivières et l'embouchure des fleuves, les ossements de
grands animaux fossiles, tels que des éléphants, des rhino-
céros, des bœufs et des cerfs, qui se trouvent souvent mêlés
dans les dépôts de transports aurifères des flancs des monts
Ourals, ce qui indique, comme l'a fait observer M. de Hum-
boldt, que ces montagnes ont été soulevées à une époque
géologique fort récente.

Ces restes sont surtout très-nombreux, je le répète, dans
les plaines septentrionales de la Sibérie, que nous traversons
en ce moment.

On y rencontre aussi, ma chère nièce, un grand nombre de
cavités ou cavernes qui ont dû se former à la même époque.
Et de fait, en admettant que les montagnes aient été produites
par des soulèvements, le mouvement imprimé aux masses qui
les composent, et surtout les renversements qui en ont été la
suite, ont dû créer un grand nombre de vides dans l'amas de
décombres qui en est résulté.

— Alors, mon oncle, le monde dont nous faisons partie
serait vraiment sorti tout entier d'un monde précédent?

— Cela ne peut faire aucun doute, et de nombreux savants
ont même cru pouvoir affirmer que l'homme n'a fait son
apparition sur la terre qu'à l'époque du dernier bouleverse-
ment.

— Ah! mon cher oncle, que je voudrais pouvoir soulever

toute cette terre et toutes ces eaux, pour voir les traces de ce pauvre vieux monde !

— Je te comprends, ma petite Marie-Rose ; mais ce double fardeau serait un peu bien lourd pour tes jeunes bras. Ensuite, il ne serait point nécessaire de faire une si grosse besogne pour voir clair dans le passé. On pourrait découvrir dans les environs, ainsi que dans toute la Sibérie méridionale, les traces d'un peuple qui a disparu après avoir atteint un certain degré de civilisation.

On y rencontre fréquemment d'anciens *tumulus* ou collines sépulcrales que les Tatars appellent tombeaux de Kathayens (Lit-Katéi), et dont les ornements d'or et d'autres métaux prouvent l'état florissant de la nation ancienne qui les éleva.

Dans la rivière d'Abakan et dans celle de Tchoulim, on a découvert des statues et des colonnes grossières de sept à neuf pieds, chargées d'inscriptions en caractères inconnus, et auxquels on a cru cependant trouver une sorte d'analogie avec plusieurs lettres grecques et esclavonnes. On n'a pu néanmoins rien en conclure, sinon que ces pierres sépulcrales, ces colonnes et ces statues avaient bien pu servir à un culte religieux qui n'a pas laissé d'autres traces.

Il y a encore les Hakas, qui faisaient, par l'entremise des Khazars, lesquels, on le sait, dominèrent pendant plusieurs siècles sur le Volga et sur le Don, un grand commerce de leurs fourrures, de leurs chevaux, de leur or et de leur argent avec les nations occidentales, dont ils tiraient des étoffes et d'autres objets. Ce commerce contribua à les enrichir, et, bien qu'ils fussent nomades, ils s'accoutumèrent très-vite à une sorte de faste qui se montrait surtout à la cour de leur *agé* ou roi : de là, la grande quantité d'ornements en or et en argent qu'on a trouvés dans leurs tombeaux.

Le monde, tu le vois, ma chère nièce, passe par des transformations successives. Un désert d'abord; puis les villes naissent, grandissent et disparaissent : la terre reprend tout ce qu'elle a donné et l'enfouit à nouveau pour des siècles.

— Oui... Eh bien, ce peu que nous sommes, mon oncle, m'afflige, dit Marie-Rose, qui avait écouté Jean Guérin avec toute l'intelligence, toute la force d'intuition qui était en elle. Si au moins le souvenir de ce que nous avons été, de ceux que nous avons aimés, de tout ce que nous avons vu, pouvait toujours nous suivre, nous accompagner et flotter avec nous dans un monde immatériel qui ne périrait jamais, et d'où nous pourrions continuer de voir ce qui se passe sur la terre que nous avons habitée!... Ah! mon oncle, pourquoi cela ne serait-il pas?

— Tu oublies le paradis, ma chère petite sœur, répondit Demérian.

— Cela est vrai, ajouta Jean Guérin en souriant.

Mikhaël et Tobie, qui avaient fini par se comprendre assez facilement, ne laissaient pas de philosopher à leur manière dans le traîneau, qui continuait de pointer devant lui avec la rapidité et la rectitude d'une flèche.

— C'est égal, les tramways de Paris auront beau faire, ils n'iront jamais aussi vite que notre traîneau, disait Tobie, rapportant tout à son pays d'origine.

— Eh bien, répondait l'Ostiak, c'est que les chevaux de ton pays ne valent pas les nôtres.

— Ils sont meilleurs, répliqua Tobie, qui avait son amour-propre.

— Ah! fit l'Ostiak avec un air gouailleur.

— Oui, parce que le tramway est une grosse voiture, et qu'ils la traînent avec quarante personnes dedans et dessus, et qui sont de toutes les grosseurs.

— Quarante personnes! s'écria Mikhaël très-étonné.

— Et souvent encore il y a des femmes qui portent de petits enfants dans leurs bras et des paquets sur leurs genoux, tandis que ton cheval ne traîne que nous deux et très-peu de chose avec ça.

— Alors, ce sont les chevaux de ton pays qui sont les plus forts; voilà tout, répliqua Mikhaël, à qui cette particularité était fort indifférente.

— Et puis ils sont bien mieux peignés, et ils ont de plus beaux harnais et de plus belles brides.

— On m'a dit aussi qu'ils mettaient de grandes bottes pour traverser les marécages, afin de ne pas se mouiller les jambes, répliqua l'Ostiak en se moquant.

— D'abord, il n'y a pas de marécages à Paris; on y trouve partout de très-beaux chemins que l'on appelle des rues; elles sont très-unies, et on les balaye tout le temps comme une chambre.

Mikhaël poussa un grand éclat de rire.

— Oui, c'est vrai, et de chaque côté il y a des trottoirs qui sont comme des petits chemins très-durs, très-unis, très-propres, pour les personnes qui vont à pied.

— Ça doit faire de belles routes.

— Très-belles; et puis il y a tout du long, des deux côtés, des maisons superbes qu'on éclaire tout le soir et toute la nuit comme l'intérieur d'une izba.

— Et qu'est-ce qu'on y mange? demanda l'Ostiak, que le récit de Tob finissait par intéresser.

— On y mange de tout : du bœuf, du veau, du mouton, du cochon, du poisson, du pain sec quelquefois, des gâteaux aussi, et puis toute espèce de choses excellentes ; on y mange encore des pommes de terre frites.

— Est-ce qu'on y mange de l'ours et du renne ?

— De l'ours, je crois que oui, mais pas beaucoup cependant ; d'abord il n'en vient guère. Après ça, on leur a peut-être fait peur du Jardin des plantes.

— Le Jardin des plantes... répéta Mikhaël.

— C'est un endroit où l'on met les ours en prison pour les empêcher de mordre le monde... et puis c'est qu'on les y met pour toute leur vie.

— C'est drôle, dit l'Ostiak... Et le renne ?

— Oh ! il y en a aussi dans le même jardin ; mais ils sont là pour se promener ; on ne les tue jamais pour les manger ; on ne les attelle pas non plus.

— C'est drôle, répéta Mikhaël.

— Dame... c'est ainsi qu'on fait.

— Et ils vivent longtemps comme ça ?

— Je crois que oui.

— Et quand ils sont morts, est-ce qu'on les mange ?

— Non... quand ils sont morts, on leur ôte la peau, on la bourre de paille et de fil de fer, puis on les plante sur leurs pieds dans un endroit où tout le monde va les voir.

— Pourquoi faire ?

— Pardine ! pour s'amuser.

— S'amuser à regarder un renne en paille !

— Mais oui.

Et Mikahël se tordait de rire.

— Est-il bête, ce Mikhaël ! murmura Tobie.

Presque toute la petite caravane avait déjà pris place.

Page 260.

On eût dit que l'été, dont le règne s'avançait, avait encore quinze jours de soleil en réserve, et qu'il avait pris le parti de le répandre en une seule fois sur la plaine.

Les chevaux, altérés et baignés de sueur, ralentissaient sensiblement leur course.

Mikhaël, qui, tout en causant avec Tobie, n'avait pas cessé un seul instant d'avoir l'œil sur ses attelages, dit tout à coup :

— Voilà nos pauvres bêtes qui demandent à boire et à manger.

— Tiens ! là-bas ! Mikhaël, à droite, il y a, si je ne me trompe, plusieurs cavernes tout près d'un petit lac d'eau douce. Les chevaux y trouveront à boire, et nous tous un lieu de repos pour le temps qu'il nous plaira, cria Pierre Kazanoff, qui avait remarqué l'inquiétude de l'Ostiak.

Ce dernier lui fit signe qu'il avait compris.

A quelque temps de là, on se trouvait devant les cavernes et le lac indiqués par l'ingénieur.

Ils étaient tels qu'on pouvait le souhaiter.

Il y avait largement place pour les voyageurs et les équipages.

L'installation ne fut pas longue.

Mikhaël, après s'être occupé des chevaux, était venu en aide à Tobie pour disposer les provisions sous l'immense voûte formée par les pierres de la caverne.

Jean Guérin, pendant ce temps, s'était adressé à Ruskof et à Lazareff.

— Maintenant, messieurs, leur avait-il dit, comme il n'est pas de détachement, si faible qu'il soit, dont les hommes ne doivent se reconnaître à première vue, vous voudrez bien permettre à votre chef de vous imposer l'uniforme de vos compagnons.

Et joignant aussitôt le geste à la parole, il avait remis à chacun d'eux une touloupe, un armiac, un bonnet de fourrure et une paire de bottes, qu'il avait extraits avec le reste des profondeurs de son traîneau.

— Oh! monsieur, s'écria Lazareff, voilà un de ces bienfaits qu'on ne saurait oublier.

— Et dont le souvenir rayonne plus tard comme une éclaircie au milieu de l'orage, ajouta Ruskof.

— En attendant, répondit Jean Guérin avec un sourire, ces vêtements vous rendront semblables à tout le monde, ce qui ne ne vous sera pas inutile dans votre situation; de plus, ils vous aideront à supporter la neige, qui ne tardera pas à nous rendre visite.

Lazareff et Ruskof, qui s'étaient retirés à l'écart, reparurent bientôt vêtus de neuf de pied en cap.

Ils avaient repris une partie de leur bonne mine naturelle.

— Hurrah pour notre chef! s'étaient-ils écriés en se retrouvant en présence de Jean Guérin.

— Fort bien! merci! dit l'excellent homme; nous allons voir maintenant si votre appétit peut entrer en ligne avec celui de vos compagnons.

— Notre appétit, monsieur, répliqua Ruskof, nous l'avons mis au croc depuis bientôt quinze heures; mais il est devenu si élastique depuis notre vie nomade, qu'il paraît et disparaît à volonté... pour ainsi dire.

— Eh bien, qu'il reparaisse! dit Jean Guérin.

Presque toute la petite caravane avait déjà pris place.

Jean Guérin, Ruskof et Lazareff en firent autant.

Mikhaël s'occupait à faire bouillir l'eau nécessaire à l'infusion du thé.

Enfin, il allait et venait, mangeant en marchant, faisant tout à coup un crochet pour surveiller les chevaux, et plus vite encore un bond pour répondre aux appels réitérés de ses maîtres aussi bien qu'à ceux de Ruskof et de Lazareff, dont le service en ce moment était assez rude.

Le repas touchait à sa fin.

On achevait de boire le thé, et Marie-Rose s'était levée pour faire quelques pas avant de remonter en voiture, quand elle s'arrêta tout à coup en poussant un cri aigu.

Une ourse de grande taille, en sentinelle à dix pieds au-dessus de l'entrée de la caverne où nos voyageurs se trouvaient réunis, semblait prête à fondre sur eux.

XIX

UN AMI DANS LE DÉSERT.

Au cri poussé par Marie-Rose, sept hommes se précipitè-
rent vers elle, leur carabine à la main.

Ils étaient suivis de Tobie, armé de son innocent couteau,
lequel n'avait pas quitté sa ceinture depuis son arrivée en
Sibérie.

— Ah! mon Dieu! un ours! s'écriait la jeune fille épou-
vantée.

Et elle désignait du doigt la partie supérieure de la caverne.

Tous les yeux se portèrent de ce côté.

— C'est une ourse, et non un ours, ma chère nièce,
répondit l'oncle Jean. Regarde!... voilà deux de ses petits
qui viennent se ranger auprès d'elle.

— C'est vrai... Oh! qu'ils sont mignons! s'écria la jeune fille, un peu remise de sa frayeur; il ne faut pas les tuer.

La mère des oursons restait impassible, les yeux fixes, comme si elle cherchait à deviner l'intention des voyageurs.

— Elle s'inquiète, à cause de ses petits, de ce que nous allons faire, fit observer Demérian.

— C'est fâcheux, mais il faut la laisser tranquille, dit l'oncle Jean.

— Oh! oui, il faut qu'elle puisse élever sa petite famille, ajouta Marie-Rose attendrie.

— Parbleu! reprit Armand Labarre, afin que tous ces petits féroces puissent un jour, comme père et mère, croquer les pauvres voyageurs.

— Et si elle allait se précipiter sur nous? dit madame Kazanoff.

— Chère mère, il n'y a nul danger tant que nous resterons à l'écart; elle se sait trop nécessaire à ses nourrissons pour attaquer la première, mais elle deviendrait terrible si elle les voyait menacés... Tenez, voilà qu'elle se retire dans son gîte en poussant ses oursons devant elle.

— Le père va peut-être venir, lui, pour se jeter sur nous? dit Marie-Rose.

— Quant à cela, il n'y a rien à craindre, mademoiselle, répliqua Pierre Kazanoff; l'ours est un mauvais père, toujours prêt à dévorer ses petits, absolument comme s'ils appartenaient à une espèce étrangère; aussi faut-il les lui cacher avec le plus grand soin. Heureusement le mâle et la femelle vivent séparés souvent par une grande distance.

— Allons, mes amis, dit l'oncle Jean en rompant la conversation, puisque nous voilà tous aussi rassasiés que reposés, il faut laisser ces gracieuses bêtes tranquilles et poursuivre notre chemin. Il est utile, d'ailleurs, de profiter de ce qui nous reste de la saison du jour pour avancer notre voyage; car dans quelque temps nous pourrions avoir à compter avec la neige.

— Sitôt, mon oncle?

— Oui, ma chère enfant.

— Oh! j'en frissonne d'avance! s'écria Marie-Rose.

— Mikhaël et Tobie, reprit Jean Guérin, ramassez la vaisselle, les couverts, ainsi que le reste des provisions, et remettez cela dans le traîneau, afin que nous soyons repartis avant un quart d'heure.

L'Ostiak et le jeune Parisien se hâtèrent d'obéir.

On se remit effectivement en marche au moment indiqué, après avoir acquis la certitude que l'ourse était retournée fort tranquillement dans la retraite où elle s'était remisée avec ses chers élèves.

Les chevaux avaient retrouvé leurs jambes et les voyageurs leur entrain. Ruskof et Lazareff surtout, dont la vie s'était subitement transformée, ne se sentaient pas de joie.

— Mon cher Lazareff, disait Ruskof, je ne sais si vous êtes comme moi, mais tout mon pauvre corps est en fête d'être si bien vêtu et si complétement rassasié.

— Je vous répondrai, mon cher ami, que nos sensations sont exactement pareilles, aussi pareilles que toutes les pièces de notre vêtement. J'ajouterai que je me sens tellement fort, tellement résolu depuis une heure, que j'entrerais en lutte, s'il le fallait, contre tous les Cosaques et tous les ours du pôle nord.

— Moi de même, reprit Lazareff.

— Il est fâcheux, vraiment, que la plaine soit si complète-
ment déserte, fit observer Pierre Kazanoff.

— Ne nous en plaignons pas trop, monsieur Kazanoff, car
nous sommes tous fort intéressés, ce me semble, à trouver
les chemins libres, dit Armand Labarre, très-préoccupé du
trésor qu'il portait dans sa ceinture de voyage.

Cette préoccupation n'était pas moins tenace chez Jean
Guérin et Demérian. Plus ils se rapprochaient des limites de la
Sibérie, plus une sorte d'anxiété s'emparait d'eux, et cela sans
qu'ils échangeassent un mot sur leurs mutuelles inquiétudes.

Marie-Rose seule avait l'esprit libre, et bien qu'elle ne pût
ignorer les dangers qu'ils couraient tous au milieu de cet
immense désert, elle comptait si bien sur l'énergie de ceux
qui l'accompagnaient, qu'elle ne songeait à ces mêmes dangers qu'avec la certitude qu'ils en triompheraient comme des
autres.

La mère de Pierre Kazanoff, tout en ne cessant de prendre
part à la conversation de Jean Guérin, de Demérian et de
Marie-Rose, vivait dans un état permanent de fièvre depuis
qu'elle avait vu son fils au pouvoir des soldats du tzar. Il
était là dans la kibitka, la suivant à quelques pas ; mais il lui
semblait qu'il eût été plus en sûreté assis auprès d'elle, puis
elle eût voulu en finir d'un seul coup avec les catastrophes
qui pouvaient les atteindre.

— Chère madame, lui dit Marie-Rose qui venait de poser
affectueusement ses mains sur celles de la pauvre femme, on
dirait que vous avez le frisson?

— Ce n'est rien, ma chère enfant, cette sorte d'agitation
ne me quittera que le jour dix fois heureux où nous aurons
mis le pied sur une autre terre.

34

Il me semble qu'ici tout nous menace, mon fils et moi, que chaque objet est prêt à se tourner contre nous.

Tout ce qui vole dans l'air, tout ce qui chemine à l'horizon, me paraît un ennemi.

Cet immense peuple composé de cent millions d'êtres humains, si instruit, si civilisé, si fastueux dans les grandes villes, et si rude, si sauvage, si ignorant ailleurs, m'apparaît comme une antithèse redoutable.

Ces solitudes effrayantes où le regard se perd, où le soleil brûle, où le froid torture, où le vent tord, déchire et balaye tout ce qui se trouve sur son passage, où la neige nous engloutit, où des murailles de glace, hautes parfois de dix-huit cents pieds, ferment la mer, où l'homme est compté pour si peu, qu'on y sème sa chair comme un engrais pour les échauffer, me sont odieuses.

Madame Kazanoff avait prononcé cette sorte d'imprécation d'une voix claire et stridente, les mains crispées.

— Chère madame, dit l'oncle Jean, chaque pays porte en soi ses germes de division, de malaise... et quelquefois de mort. Celui-ci est trop vaste pour que les yeux du maître qui le gouverne puissent le surveiller dans toute son étendue. Son pouvoir ne peut s'exercer que par de nombreuses délégations, et il s'énerve à mesure qu'il s'éloigne de son centre d'action. Aucune plainte ne pouvant lui parvenir de si loin, étouffée qu'elle est aussitôt par une nuée de fonctionnaires avides, tyranniques, l'injustice s'y perpétue et vient en aide au climat pour y étouffer tout les ferments de civilisation. Mais ces considérations ne sauraient plus guère vous toucher, chère madame, car le moment n'est pas loin où tout ce qui vous trouble et vous agite ne sera plus qu'un mauvais rêve.

— Dieu le veuille! répliqua la pauvre femme en hochant la tête.

— Il le voudra, soyez-en bien certaine, ajouta Marie-Rose.

— Et comme ma petite sœur n'a jamais menti..... qu'à son frère, vous pouvez être complétement rassurée, madame, reprit Demérian, qui éprouvait le besoin de lancer une note gaie dans la conversation.

— Vilain frère! me calomnier ainsi!

— Comment! ne m'as-tu pas dit vingt fois que tu travaillais à merveille à ta pension, et ne m'es-tu pas revenue quelques jours après avec deux cents lignes de pensums?

— C'était par injustice qu'on me les avait donnés.

— Par injustice!... je me hâte alors de faire une large rature sur ma phrase.

— C'est ton devoir... rien de plus, dit Marie-Rose.

— Certainement, ma chère sœur, et je l'accomplis.

Madame Kazanoff devint tout à coup radieuse; son fils venait de quitter la kibitka afin d'aller s'asseoir sur le traîneau, à côté de Mikhaël. Tobie lui avait cédé sa place pour s'installer sur les objets qui encombraient l'arrière du véhicule, où il était fort mal logé, on peut le croire; mais ce n'était pas un garçon, nous le savons déjà, à s'inquiéter de si peu de chose.

Pierre Kazanoff, qui ne cessait de surveiller la plaine, venait de reconnaître certains points de repère lui donnant l'assurance qu'ils se trouvaient à cinq verstes environ d'un village composé d'une douzaine de petites maisons quasi abandonnées, et où il serait facile de prendre un repos de quelques heures; il y avait séjourné deux années auparavant, alors qu'il y avait été envoyé comme ingénieur par une compagnie dont le rêve était d'établir là un entrepôt, ou plutôt un comptoir où l'on échangerait des marchandises d'Europe contre des fourrures et autres produits naturels de la Sibérie septentrionale. Les études terminées, le projet en était resté là.

Pierre Kazanoff avait l'assurance que ces yourtes n'avaient pas été détruites.

Mais il s'agissait, pour y parvenir, de se diriger pendant quelques heures à travers une région où se rencontrait un certain nombre de petits lacs.

L'ingénieur prit donc les rênes des mains de l'Ostiak, pour éviter les accidents.

Le trajet se fit très-heureusement en moins de trois heures; mais une grande surprise attendait nos voyageurs à leur arrivée.

Les douze cabanes décrites par Pierre Kazanoff avaient complétement changé d'aspect, et de plus on y avait ajouté des constructions nouvelles très-étendues.

La bruyante arrivée d'un traîneau suivi d'une berline et d'une kibitka, tous trois remplis de voyageurs et traînés par cinq chevaux, attirèra une quarantaine d'habitants qui parurent sur le seuil de leurs portes, au milieu des joyeux aboiements de leurs chiens.

Effrayés à la vue de tout ce monde, en même temps qu'assourdis par ce tintamarre, nos voyageurs étaient sur le point de tourner bride, quand un homme d'une trentaine d'années s'élança vers la kibitka, dont il arrêta les chevaux.

Deux cris alors partirent en même temps :

— Armand Labarre !

— Bernard !

Armand Labarre avait immédiatement sauté à terre, et les

deux hommes s'étaient jetés dans les bras l'un de l'autre, au grand ébahissement de ceux qui les entouraient.

Labarre, dégagé de cette étreinte, se tourna brusquement vers Demérian.

— Bernard ! c'est Bernard ! lui cria-t-il.

— Je le reconnais parbleu bien... dit Demérian en serrant à son tour les mains de son ancien camarade de collège.

— Ah! mes amis!... quelle surprise, je devrais dire quelle stupéfaction de vous voir ici!... C'est une hallucination, un mirage bien certainement.

— C'est la vérité pourtant... dit Armand Labarre.

— Puisque c'est bien vous... entrez au moins chez moi, que nous causions de cela ensemble.

— Chez toi! mais nous sommes dix en tout, dont deux dames ; fais attention... reprit Demérian.

— Vous seriez le double et quatre dames, que je ne vous supplierais pas moins d'accepter mon hospitalité pour le plus de temps possible ; je ne suis pas ici dans mon petit appartement des Champs-Élysées ; vous le verrez vous-mêmes.

Bernard courut aussitôt offrir la main à madame Kazanoff et à Marie-Rose, pour les aider à descendre de voiture.

Quand tous les voyageurs eurent mis pied à terre, Bernard se tint au bas de l'escalier, afin de leur indiquer l'entrée de la maison ; puis s'adressant à un groupe d'hommes qui semblaient être à son service :

— Nicolas, Alexis, Ivan, aidez ce cocher et ce petit domestique à mettre leurs voitures sous les remises et leurs chevaux à l'écurie... vous vous occuperez ensuite de fournir aux besoins des uns et des autres.

Ceci avait été dit en langue russe.

Ces ordres donnés, Bernard s'empressa de rentrer dans la maison, où il trouva ses hôtes plongés dans le plus grand étonnement, par suite de l'étrange spectacle qu'ils avaient sous les yeux.

L'habitation très-originale que Bernard s'était fait construire, disons-le d'abord, était vaste, très-élevée, très-solide et entièrement en bois.

On y montait par de larges degrés. Elle était enclavée dans un groupe de petits bâtiments qui avaient des destinations spéciales ; les uns servaient aux bains, les autres contenaient des provisions de bouche, des combustibles, etc. Derrière ces annexes s'étendait une double ligne de hangars fermés, bâtis en fortes planches et disposés de façon à former une vaste cour.

Ces hangars étaient divisés d'un côté en très-grandes chambres, et de l'autre en vastes ateliers.

Nos voyageurs, après avoir pénétré dans la *chambre de l'hôte*, celle que les Russes désignent sous le nom de l'*obras*, c'est-à-dire le lieu consacré aux images des saints, lesquelles sont constamment entourées de cierges votifs et de fleurs artificielles, nos voyageurs, disions-nous, étaient passés dans une grande salle que Bernard occupait particulièrement.

Cette pièce, qu'un Parisien n'eût jamais prise pour une pièce d'habitation, était encombrée d'une multitude d'objets les plus disparates : des peaux de bêtes féroces se trouvaient entassées sur des chemises en fil d'ortie et des blouses en membranes de poisson. On y voyait des ballots de thé, du tabac, des dents de mammouth, des somavars, des armes neuves et brillantes, des armes rouillées, des chapelets de boutons, des horloges, de la bijouterie, le tout entremêlé

Bernard se tint au bas de l'escalier, pour leur indiquer l'entrée de la maison...

Page 269.

de marchandises courantes, telles que vêtements d'homme et de femme, ustensiles de cuisine, fruits de Boukarie et poches de *castoreum* (poches de castor, qui contiennent une matière qu'on emploie en Russie comme médicament), et beaucoup d'autres choses.

— Eh bien, mesdames et messieurs, mon bazar ne ressemble guère aux brillants magasins de Paris, n'est-ce pas?

— Oh! mais pas du tout, monsieur! dit Marie-Rose en souriant.

— Cela importe peu, du moment que cet amas de choses hétéroclites peut contribuer à ta fortune, dit Armand Labarre.

— Cela marche très-bien, très-bien, répliqua Bernard; mais, je vous en prie, veuillez me suivre dans la pièce qui fait suite à celle-ci; il me sera au moins permis, en attendant mieux, de vous offrir des siéges.

La chambre où Bernard conduisit alors ses hôtes était aussi vaste que les précédentes.

On y voyait un large dressoir et une table autour de laquelle vingt personnes pouvaient tenir commodément assises; elle occupait le milieu de la pièce. C'était d'ailleurs le seul endroit de la maison où la vie en commun était possible; aussi servait-il de salon et de salle à manger.

— Tu te plais beaucoup ici, si je me souviens des termes de la lettre que tu m'as envoyée d'Irkoutsk, où tu étais sans doute de passage, dit Armand Labarre.

— Précisément; il paraît que tu l'as très-exactement reçue; j'ai craint un moment qu'elle se perdît en route.

— Je l'ai reçue avec le papier d'or qu'elle contenait, et dont je saisis l'occasion de te remercier.

— Il me semble que c'est renverser les situations, et que...

35

— Pas du tout... nous causerons de cela plus tard... et tu comprendras alors que je suis à mon tour devenu ton obligé.

Il y a là une histoire très-intéressante que je te conterai un peu plus tard.

— Je l'entendrai avec un extrême plaisir; mais il te sera très-difficile de me persuader que tu me doives dans tout ceci un grain de reconnaissance.

— Nous verrons. — En attendant, mon cher Bernard, tu t'es acclimaté dans ce triste désert?

— Oui, faute de mieux... Et d'abord, ce désert se compose d'une quarantaine de personnes, dont vingt-cinq sont mes ouvriers... et les quinze autres attachées à l'avant-poste russe.

— Un avant-poste russe! s'écrièrent les voyageurs.

— Il fait suite à mes bâtiments, de l'autre côté de l'église. Il y a là un ispravnik, et une douzaine de Cosaques sous ses ordres. Il y a encore le pope qui dessert la petite église dont j'ai parlé... Nous vivons tous trois en amis. Je leur ai appris à jouer au besigue; c'est quelquefois très-amusant. Ça me représente un de nos villages de France, avec M. le maire, M. le curé et le plus imposé de la commune.

— Nos voyageurs s'étaient tous levés.

Madame Kazanoff avait pâli affreusement.

— Mais qu'avez-vous donc? leur demanda Bernard très-surpris.

— Rien, monsieur... mais nous serions désolés de gêner quelqu'un, dit Jean Guérin.

— Gêner qui? le pope et l'ispravnik; ce sont les meilleures gens du monde, toujours ravis de rencontrer de nouveaux visages dans ce désert.

Tous deux seraient déjà ici, si l'un n'était auprès d'un malade et l'autre en tournée extraordinaire avec ses Cosaques.

— En tournée extraordinaire! s'écria Demérian.

Un grand bruit d'hommes et de chevaux se fit au dehors en ce moment.

— Le voici de retour. Je vais vous l'amener, dit joyeusement Bernard, qui sortit avec rapidité.

— Nous sommes perdus! s'écria Jean Guérin.

XX

CENT LIEUES SUR LES CATARACTES.

C'était en effet l'ispravnik et les Cosaques qui rentraient au logis.

Seulement le pauvre homme y rentrait avec une insolation complète. Son visage d'un rouge vif pelait outrageusement.

Les Cosaques et leurs chevaux étaient presque tous fourbus.

Rien n'était plus piteux que ce petit détachement.

Le soleil, la fatigue et les moustiques les avaient mis sur les dents.

Les hommes ne demandaient qu'à dormir à l'ombre, les chevaux qu'à s'étendre sur leur litière.

L'ispravnik fut aussitôt porté dans son lit, où les soins nécessaires lui furent prodigués par le pope, qui exerçait la médecine à sa manière.

Bernard était désespéré de ne pouvoir faire les honneurs de ses deux compagnons d'exil à ses hôtes.

Il revint auprès d'eux sous cette fâcheuse impression, s'excusant de l'impossibilité où il se trouvait de tenir sa promesse immédiatement, les assurant que c'était partie remise, car l'ispravnik ne tarderait guère à se remettre. Quant au pope, il allait évidemment se présenter de lui-même dès qu'il aurait donné les premiers soins à son nouveau malade.

— Très-bien, très-bien, qu'il ne se gêne pas, répondit Armand Labarre, ravi de l'incident, ainsi que ses compagnons.

— D'ailleurs, reprit Jean Guérin, nous n'avons qu'un temps bien court à vous consacrer, cher monsieur.

— Bien court! je ne le souffrirai pas; vous achèverez votre voyage un peu plus tard, car je compte bien vous conserver ici au moins un bon mois; il faut que vous le sachiez.

— Un jour serait beaucoup, monsieur, dit Jean Guérin.

Bernard fit un soubresaut.

— Comment! j'aurais le bonheur de recevoir ici, à deux mille lieues de Paris, des amis, des compatriotes, et ils ne me feraient pas l'honneur de s'arrêter chez moi plus d'un jour? absolument comme s'ils faisaient une visite à la campagne, à vingt kilomètres de chez eux... ce serait presque me déshonorer.

— Écoute, mon cher Bernard, dit Labarre.

— Je ne veux, je ne dois rien écouter. Et d'abord on va servir le dîner; nous verrons ensuite.

Le couvert mis à la française, le repas fut aussitôt apporté.

Il se composait de viandes fumées, de canards, d'oies sauvages, d'un esturgeon péché le matin, de caviar, de gâteaux et de confitures. Les vins avaient été tirés d'une grande armoire où les vins des meilleurs crus de divers pays étaient réunis en abondance.

Des trois domestiques qui servaient à table, pas un ne savait un mot de français.

On pouvait donc causer devant eux aussi librement qu'en leur absence.

Les vins et les mets étaient excellents; aussi Demérian se leva-t-il pour porter un toast à l'hôte qui les recevait d'une façon si gracieuse, qu'ils devaient la considérer comme une bonne fortune, et mieux encore, comme l'un des incidents les plus heureux de leur voyage.

Un pareil ami dans le désert ne pouvait leur avoir été envoyé que par la Providence.

Tous les invités applaudirent à ces paroles. Seule, madame Kazanoff restait silencieuse et inquiète.

— Eh bien, mesdames et messieurs, je ne croirai à la sincérité de vos remercîments que si vous consentez à prolonger votre séjour ici pendant quelques semaines.

— Cher monsieur, dit alors Jean Guérin du ton le plus sérieux, mon neveu, ma nièce et quelques amis sont venus, sur ma demande, me rejoindre dans ce pays, où je séjourne depuis deux ans en qualité de chimiste-photographe. Mes jeunes parents une fois ici, j'ai profité de leur désir de visiter une partie de la Sibérie, pour compléter une collection de vues déjà nombreuses, et qui doivent figurer à la grande exposition de photographie qu'on prépare au palais de l'Industrie pour le milieu de novembre. Le temps qui me reste pour regagner la France et organiser tous mes cadres est à peine suffisant. Prolonger notre séjour ıci en acceptant votre généreuse et charmante hospitalité, me ferait forcément perdre les fruits d'un travail de deux ans ; vous ne le voudriez pas, monsieur. Il faut songer ensuite que la neige et les glaces, qui guettent sournoisement la disparition du soleil pour reparaître à leur tour, pourraient bien, avant peu de temps, couvrir la steppe et fermer la mer, ce qui nous contraindrait à un hivernage que ma nièce et l'amie qui a bien voulu l'accompagner ne supporteraient pas.

— Cela est vrai, dit madame Kazanoff, qui parut frissonner à cette idée.

— Oh non ! bien certainement, ajouta Marie-Rose.

— Vous voyez, monsieur, que nos instants sont bien comptés, reprit l'oncle Jean.

— Hélas ! oui ; mais vous ne sauriez croire à quel point je le regrette. J'avais un gracieux écho de Paris chez moi, et voilà tout à coup ma pauvre maison qui va redevenir triste et muette.

— Mon cher ami, répliqua Labarre, n'est-on pas contraint de se rappeler à chaque instant ces paroles célèbres de Bossuet :

« L'homme s'agite, et Dieu le mène. »

— C'est juste, et je vous aurai vus passer, fuyant comme une volée d'hirondelles.

— Un peu lasses, et à qui tu auras bien voulu accorder la table, et de plus une hospitalité de quelques heures, dit Labarre en frappant sur l'épaule de son ami.

— Et cela faute de pouvoir mieux faire, ajouta Bernard.

Un domestique vint prévenir que les chambres de repos de ces dames et de ces messieurs étaient prêtes.

. . . .

Huit heures plus tard, la petite caravane se remettait en route, rafraîchie et reposée.

Bernard l'accompagnait.

L'ispravnick, encore au lit, n'avait pas paru; seul, le pope, laissant un moment ses malades, était venu saluer les amis de son voisin, et appeler les bénédictions du ciel sur leur voyage.

Bernard s'était placé entre Labarre et Demérian dans la kibitka, dont Ruskof et Lazareff occupaient le fond.

Le soleil brillait; le règne de l'été durait encore.

Il fallait se hâter d'atteindre les rives de l'Obi avant que ce fleuve se trouvât dans l'obligation de charrier ses premières glaces, car l'hiver pouvait devancer l'heure.

Le temps, d'ailleurs, commençait à peser à nos explorateurs, ainsi qu'il arrive à la fin de tout long voyage.

La curiosité satisfaite, le corps éprouve le besoin de reprendre ses premières habitudes, et l'esprit de retourner à ses anciens sujets de distraction. Une idée fixe se loge au cerveau de l'homme : revoir ce qu'il a quitté avec tant de plaisir. Et si son retour se complique de craintes, de difficultés, si l'inquiétude s'ajoute à l'impatience, il devient alors en proie à cette fièvre latente qu'on appelle la nostalgie.

La situation de Bernard était plus pénible encore.

La vie qu'il s'était faite dans son désert et qu'il subissait avec courage depuis deux ans, afin de reconstituer sa fortune par un commerce lucratif, lui paraissait tout à coup nue, vide, déshéritée, presque cruelle. La présence inattendue de ses amis d'enfance avait réveillé ses souvenirs les plus chers, et il luttait tout bas contre ses éblouissements. Il s'était juré de ne revoir la France que les mains pleines d'or, il voulait tenir le serment qu'il s'était fait à lui-même. Encore quelques années de travail, de patience, et il reviendrait dans sa ville natale, libre alors d'y vivre à sa fantaisie, le front haut.

Il était sous l'influence de ces idées en disant à ses amis :

— Ce n'est pas jusqu'aux bords de l'Obi que je voudrais vous reconduire, c'est jusqu'aux bords de la Seine.

— Oh! voilà qui serait aimable, s'écria Armand Labarre.

— Et au-dessus de tout éloge, ajouta Demérian.

— Oui ; mais, hélas! cela ne m'est pas permis. Dans quelques années seulement, je pourrai reprendre le chemin que vous allez suivre.

Et Bernard poussa un soupir.

— N'y aurait-il donc pas un moyen d'abréger l'exil que tu t'imposes?

— Non, mes amis; j'ai laissé de nombreux créanciers à Paris, et comme toute dette est sacrée, même celle qui est entachée d'usure, je veux payer les miennes avant de reparaître là-bas.

— Et si l'on t'aidait à le faire tout de suite? demanda Demérian.

— Je vous remercierais, mais je n'accepterais pas, fussiez-vous tous deux devenus millionnaires. Je me suis engravé seul, et je tiens à honneur de m'en tirer sans l'aide de personne.

— Fais-le vite, alors, pour que nous puissions nous croiser encore sur tous les vieux boulevards que nous avons si souvent parcourus ensemble.

— Quand je reviendrai à Paris, mes chers amis, ce sera pour entrer dans la vie de famille; c'est encore la meilleure.

— Nous y serons tous alors, dit gaiement Demérian.

— Certes, tous! et nous ferons jouer nos marmots ensemble, dit Labarre.

— Bien certainement, répliqua Bernard en serrant affectueusement et tour à tour les mains de ses deux amis.

. . . .

Cette dernière étape de quinze heures à travers de maigres bouleaux, des sapins rabougris, seule végétation qu'on rencontre aux abords de l'océan Glacial, s'était effectuée sans le plus petit accident, sans aucune rencontre désagréable. On avait côtoyé bien des lacs, évité bien des marécages. La voix puissante des flots de l'Obi coulant majestueusement entre ses rives semées de roches perpendiculaires commençait à se faire entendre.

Le traîneau, la berline et la kibitka s'étaient arrêtés à deux cents mètres en vue d'une habitation construite en forts bois, et que Bernard avait annoncée d'avance.

C'était la maison d'un vieux pilote et de ses fils.

Elle était perchée là, et comme en vedette, sur une immense roche d'où elle semblait surveiller les fougueux emportements du fleuve.

Les trois véhicules furent vides au même instant; nos voyageurs, qui ne s'étaient que très-rarement arrêtés en route, éprouvaient un impérieux besoin de se sentir à terre.

— Mes chers amis, leur dit alors Bernard, après avoir attentivement regardé l'horizon, à partir de ce moment il n'y a plus pour vous une seule minute à perdre; les cataractes, autrement dit les chutes, se suivent sur une centaine de lieues, et il faut s'entendre avant tout avec le pilote et ses hommes pour les différents bateaux qui vous seront nécessaires, c'est-à-dire ceux qui vous transporteront vous-mêmes et ceux qui devront contenir vos bagages. Tout cela est une assez grosse affaire, et si j'ai voulu vous accompagner jusqu'ici, ce n'était pas uniquement pour vous quitter le plus tard possible, mais encore pour aplanir les difficultés multiples qui pouvaient s'opposer à votre embarquement.

— Des difficultés! s'écria Jean Guérin très-ému, pendant que Pierre Kazanoff, sa mère, Ruskof et Lazareff pâlissaient tout à coup.

Bernard reprit :

— Vous savez que la Russie est un pays dont l'entrée, le séjour et la sortie sont soumis à des formalités sans nombre.

— Eh bien ? demanda Jean Guérin.

— Eh bien, il faut en conséquence, cher monsieur, un ordre du gouverneur de la province où nous sommes, qui vous autorise à vous embarquer. A défaut de cette passe, aucun capitaine, aucun pilote, aucun pécheur ne vous prendrait à son bord à l'effet de vous conduire hors des limites de l'empire, vous dérobant ainsi à la puissance du tsar. En un mot, vous ne pouvez sortir de Russie, par terre ou par mer, sans avoir, comme à la porte du collége, votre exeat à la main.

— Mais nous n'avons rien de semblable ! s'écria Jean Guérin consterné.

— Je m'en doutais ; aussi ai-je prié le pope, mon voisin et mon ami, d'obtenir cet ordre de son malade le capitaine-ispravnik ; le voici.

Et Bernard sortit de sa poche une grande feuille de papier qui portait le cachet du gouvernement de Tobolsk.

— Cher monsieur, que de reconnaissance nous vous devons tous ! s'écria l'oncle Jean, soulagé d'un grand poids.

— Vous voyez, reprit Bernard, qu'il m'eût été facile de retarder votre départ.

— Tu es toujours un charmant garçon, dit Armand Labarre en serrant son ami dans ses bras.

— Le plus franc des amis! ajouta Demérian.

— Très-bien! il faut réserver ces belles choses pour mon oraison funèbre, dit Bernard en riant. Mais par bonheur il s'agit d'autre chose pour le moment.

— Par bonheur pour tes amis... ajouta Armand Labarre.

— De mieux en mieux ; mais allons trouver le pilote qui devra vous emmener là-bas... Voici précisément plusieurs de ses bateaux qui dorment à l'ancre ; ils feront parfaitement notre affaire.

Le vieux pilote, accompagné de ses fils, dont l'aîné était capitaine et les autres pêcheurs et matelots, sortait en ce moment de sa maison pour venir au-devant des voyageurs.

Bernard, qui avait souvent recours à eux pour les marchandises qu'il expédiait tantôt à Hammerfest, tantôt à Berlin, les aborda comme d'anciennes connaissances.

— Bonjour, Ismaël, et vous, capitaine Kyrill, leur dit-il ; je viens aujourd'hui vous prier de vouloir bien conduire, avec tous leurs bagages, mes parents et mes amis jusqu'à l'embouchure du golfe de l'Obi.

— Vous avez la passe signée du gouverneur et de l'ispravnik? demanda le pilote, âgé d'une soixantaine d'années, et qui avait le visage et la gravité imposante d'un patriarche.

— La voici, Ismaël.

— Très-bien. Les conditions, maintenant?

— Dix passagers, dont deux femmes. Cinquante roubles pour vous et le capitaine, et vingt-cinq pour l'équipage, en tout soixante-quinze roubles.

Le bateau descendait avec une effrayante rapidité.

Page 289.

Cela vous convient-il?

— Cela nous convient, répondit le capitaine Kyrill.

— Lorsque vos passagers auront atteint l'océan Glacial, il vous sera compté une nouvelle somme de cinquante roubles pour les mettre en rapport avec un capitaine de navire qui s'engagera à les débarquer à Hammerfest ou dans tout autre port de la Norvége; cela vous convient-il encore?

— Cela nous convient, répéta à son tour le vieillard.

Les trois hommes se donnèrent alors la main comme pour cimenter le marché qu'ils venaient de conclure.

A partir de ce moment, les fils du pilote, à l'exception du capitaine, transportèrent le bagage des passagers et le déposèrent dans un bateau fermé qui devait voyager de conserve avec l'embarcation principale.

Tout se trouvait prêt au bout de deux heures.

Seul étranger aux émotions poignantes qui agitaient nos voyageurs, qu'un fâcheux incident pouvait encore empêcher de partir, Bernard avait suivi, contrôlé toute l'opération.

Le moment de se séparer était venu, et chacun se disait tout bas:

— Nous reverrons-nous un jour?

Jean Guérin, qui n'avait aucune raison d'emmener Mikhaël en France, lui avait fait don par un écrit signé, non-seulement de l'izba qu'il abandonnait avec tout son contenu, mais encore du traîneau et de son attelage, et enfin de la carabine dont il se servait habituellement. Il y avait ajouté la jouissance de ses terres et cent cinquante roubles pour parer aux éventualités.

Le pauvre Ostiak pleurait à la fois de reconnaissance et de chagrin.

L'oncle Jean avait ensuite prié Bernard d'accepter en souvenir de leur rencontre la berline et la kibitka, qu'il eût été d'ailleurs fort gênant d'amener en France.

Quant à Tobie, il était venu, les larmes aux yeux, serrer une dernière fois la main de Mikhaël qui l'avait embrassé.

Nos voyageurs embarqués, Bernard et Mikhaël, restés sur la rive, les suivirent longtemps des yeux; puis tous deux, remontés sur le traîneau, avaient repris le chemin qu'ils venaient de parcourir.

Pendant ce temps, les deux embarcations descendaient le grand fleuve sous la protection de Dieu et du vieux pilote.

Les passagers allaient ainsi depuis plus de trois jours, causant de temps en temps des *porogs* ou rapides, des cataractes, qu'on allait bientôt rencontrer sur son chemin, et à propos desquels, disaient les matelots, il fallait faire provision de courage.

La certitude que rien ne pouvait plus entraver leur fuite avait banni toute crainte de l'esprit des voyageurs, et c'était le cœur fort, la pensée libre, qu'ils attendaient les périls dont on n'avait cessé de les entretenir depuis leur départ.

Au reste, leur navigation avait été si peu accidentée jusque-là, qu'ils ne manquaient pas de taxer d'exagération les récits des matelots.

Cette quiétude ne devait pas durer.

Depuis longtemps on entendait vaguement le fracas des eaux; bientôt les vagues devinrent visibles.

—*Sadites* (asseyez-vous), cria tout à coup la voix du capitaine.

Les rameurs dressèrent leurs avirons.

— *Molite Bogn!* (Priez Dieu!)

Tout l'équipage, agenouillé, s'inclina alors devant l'image d'un saint placée sur le pont.

Et le vieux pilote prononce une prière à haute voix.

— *Grebite silno* (ramez fort), reprend le capitaine.

A ce dernier commandement, les matelots ont repris leur poste, et ils rament avec vigueur.

En présence de cette scène imposante, une terrible anxiété parut sur le visage de tous nos passagers.

Le roulement des eaux grossissait de seconde en seconde.

Demérian s'était rapproché de sa sœur qui tremblait.

Le pilote était à la proue, tenant dans sa main un mouchoir blanc tordu comme une corde, qui lui servait à transmettre des signaux de la proue à la poupe, car sa voix se fût perdue dans les clameurs du torrent.

L'immense masse d'eau s'inclinait de plus en plus, bouillonnant avec furie, rejetant des nappes d'écume. Le rapide était là... il vous attirait... s'emparait de vous.

On entendit un grand cri.

Les deux bateaux, celui qui porte les passagers et celui qui transporte les bagages, descendent la chute avec une effrayante rapidité.

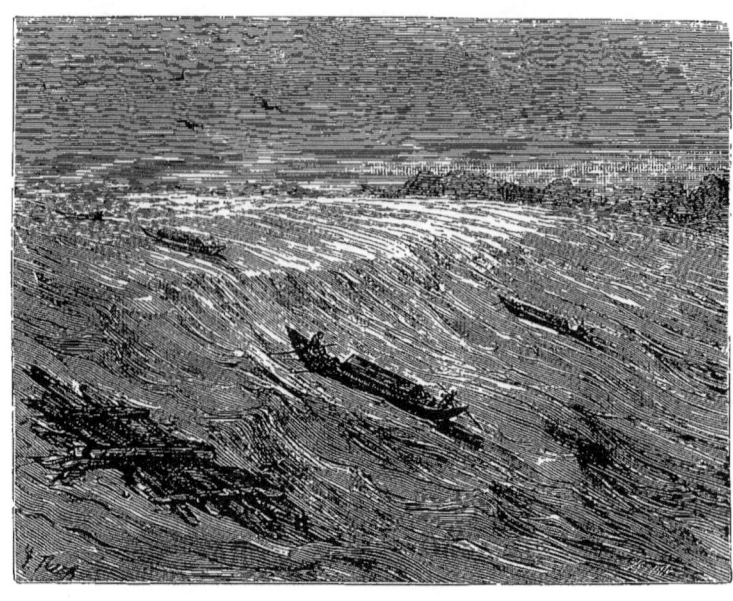

XXI

CENT LIEUES SUR LES CATARACTES (Suite).

Leur vitesse augmente de seconde en seconde. Ils passent au milieu des roches, les côtoient, les rasent avec une précaution et une adresse inouïes. L'eau refoulée, chassée, escalade tous les obstacles et se résout en pluie, en flocons blancs sur l'équipage et les passagers.

Le bruit cesse comme par magie.

Les bateaux ont franchi la barre d'écume qui sépare le porog d'une immense étendue où les flots s'apaisent graduellement et redeviennent aussi calmes, aussi unis qu'un beau miroir.

Le vieux pilote quitte alors la proue en s'essuyant le front, et selon l'usage, s'adressant à Jean Guérin, comme le plus âgé, il lui dit d'un air radieux :

— J'ai l'honneur de féliciter Votre Seigneurie.

Se tournant ensuite vers le capitaine :

— Capitaine, veuillez recevoir tous mes compliments.

Ces excès de politesse en un pareil moment ont quelque chose de chevaleresque.

Dans cet intervalle, les passagers se remettaient de l'émotion qu'ils venaient tous de ressentir plus ou moins vivement.

Madame Kazanoff et Marie-Rose en étaient restées pâles. Les recommandations du vieux pilote leur revenaient à la mémoire, et toutes deux lui rendaient cette justice qu'il n'avait rien exagéré en les avertissant de faire provision de courage.

— Le fait est qu'il est terrible de se voir emportée de cette manière, disait Marie-Rose; cela m'oppressait à m'étouffer; je m'attendais à tout moment à être engloutie dans des profondeurs insondables.

— Moi, j'avais le vertige, et je fermais les yeux pour y échapper; mais alors le fracas du fleuve entrait si profondément dans mes oreilles, que je craignais que ma pauvre tête vînt à éclater, ajouta madame Kazanoff.

— Ce qui prouve, chère mère, qu'on peut être très-courageux et n'avoir pas tous les courages.

— Cela est évident, dit Jean Guérin; les exemples en fourmillent.

— Sur un terrain solide, et en plein jour, fit observer Marie-Rose, je me sens très-courageuse..... mais la nuit, je deviens poltronne à en mourir.

— Ainsi, tu n'aurais pas de courage à tâtons, au fond d'une cave.

— Oh! pas du tout, mon oncle... D'abord, dès qu'il fait noir, il me semble toujours que je vais tomber sur des choses extrémement aiguës qui vont m'entrer dans les yeux, ou que je suis près de rouler au fond d'un abîme.

— Moi, dit Demérian, je dois avouer que tout danger sérieux m'effarouche au premier moment et que je le fuirais volontiers si cela m'était possible ; mais qu'une minute après la réaction s'opère, et alors je ne reculerais pas pour un empire, fût-il aussi grand que celui de Charlemagne. — Et toi, Labarre ?

— Moi, c'est autre chose ; la prétention que quelqu'un aurait de faire des trous dans ma peau, qui est unique et bien à moi, me rendrait enragé au point que je le tuerais dix fois plutôt que de le laisser faire.

— A ton tour, mon pauvre Tobie, as-tu eu bien peur ? demanda Demérian à son petit domestique couché au fond du bateau, dont la partie couverte avait la forme d'une arche très-grossièrement épannelée.

— Moi, monsieur, oh ! pas du tout ; ça m'a même beaucoup amusé de me sentir aller comme sur une grande glissade.

— Et cela ne t'a rien fait de plus ?

— Oh ! si, monsieur, ça m'a fait un peu mal au ventre ; voilà tout.

Un fou rire accueillit le récit des impressions de voyage de Tob.

Le capitaine, le pilote et les quatre matelots, rentrés dans un calme apparent, fumaient leur pipe sur le pont, en attendant qu'un nouvel incident les remît en activité.

Il n'en était pas de même de Pierre Kazanoff, de Ruskof et de Lazareff.

Les trois fugitifs, qui se tenaient à l'arrière du bateau, regardaient obstinément un point noir, lequel paraissait flotter sur le fleuve à une très-grande distance.

— Que diable ça peut-il être? disait Ruskof en baissant la voix.

— Quelque épave, sans doute, répondit Lazareff.

— Un gros arbre que le fleuve a déraciné et qui s'en va tranquillement où il plaira à Dieu de le conduire, dit à son tour Pierre Kazanoff.

— Ou tout autre chose, reprit Ruskof. Je donnerais volontiers cinquante roubles, si je les possédais, pour avoir une lunette d'approche.

— Nous pourrions emprunter celle du capitaine pour quelques minutes, fit observer Lazareff.

— Gardez-vous-en bien, Lazareff, il ne faut donner l'éveil à personne sur ce qui peut à bon droit nous inquiéter, reprit vivement Ruskof.

— Bah! ne sommes-nous pas en règle maintenant? répliqua Lazareff.

— Sans doute, mais le hasard ou la police peut nous ménager un de ces terribles traquenards où nous resterions tous.

— Ruskof a raison, dit Pierre Kazanoff, mais, je vous en prie, pas un mot de cela devant ma mère.

— Soyez tranquille, répondit Ruskof, qui n'avait pas quitté des yeux l'objet qu'il avait aperçu.

Il ajouta après quelques secondes :

— J'ignore si je me trompe, mais plus je le regarde, plus il me semble que ce point noir n'est autre chose qu'un bateau conduit par plusieurs rameurs.

— Vous pourriez avoir rencontré juste, répondit Pierre Kazanoff un peu troublé.

— Je le crains, ajouta Lazareff.

Ruskof reprit :

— C'est qu'il suffirait d'un ordre du gouverneur au capitaine ou au pilote pour que celui-ci, aidé de tous ses hommes, prêtât main-forte contre nous aux agents de la police, et alors.....

— Alors..... nous serions tous perdus, dit Kazanoff en complétant la phrase qu'il avait interrompue.

— Après ça, fit observer Ruskof, le bateau où nous sommes marche bien, et celui-là, si c'en est un, ajouta-t-il en désignant le point noir, ne va pas de manière à le gagner de vitesse.

— Et puis il y a là-bas, devant nous, un certain nombre de rapides et surtout une cataracte où une si médiocre embarcation ne pourrait s'aventurer sans courir de grands risques.

— Silence, Lazareff, dit très-bas Pierre Kazanoff en désignant d'un coup d'œil le capitaine et les hommes d'équipage qui avaient repris leur promenade sur le pont.

Jean Guérin et Demérian venaient de s'en rapprocher, l'un pour causer avec le capitaine, l'autre avec le pilote, sur les particularités du fleuve, et enfin sur la difficulté plus ou moins grande qu'il pouvait y avoir à trouver un navire qui les conduisît en Norvége.

Ruskof, Lazareff et Pierre Kazanoff s'étaient joints à eux, juste au moment où le capitaine demandait s'il ne leur serait pas agréable de faire un court séjour sur la rive, où ils trouveraient un peu d'ombrage.

Les trois jeunes Russes tressaillirent.

Par bonheur, Jean Guérin répondit au même instant :

. — Mille remerciments, capitaine; mais une seule heure perdue nous causerait de grands dommages.

Le capitaine s'inclina :

— Dans le cas où vous reviendriez sur cette détermination, je serais toujours à la disposition de Votre Seigneurie, reprit-il.

— Vous êtes trop bon, dit à son tour Demérian.

— Voilà des eaux bien limpides, fit alors observer Jean Guérin.

— Oui, monsieur, elles sont fort belles en cette saison, répondit le pilote.

— Ne sont-elles pas toujours ainsi? demanda Pierre Kazanoff en se mêlant à la conversation, afin de distraire le plus longtemps possible l'attention des marins qui auraient pu s'occuper de ce qui se passait derrière eux.

— Oh! non, monsieur, répondit le pilote; lorsque l'Obi a été gelé pendant quelques mois, son eau devient sale et fétide, ce qui est dû à son ralentissement dans certaines parties de son cours, de même qu'aux vastes marécages qu'il rencontre sur son passage; il ne se purifie qu'au printemps par la fonte des neiges. Cela d'ailleurs n'a rien d'extraordinaire dans un fleuve qui, depuis le lac Tchabakan jusqu'à l'océan Glacial, a plus de sept cent quarante-deux lieues, et par conséquent s'alimente d'un très-grand nombre d'affluents.

— Un parcours de sept cent quarante-deux lieues! s'écria Ruskof.

— Oui, monsieur. L'Ieniseï, plus large et plus majestueux, le surpasse encore en longueur, dit le capitaine.

— Diable! reprit Kazanoff.

— Certainement..... la totalité de son cours est de sept cent quatre-vingt-sept lieues, dont cent cinquante appartiennent au territoire chinois; c'est l'un des plus grands fleuves de la Sibérie.

— Quant à celui-là, j'espère qu'on ne me contraindra jamais de le descendre à la nage, dit Ruskof en riant.

— Je l'espère aussi dans l'intérêt de Votre Seigneurie, répliqua le capitaine.

— Ne serait-ce qu'à cause de ses rapides et de ses cataractes, qui sont très-nombreux, et où vous trouveriez cent bonnes occasions de vous noyer, dit le vieux pilote.

Lazareff profita de cette conversation pour attirer l'attention de Jean Guérin sur le point noir qui continuait d'être visible au loin.

— Ça, dit presque aussitôt l'oncle Jean, qui avait la vue perçante, c'est un bateau qui court après le nôtre; regardez bien, et vous distinguerez les mouvements précipités des rames.

— Je les vois, dit Lazareff; mais que pensez-vous de cela, monsieur?

— Ce qu'on en doit penser, c'est-à-dire qu'il faut avoir de bien fortes raisons pour jouer un pareil jeu.

— Que devons-nous faire, alors?

— Quant à cela, monsieur Lazareff, je n'en sais absolument rien. Si nous étions à terre, dans un endroit isolé, cela irait tout seul ou à peu près; quelques coups de carabine ou de revolver rendraient la situation très-nette; mais en présence de ce capitaine, de ce pilote et de ces matelots, c'est bien différent.

Et l'oncle Jean, redevenu soucieux, emmena Lazareff d'un autre côté.

— Vous comprenez, ajouta-t-il en lui parlant dans l'oreille, qu'il suffirait aux gens qui nous poursuivent, j'en ai l'assurance, de faire, une fois en vue, les signaux nécessaires, pour que le capitaine de ce bateau jetât aussitôt l'ancre au milieu de ces rochers afin de savoir ce qu'ils veulent, et comme ce qu'ils veulent, c'est nous.....

Jean Guérin n'acheva pas.

Plusieurs jours se passèrent ainsi, quand on s'aperçut tout à coup que la barque, qui n'avait cessé de les suivre, allait infailliblement les atteindre.

Déjà même les hommes qui la montaient multipliaient des signaux qui ne pouvaient s'adresser qu'à l'équipage du bateau marchant devant eux.

Jean Guérin, Demérian, Armand Labarre, qui, ainsi que les trois jeunes Russes, venaient de les apercevoir, avaient subitement pâli.

Ils se regardaient d'un air consterné, quand le capitaine cria brusquement :

— Un nouveau rapide! que Vos Seigneuries se hâtent de reprendre leurs places au fond du bateau.

Les passagers s'empressèrent d'obéir; soit que le vieux pilote et ses cinq fils ne voulussent pas apercevoir le batelet qui se hâtait pour les rejoindre, soit qu'ils fussent trop occupés de leurs manœuvres, pas un d'eux n'avait l'air de lui prêter la moindre attention.

Plus on avançait, d'ailleurs, plus le fleuve devenait capricieux, violent, entrecoupé de rochers.

Des inclinaisons brusques, et qui variaient de dix à vingt degrés, tenaient depuis quelques minutes l'équipage et les passagers en alerte.

Il était facile de deviner qu'on se rapprochait de la mer.

Le bateau filait déjà avec la vitesse double d'un cheval qui a pris le mors aux dents, quand un cri lamentable,

38

étouffé, qui semblait sortir de ses flancs, se fit entendre tout à coup.

Un batelet monté par cinq hommes, dont les bras levés au ciel semblaient l'implorer avec désespoir, passait à quelques mètres du bateau, dont les passagers s'étaient levés à demi.

— Couchez-vous ! cria de toutes ses forces le capitaine, effrayé de ce mouvement, qui, dans une pareille circonstance, pouvait les jeter dans le fleuve.

Tous obéirent aussitôt.

Le batelet, auquel l'équipage du bateau n'avait pu sans doute prêter qu'une seconde d'attention, livré au courant qui l'avait saisi par le travers, se déchirait à tous les écueils, rebondissant de l'un à l'autre, tournoyant, semant ses hommes tour à tour meurtris, brisés, écrasés et enfin engloutis dans le fleuve jusqu'au dernier.

Le point noir avait disparu.

Il ne restait plus rien du batelet et des hommes, cause d'une si grande épouvante.

Le rapide avait été franchi au milieu de ce naufrage.

Une sorte de joie contenue se lisait sur les visages rassérénés des fugitifs.

Mais il était écrit, paraît-il, que leurs épreuves devaient se prolonger encore. Ainsi qu'il arrive presque toujours, une grande nappe d'eau large et unie avait succédé au rapide, et ramené un peu de calme à bord.

Madame Kazanoff et Marie-Rose, sorties de la cabine qui leur était réservée, se promenaient sur le pont pour respirer quelques bouffées d'air pur, pendant que leurs amis, réunis dans un coin, causaient de l'heureuse disparition du batelet et de son équipage.

Ils n'étaient pas sans faire de justes remarques sur le peu d'attention que le vieux pilote et ses fils avaient paru prêter à ce drame.

Ceux-ci formaient en ce moment un troisième groupe isolé des deux autres, et qui semblaient en proie à de grandes préoccupations.

La teinte plombée du ciel paraissait les inquiéter. L'atmosphère devenait particulièrement froide, sous l'influence d'un vent de nord-ouest qui venait de s'élever, et dont les rafales se succédaient rapidement.

La conversation suivante s'était engagée entre eux :

— Il faut aller selon le vent, disait le vieux pilote, et nous ferions bien de jeter l'ancre en attendant qu'il s'apaise.

— Bah! nous aurons dix fois le temps de descendre la cataracte avant que la tempête se déchaîne, répliqua un des matelots.

— Le risquer serait tenter Dieu, fit observer le pilote.

— Le père a raison, répliqua le capitaine; d'ailleurs, ceux qui nous poursuivaient tout à l'heure, pour nous ravir nos passagers, sont là-bas, sous l'eau, repliés sous quelques roches, et personne n'a plus à les redouter.

— Tant pis pour ces corsaires! répliqua le pilote. Quant à moi, je ne puis oublier que les ordres du gouverneur qui leur enjoignent d'arrêter ceux qui tentent de se soustraire à la justice de notre père le Tzar, sont avant tout pour eux une occasion de s'approprier tout ce que les fugitifs possèdent : argent et bagages, et par suite de nous frustrer de notre salaire, sans la moindre indemnité.

— Sans un remercîment pour le concours que nous leur avons prêté, ajouta le capitaine.

— Mais Dieu les a punis cette fois, reprit le vieux pilote.

La tempête avait perdu sa violence, et le ciel s'éclaircissait.

— Pilote! dit Jean Guérin en s'approchant, ne vous semble-t-il pas que l'orage se soit éloigné?

— Je crois que nous pouvons continuer notre route, mais je le ferais avec moins d'appréhension si Votre Seigneurie voulait, suivant l'usage, me donner auparavant sa bénédiction.

— Oh! bien volontiers, dit Jean Guérin un peu surpris cependant, et qui, ne sachant point comment cette cérémonie s'accomplissait, fit le signe de la croix sur le front du vieillard, ce qui parut le satisfaire pleinement.

Ses fils allumèrent alors un cierge devant l'obras, pour achever de se mettre sous la protection de Dieu.

Après certaines génuflexions devant l'image sainte, le pilote avait repris sa place à l'arrière, tenant son mouchoir blanc à la main et un large aviron, sorte de pagaie, dont il se servait comme d'un gouvernail. Les matelots qui l'aidaient dans ses manœuvres, placés à l'avant, ne le quittaient pas des yeux et répétaient ses mouvements avec la précision d'une machine.

Le ciel s'était de nouveau assombri. Un vent aigre recommençait à souffler. La pluie tombait en larges gouttes.

— Jetez l'ancre sur les premières roches, et promptement, vous autres! cria le vieux pilote.

Le mouvement fut exécuté.

Les passagers, chassés par la pluie, avaient déjà repris leurs places à l'intérieur du bateau.

Il était temps.

Une rafale de vent accompagnée d'une pluie torrentielle

s'abattit sur le fleuve..... puis bientôt cette pluie se transforma en déluge. L'embarcation, attaquée de tous les côtés à la fois, dansait au bout de ses amarres un peu longues, et rebondissait brusquement. Le fracas de la cataracte, qui n'était qu'à peu de distance, se mêlait aux colères de la tempête, et ainsi qu'il arrive dans les régions boréales, le tonnerre, grondant tout bas, était précédé d'éclairs perçants qui brûlaient la vue. Des arbres arrachés par la violence de l'ouragan flottaient sur les vagues où ils tourbillonnaient longtemps, puis fuyaient tout à coup, emportés par le prodigieux courant du fleuve.

L'eau finissait par tomber comme des paquets de mer sur le bateau, que le vent assaillait ensuite pour le secouer avec furie.

Brusquement son ancre glissa, ses amarres se rompirent, et il courut comme affolé au milieu des vagues.

Des cris perçants éclatèrent à l'intérieur. Tout l'équipage, qui s'était abrité depuis un moment, se répandit sur le pont, où il prit rapidement sa place.

— Ramez! ramez! cria le pilote en ressaisissant son gouvernail.

Les matelots obéissent, et le bateau se dirige vers le courant.

— Ramez fort! ramez fort! crie le pilote.

L'anxiété est profonde parmi les passagers.

Le pilote et les rameurs ont pâli, quelques minutes s'écoulent.

.   .   .   .

— *Slava teba Bogn!* (Dieu soit loué!) crient tout à coup les marins.

Le bateau venait d'entrer par la proue dans le courant.

Un premier danger, le plus grand, était conjuré.

On approchait de la cataracte.

Bientôt l'extrême lisière d'écume blanche était franchie.

Le bateau, qui s'était brusquement incliné, suivait la pente de la cataracte. Il passait au milieu de la tempête comme un autre ouragan.

C'était le vertige dans l'épouvante.

Tout à coup il reste comme suspendu sur un lit de cailloux.

Des cris déchirants partent à nouveau de l'intérieur.

— Ramez! ramez! crie le pilote.

Les vagues et la pluie se ruent avec fureur sur la masse immobile qui lui fait obstacle.

— Ramez! ramez ferme! crie encore le pilote.

Les avirons agissent avec force, une grosse lame leur vient en aide, ainsi que les efforts des matelots. On marche. Le bateau se balance, ondule, et regagne enfin la pleine eau; il est rapidement emporté. Le pilote n'a pas quitté la proue, le capitaine gouverne la poupe. Ils sont devenus horriblement pâles. Deux roches noires émergent du fleuve : l'une à droite, l'autre à gauche. En ce moment suprême, la vie des passagers et celle des matelots sont à la merci d'une manœuvre plus ou moins précise.

Les passagers battent des mains, et de joyeuses acclamations retentissent.....

On vient de franchir le périlleux passage.

Le vieux pilote, qui s'est jeté dans les bras du capitaine, serre ensuite très-affectueusement les mains de ses autres fils.

— Dieu soit loué! s'écrient-ils tous ensemble.

Le voyage s'acheva sans autres incidents.

Nos voyageurs, fatigués à l'excès, rassasiés d'émotions violentes, se retrouvaient à terre avec une satisfaction qu'ils ne cherchaient point à dissimuler.

Brusquement son ancre glissa, ses amarres se rompirent, et il courut comme
affolé au milieu des vagues.

Page 301.

Ils n'avaient plus qu'un souci : rencontrer un navire qui voulût bien les transporter en Norvége.

Le pilote s'en était chargé, et le jour même, il découvrit un brick qui venait d'atterrir pour s'approvisionner d'eau douce; le hasard était heureux.

Le capitaine, sollicité par lui, consentit à embarquer les voyageurs et leurs bagages.

— Monsieur, dit alors Jean Guérin en s'adressant au vieux pilote, voici le prix convenu; permettez-moi d'y ajouter cent roubles pour vous témoigner à tous notre satisfaction.

— Votre Seigneurie est généreuse, et je veux à mon tour qu'elle me permette de la remercier en lui faisant un présent qui ne sera pas sans valeur pour elle et les personnes qui l'accompagnent.

Le pilote prononça ces paroles en remettant à Jean Guérin un rouleau de fer-blanc, fermé d'abord à la cire, mais qui avait été récemment ouvert.

Il contenait une feuille de papier portant le cachet de l'empereur.

Jean Guérin lut tout haut :

« *Ordre du Tzar :*

« Le pilote Ismaël et tous les hommes composant l'équipage de son bateau, qu'ils soient à terre ou en cours de navigation, devront prêter main-forte à tout maître de police ou agents qui les en requerront, pour appréhender au corps les nommés Pierre Kazanoff, Ruskof, Lazareff, et tous ceux qui se trouveraient en leur compagnie, sans distinction d'âge ni de sexe, et pour les conduire avec eux, si les fugitifs faisaient rébellion, jusqu'aux prisons du gouverneur.

« Leurs bagages, argent, papiers, devront être saisis en même temps que leurs personnes. »

Nos voyageurs, tout en écoutant cette lecture dans le plus grand silence, regardaient le pilote avec une consternation mêlée de colère.

Était-ce donc à un piége que tant de peines allaient aboutir?

— Et cela veut dire? demanda Jean Guérin en se redressant d'un air de défi.

— Cela veut dire, reprit le vieux pilote qui s'était incliné profondément, que Votre Seigneurie tient cet ordre, et qu'il lui suffit de le déchirer et d'en éparpiller les morceaux dans la mer. N'ai-je pas dit que j'en faisais présent à Votre Seigneurie?

— Merci! mais qui donc a pu vous remettre cet ordre? demanda l'oncle Jean, subitement radouci.

— Personne!

— Personne?

— Non, seigneur, je l'ai acquis par droit d'épave, c'est-à-dire en le prenant à l'un des hommes du batelet qui a péri sous nos yeux... et dont j'ai, il y a une heure à peine, trouvé le cadavre dans le golfe; il tenait ce rouleau d'une main dont les doigts crispés semblaient même se refuser à me le laisser prendre.

Une joie subite éclaira les yeux de nos voyageurs, qui déjà s'apprêtaient à la résistance.

Tout péril était à jamais conjuré.

— Mon père, dit alors madame Kazanoff en s'adressant au vieux pilote, voici cinquante roubles et cette médaille en or d'Alexandre Newski, que je vous prie d'accepter en souvenir de ma profonde reconnaissance et de celle de mon fils.

— Mille remerciments, madame, dit Ismaël en s'inclinant profondément.

Puis il prit l'argent, sans oublier la médaille du saint qu'il baisa avec une très-grande ferveur.

Un navire emportait bientôt nos voyageurs vers le port d'Hammerfest.

Dix jours plus tard, le chemin de fer les amenait tous à Paris.

XXII

LA TERRE DE FRANCE.

ÉPILOGUE.

Toutes les fenêtres du vieil immeuble de la rue de Sèvres
étaient ouvertes. L'air, libre d'y pénétrer par les plus étroites
fissures, profitait de ce hasard pour en chasser cette odeur de
poussière et de chanci qui s'exhale des maisons longtemps
fermées. Une légion de peintres, d'ébénistes et de tapissiers
l'avaient envahi du rez-de-chaussée aux mansardes. Les uns
lessivaient les boiseries et les parquets, les autres revernissaient
les meubles, les derniers prenaient mesure pour des rideaux,
des tapis et des portières. Il devenait évident pour tout le
monde que la maison des aïeux allait sortir de son long silence
et renaître à la vie commune.

Ruskof et Lazareff étaient restés en Norvége.

Pierre Kazanoff, chaudement recommandé par Jean Guérin, était entré dans une des grandes usines qui avoisinent Paris.

Armand Labarre, de son côté, avait réintégré son domicile de la rue Taitbout plus joyeusement qu'il n'en était sorti.

Les premiers jours qui suivirent l'arrivée de Jean Guérin, de Demérian et de Marie-Rose à Paris, consacrés à un repos nécessaire, leur rendirent l'intégrité de leurs facultés physiques et intellectuelles, et dès lors ils ne songèrent plus qu'au classement des pierres précieuses rapportées de Sibérie. Il y en avait de fort belles et du plus grand prix.

Ces pierres, à l'exception de trois, remarquables par la pureté de leur éclat et qu'on réserva pour la corbeille de Marie-Rose, furent ensuite vendues, la première moitié pour Amsterdam, le pays où se trouvent les plus grandes tailleries de diamants, et la seconde à différentes maisons de Paris. Le tout produisit six millions. Cette somme fut divisée en quatre parts égales : la première pour Jean Guérin; la seconde pour André Demérian; la troisième pour Marie-Rose; la quatrième pour Armand Labarre.

On préleva ensuite sur ces quatre parts la somme de cent mille francs, qu'on offrit à titre gracieux à Pierre Kazanoff pour le remercier de son concours, et celle de vingt mille francs qu'on plaça sur la tête de Tobie, à charge par lui de servir dans la famille jusqu'à l'âge de vingt et un ans, à partir duquel il appartiendrait à son pays... et enfin à lui-même.

Le pauvre Tobie en fut touché jusqu'aux larmes.

— Vingt mille francs! s'écria-t-il, oh! monsieur! me voilà millionnaire!

. . . .

— Mes amis, disait Jean Guérin, ne ressentez-vous pas

comme moi un bien-être inexprimable à vous retrouver au milieu d'êtres sympathiques, à l'abri de toute violence, sous la garantie de nos lois, dans cette belle et chère France où l'on est si bon, si accueillant, si affable pour tous? sur le doux sol de la patrie; sur ce sol où nos yeux se sont ouverts pour la première fois, où dorment nos ancêtres, où l'eau, la terre, l'air et le soleil sont à nous?

— Nous le ressentons d'autant mieux, cher oncle, que nous sommes maintenant auprès de vous, répondit Marie-Rose.

Jean Guérin poursuivit après un soupir :

— Il est cependant des fous, je devrais dire des criminels, qui, épris d'un cosmopolitisme aussi odieux qu'insensé, ont raillé et raillent encore le patriotisme, ce puissant générateur des grandes choses. Si j'ai de la pitié pour certaines défaillances, certains vices que l'ignorance et la misère engendrent, je n'en ai jamais eu pour ces transfuges de leur pays, et je souhaite ardemment, qu'un jour, reniés par tous, étrangers partout, ils soient forcés d'errer sans cesse, sans rencontrer un abri, sans trouver un foyer où l'on consente à les recevoir.

— Cher oncle Jean, ce serait bien cruel, ajouta Marie-Rose...

Jean Guérin avait de plus retrouvé son premier laboratoire, le berceau de ses rêves de savant où la fortune, cette divinité sotte et perfide qui favorise trop souvent les mauvais et les inutiles, faisant ce jour-là erreur de personne, était venue le prendre par la main pour le conduire en Sibérie, où après deux ans de travaux rudes et stériles, elle le rendait tout à coup riche à millions, par un seul coup de sa baguette.

Utilisant son expérience de la vie, il avait alors fait construire, au milieu d'un jardin isolé, un vaste laboratoire parfaitement aménagé, pourvu de tout ce qui était nécessaire

LA TERRE DE FRANCE

G. FATH

aux opérations chimiques, et où les intrépides chercheurs qui étudient dans l'ombre, trop souvent étreints et paralysés par la misère, étaient invités à venir faire gratuitement leurs expériences.

Il léguait ainsi à la science une partie de ce que la fortune lui avait si libéralement départi.

Marie-Rose, bien qu'elle fût devenue ce qu'on nomme un brillant parti, n'était point restée inactive ; elle avait terminé ses études sous la direction de l'oncle Jean, qui s'était attaché principalement à former son cœur et à développer la rectitude de son jugement.

Devenue une charmante jeune fille, d'une santé exception-nelle, il avait dû, comme chef de la famille, songer à la marier.

Sa bonhomie de savant ne l'avait pas empêché d'aper-cevoir non-seulement le demi-sourire par lequel sa nièce accueillait l'arrivée d'Armand Labarre, devenu l'un des fami-liers de la maison, mais encore l'expression de ravissement qui paraissait sur le visage de celui-ci, dès qu'il se trouvait en présence de la jeune fille.

Aussi l'oncle Jean, après une consultation de cinq minutes avec son neveu, décida-t-il que mademoiselle Marie-Rose Démérian et M. Armand Labarre seraient unis en mariage.

A quelque temps de là, la maison des aïeux réunissait tous nos voyageurs rapatriés et un certain nombre de leurs amis.

Une joie expansive se lisait sur tous les visages.

Armand Labarre, vêtu de noir et cravaté de blanc, figurait au premier rang de la petite assemblée.

Le mariage civil avait été contracté la veille, et l'on n'atten-dait plus que Marie-Rose pour se rendre à l'église. Elle parut bientôt, accompagnée de madame Kazanoff.

40

Tout rayonnait en elle.

Un repas, où Tobie, un bouquet à la boutonnière, se con-
sacra exclusivement au service de la mariée, suivit la cérémonie religieuse.

Puis Armand Labarre, attirant Marie-Rose dans l'embra-
sure d'une fenêtre, lui dit tout bas :

— Et notre voyage de noce..... c'est toujours en Sibérie
que nous le faisons..... n'est-ce pas ?

— Oh ! répondit-elle, il y fait bien froid.....

— Bah ! nous passerons par le pôle nord.

TABLE DES MATIÈRES

PARIS. — TYPOGRAPHIE DE E. PLON ET Cie, RUE GARANCIÈRE, 8.

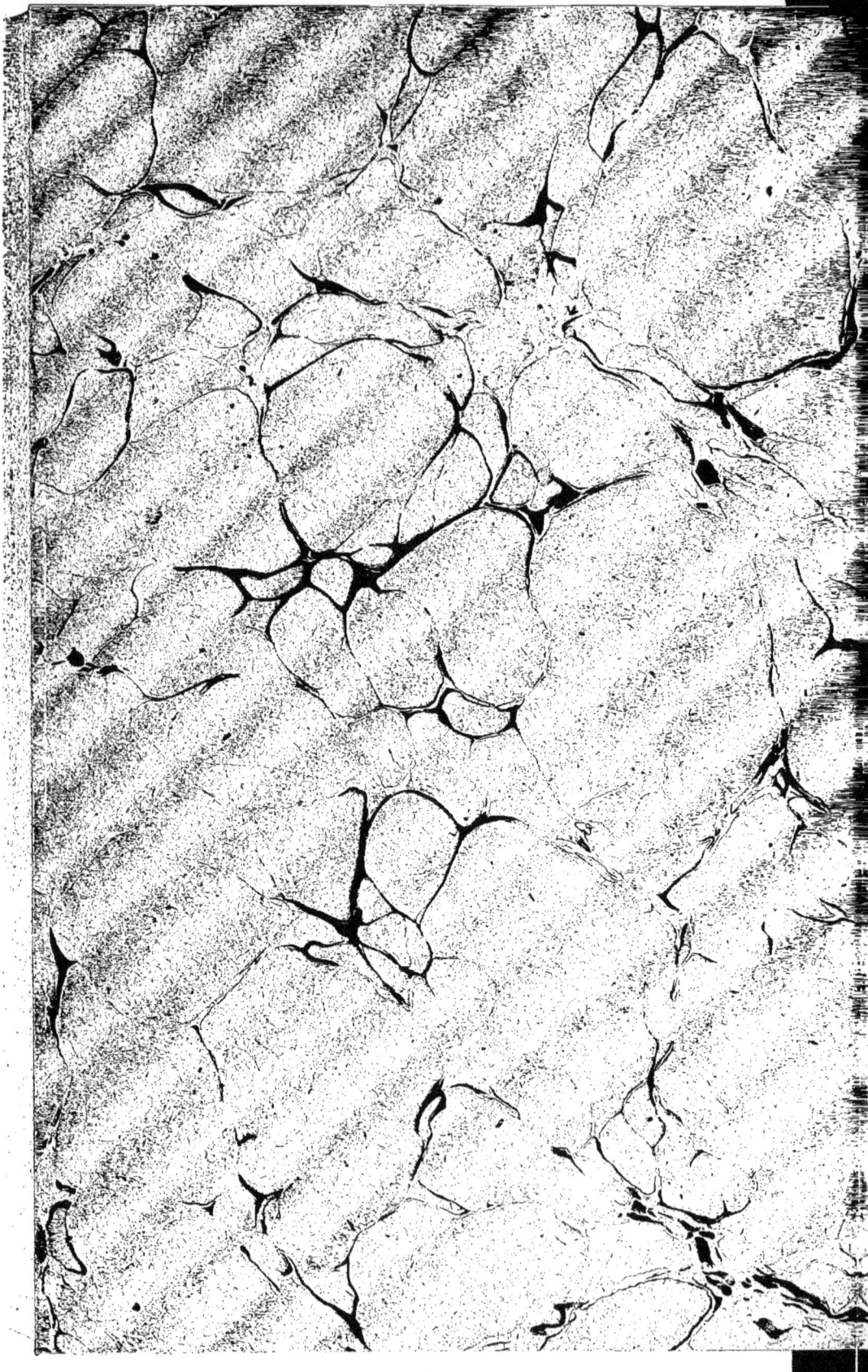

www.ingramcontent.com/pod-product-compliance
Lightning Source LLC
Chambersburg PA
CBHW072352030726
47505CB00014B/1486